パリの

りんご酒と嘆きの休暇

アレクサンダー・キャンピオン　小川敏子 訳

Crime Fraîche

by Alexander Campion

コージーブックス

CRIME FRAÎCHE
by
Alexander Campion

Japanese translation published by arrangement with
Kensington Publishing Corp.
through The English Agency (Japan) Ltd.

挿画／コージー·トマト

もちろん、ふたたびTに。

謝辞

シャンタル・クロワゼット・デノワイエは二十六年ものあいだわたしの伴侶として連れ添うという酔狂さを失わずにいてくれた。さらに今回はキノコに関する幅広い専門知識を惜しげもなく提供し、辛抱強くつきあってくれた。

愛娘シャーロットは現在、看護師として活躍し、医学に関するわたしの無数の質問に対し、丁寧にこたえてくれた――ICUでの夜勤が明けてこれから寝ようという時でも。ありがとう。

そしてもちろん、シャロン・バウアーズに多大なる感謝の気持ちを伝えたい、わたしにとって彼女はまさに忍者のようなエージェントである。交渉人として天賦の才を発揮するいっぽう、ともに苦労をわかちあってくれた。機械がギシギシと音を立てて止まりそうになった時には、すかさず油をさしてくれる名人である。

りんご酒と嘆きの休暇

主要登場人物

カプシーヌ・ル・テリエ……パリ警視庁の警視
アレクサンドル……カプシーヌの夫。著名なレストラン評論家
イザベル……巡査部長。カプシーヌの部下
ダヴィッド……巡査部長。カプシーヌの部下
モモ……巡査部長。北アフリカ出身の肉体派。カプシーヌの部下
ジャック……カプシーヌのいとこ。対外治安総局《DGSE》勤務
アメリ……カプシーヌの伯父。ジャックの父。ノルマンディに暮らす伯爵
ゴーヴァン……アメリ伯父の執事
ロイック・ヴィエノー……フランス最高峰のビーフ生産牧場〈エレヴァージュ・ヴィエノー〉のオーナー
マリー＝クリスティーヌ・ヴィエノー……ロイックの妻
フィリップ・ジェルリエ……〈エレヴァージュ・ヴィエノー〉の牧場長。故人
ピエール・マルテル……同牧場の従業員
クレマン・ドヴェール……同牧場のインターン
アンリ・ベランジェ……投資銀行家

プロローグ

ちくしょう。なんでこんなにいるんだ。多すぎる。やつらは小さな集団に分かれてまっすぐこちらに向かってくる。「万事休すか」ぼそりとひとりごとをつぶやく。

息を殺してタイミングを見計らいながら指先で引き金の端をしきりにいじる。自分のそんな神経質なところが大嫌いだ。事故につながったらどうする。しかしじっとしていられない。大きな勝負が懸かっているのだ。

こう多すぎると、群れのまんなかに撃ち込みたくなる。が、それではすべてを逃してしまうだろう。とにかく落ち着いて一羽だけに集中し、冷静に、そしてリラックスしてやり遂げなくては。

だが集中できない。今日はすばらしい一日になると信じて、幕開けからわくわくしていた。一発目を華麗に決める。撃つのが最高にむずかしいヤマウズラを。誰もがあっけにとられるような場面を見せてやろうと思っていた。

集合場所では伯爵《コント》自らコーヒーを注いでくれた。さらに、伯爵家のカルヴァドス（りんごからつくったブランディ）も気前よくふるまってもらった。これでいきおいをつけろと伯爵はまるで旧友のように背中を叩いて激励してくれた。いつもはよそよそしい上司も上機嫌だった。あれほど期待されたのに、いざとなったらこのざまだ。

さっきまでの強気はどうした。これでは物笑いの種だ。いいのか、それでも。

はるか先で勢子《せこ》たちが平地をゆっくりと歩きだし、長い棒で地面を叩く。追い立てられて切り株にまぎれながら逃げていたヤマウズラが、しばらくすると勢子たちの百ヤード先でいっせいに飛び立った。地上すれすれの高さを黒い雲が流れていくように飛び、丘にさしかかると一気に高く舞い上がる。ヤマウズラたちは群れでぎゅっと固まって高みへと飛翔した。

発砲が始まった。鍋のなかでポップコーンが弾け出るように、最初はぽつぽつと。やがてリズムが速くなり、鳥がつぎつぎに空から落下する。翼を下に向けて小さなおもちゃのように落ちてくる。それでもまだ数が多すぎて、彼は一羽に狙いを定めることができない。銃を右に左に動かしてみても、これだという鳥を決められない。

ようやく決心がついて銃を毅然と構え、前に脚を踏み出して第一発目を撃とうとした。が、なぜか先に進めない。ガラスの壁にでもぶつかったように足が止まる。葉の一枚一枚の完璧な美しさと玉虫色に輝く緑色に圧倒される。その色がしだいに薄らいでいく。そして、彼の目にはなにも映らなくなった。

01

「彼女は自分をどう見せようとしたんだろう？　死体か？　レイプの被害者か？　謎だなあ」

ダヴィッド・マルティノー巡査部長は気だるそうに人さし指に髪をからめながらつぶやく。とび色の髪の毛は絹糸のように細い。緊張感のかけらもないその態度は、およそ司法警察の巡査部長らしくない。

イザベル・ルメルシエ巡査部長があきれたという表情で首を左右にふる。おおざっぱにカットした髪が、激しい夏の嵐に波打つムギの穂のようにバッサバッサと揺れる。

「そんなこと、どうでもいいの。これは詐欺事件なんだからね。彼女はカモさえひっかかればよかったのよ。彼女に同情して彼女を自宅に連れ帰り、元気になるまで看病してくれる相手をね。そうでしょう、警視《コミセール》？」

「それが彼女の手口ね」カプシーヌ・ル・テリエ警視がうなずく。「彼女は――」

「この街の人間は歩道に誰かが倒れていたとしても、平然とよけて通るだけだ。よほどなにか特別なことをしたにちがいない」ダヴィッドがイザベルを睨みつける。

「特殊な才能の持主であると考えられるわね」カプシーヌは威厳を示すかのような重々しい口調だ。少々なれあいが過ぎたと気づいた巡査部長たちは、椅子に座ったまま姿勢を正す。

「彼女がかもしだす無防備な雰囲気が通りすがりの人を惹きつけた。犯行はこれまでに三回。六区ではアメリカ人観光客の夫婦が彼女を連れて帰った、パリ郊外のヌイイでは元公務員の老人が彼女の面倒をみた、そして今回は二十区。雑誌のイラストレーターをしている女性ふたりが自分たちのアパルトマンで彼女の世話をした」

「そこに金目のものはあったんですか？」ダヴィッドがたずねる。

「ええ、あったわ」

カプシーヌはこたえながら腰の窪みに装着していたものものしい黒いピストルを外し、官給の回転椅子の背に深くもたれた。そして傷だらけの自分のデスクに両脚をのせると、膝に厚さ一インチのファイルを置いた。イザベルがカプシーヌの脚を、ダヴィッドが靴をうっとりと見つめているのは承知のうえだ。クリスチャン・ルブタンの真新しいスリングバック・パンプスは、あきらかに警察の業務にはそぐわない。ましてここ二十区では、まったく似つかわしくない。

警視と部下の巡査部長がこんなふうにくだけた調子でやりとりするのは、確かにまずいだろう。カプシーヌにもそれはわかっている。けれどおたがいに年令も近く、なにより一年前に彼女が初めて殺人事件を担当した際には、彼らの抜群の機動力におおいに助けられ、みごと解決にこぎつけた。当時、刑事犯罪の捜査に関してカプシーヌはまだ右も左もわからなかった。部下の協力がなければ、刑事部に異動してこうして警察署で指揮を執ることもなかったはず。いまだに〝警部補〟として不正会計の犯罪を担当させられ、終業時刻ばかりを気にして過ごしていただろう。

カプシーヌはガラス張りの壁の向こうの刑事部屋にいるもうひとりの部下、モモ・ブナルーシュ――みんなからモモと呼ばれている――を見た。彼は自分の前のデスクにうずたかく積まれた書類の山を睨みつけている。青い制服を着た警察官やジーンズ姿にスニーカーで無精髭を伸ばした私服警察官から提出された大量の報告書だ。

カプシーヌははっと現実に引き戻され、ファイルをトントンと叩いた。

「すご腕の詐欺師であることは確かね。そうそう、彼女には名前がついたそうよ。〝ラ・ベル・オ・マルシェ・ドルマン〟つまり〝市場の眠り姫〟。本部の人たちはハイカルチャー志向だからディズニーのおなじみのキャラクターになぞらえたらしいわ」

ダヴィッドとイザベルは嘲るように鼻を鳴らした。本部、つまり刑事司法警察局《DCPJ》の官僚組織のユーモアは独特すぎる。

「被害者のアメリカ人夫婦はそろってフランス哲学の教授。インディアナ州のバルパライソ大学というところで教えているそうよ。彼らは一カ月間パリの住人とアパートを交換して――」

「光の都であるパリの六区に住む人間が一カ月インディアナで暮らしたがるとは、どういうもの好きなんだ？　いよいよこの街の住人は不可解になってきたな」ダヴィッドが感想を口にする。

カプシーヌは、言いたい放題の子どもを見守る寛容な親のような穏やかな笑顔だ。

「インディアナからやってきた哲学者に三日間、親身に介抱された後、眠り姫は出ていった。その前の週に夫婦は中世のオイル語（中世にフランス北部で用いられたロマンス語）の写本を購入していたのだけれど、そのなかから挿絵で飾られた一枚を彼女は持ち出した。その写本はとても稀少で、国外への持ち出しは文化財保護の役所から待ったがかかるほどの価値がある」

イザベルとダヴィッドは口をすぼめて感心している。「彼らがささやかな罪に問われずにすんだことは、かえってよかったってことね」イザベルがいう。

「ヌイイでは」カプシーヌがファイルを読み上げる。「彼女はドーミエの風刺画とともに立ち去った。これは被害者の元公務員のコレクションの一部だった。ただしコレクションのなかで、この一枚だけが版画《プリント》ではなく原画だった。ひじょうに高い値がつくものよ」

ダヴィッドとイザベルは興味をそそられたという表情でうなずく。

「雑誌のイラストレーターふたりはカップルであり――」そこでイザベルがさっと顔を上げたので、カプシーヌは一瞬間を置いてから続けた。「マリー・ローランサンがナタリー・クリフォード・バーネイという人物を描いた小さな水彩画を盗まれた模様。ふたりが暮らすアパルトマンには少なくとも五十点の絵画があるが、そこから唯一この絵だけが盗まれた」

「バーネイは偉大な人物だったわ」イザベルがいう。「アメリカ出身の小説家で、祖国を捨ててパリに移り住み、レズビアンのムーブメントの先頭に立って闘った。ローランサンが描いた彼女の肖像画なら、おそろしく高い価格がつくにちがいないわ」

「それだ！　とうとうわれら《ヴォワラ》がイザベルにとって理想的な事件が発生した」ダヴィッドは皮肉などこれっぽっちも感じさせない満面の笑みだ。

イザベルの瞳孔が収縮し、表情が固まる。そして思い切りダヴィッドの腕をパンチする。彼女の上半身の重みがかかった一撃を受けて、彼は見るからに痛そうだ。

「そうなの、イザベルに担当してもらうつもりよ。この事件の取り調べの成果は、主任巡査部長に昇格するための申請に必要な実績になるから。だからあなたもイザベルのバックアップをお願いね。頼んだわよ」

腕をさすっているダヴィッドに対し、イザベルはどうだといいたげに親指を鼻にあてて残りの四本の指をひらひらと揺らしてみせる。

「これが事件のファイル」カプシーヌはイザベルのデスクに積まれた関係書類をドンと叩く。

「わたしはこれから一週間の休暇に入りますから、戻ったらめざましい進捗状況を報告してもらうのを楽しみにしているわ」

「休暇はどちらで？　アンティル諸島のステキな島かしら」

「とんでもない。行き先は田舎の伯父の家。果たしてどんな休暇になることやら。警察に入って以来初めて行くのよ。警察官になることを伯父が猛反対したから」

「ああ、わかりますよ」ダヴィッドがいう。「うちは母親でした」

「息子はてっきり美容師の道に進むと期待していたんでしょうよ」イザベルが茶々を入れる。

「伯父は周囲にはわたしが公務員になって内務省で働いていると話しているらしいわ。警察官になったわたしの姿をじかに見たら、どんな反応をするかしら」

「制服を着ていったらどうです？　青はとってもよく似合うし、銀の肩章で髪がすごく引き立つと思う」

カプシーヌにじろりと見られて、イザベルはいささか調子に乗り過ぎたと察した。

02

　マレ地区のアパルトマンにカプシーヌが帰宅すると、夫のアレクサンドルは書斎にいた。使い込んだ革張りの安楽椅子に身体を沈め、やわらかい曲線を描いて盛り上がっている腹にノートパソコンを置き、二本の指を駆使して猛然とキーを叩いている。口にはハバナ産の葉巻パルタガスロブストをくわえ、椅子の肘掛けには空のオン・ザ・ロックのグラスが危なっかしく置いてある。床には新聞や雑誌が雑然と積まれて、いまにも決壊しそうな防波堤のようだ。カプシーヌが書斎に入ると、アレクサンドルはパソコンの画面から視線を動かさないまま片手をあげ、人さし指を立てて左から右へとゆっくりと揺らす。執筆中の文章を書き終えるまで待ってくれというサインなのだろう。アレクサンドルはパリのジャーナリズムの中心的存在である《ル・モンド》紙の料理評論の主筆を務めている。締め切りまぎわの緊張感はいつものこと。エネルギッシュなタイプがしばらく続く。

「できた《ヴォワラ》」芝居がかったオーバーな動作で葉巻の吸いさしを頭上に掲げる。「『シェフ・ジャック・ルグラは、金をかけただけの華々しさでブルジョワを驚かすことに主眼を置いているものと見える。味に関していえば、マルセル・パニョルがアイオリ（マヨネーズとニンニクのソース）について語った言葉がぴったりあてはまる。すなわち、ハエをちかづけないという取り柄は少なくともある』どうかな？　彼もまた美の敵であるということだな。真実をつきつけられて鼻っ柱を打ち砕かれるのもしかたあるまい」

「それだけこきおろされても、当のシェフたちはあなたがレストランを再訪すると、なぜかとてもよろこぶのよね。わたしがシェフ・ルグラなら、あなたのスープに一服盛ってやろうかと思うけど」

「ルグラの場合は改善につながるだろう。ともかく喉から手が出るほど三つ星を欲しがっているからな。なにを勘違いしたのか、わたしを感心させなければその願いが実現しないと思っているらしい。だからルグラは努力を続けるだろう。一生をかけてまっとうな料理づくりをマスターしようとするだろう。つまりこれはフランスの美食を守るための仕事であり、フランスの義務論《デオントロジー》をつねに胸に携えていなければならないというわけだ」

カプシーヌは話題を変えるために、床の崩れそうな新聞の山をエレガントな靴の爪先でつつく。「この要塞は田舎に強制連行されることに対する防衛のあらわれ？」

「とんでもない《パ・デュ・トゥ》！　たったいまから正式に休暇に入るぞ！」アレクサンドルは威勢よく「ENTER《エンター》」を押したかと思うとノートパソコンをカチッと閉じて新聞の山に放り出した。山がいまにも崩れそうになる。「原稿は送った。牧歌的な田舎行きの準備にとりかかろう。まるまる一週間のあいだ、木と風ときみ、とりわけきみの魂と一体化できる！」アレクサンドルは立ち上がり、妻を抱きかかえてえびぞりにし、一九三〇年代のハリウッド風のキスをした。

カプシーヌは息が止まりそうになって必死にあえぐ。

「いいから、とにかく荷造りにとりかかって。約束したとおり、明日の昼食はアメリ伯父さんといっしょにとることになっているわ。昼食は家族だけでかんたんにすませて、夕飯はお客様との会食だそうよ。それから日曜日にはキジ撃ち。伯父にとって一週間ぶりの外出ですって。いったいどうしたのかしら。このシーズンには連日狩りに出かけるのがふつうなのに」


翌朝、早く目をさましたカプシーヌはサテンのローブがみつからなかったので、そのままの格好でキッチンにいき、パスキーニ社のコーヒーメーカーで手際よくコーヒーをいれた。これは何年も前にアレクサンドルへのクリスマスプレゼントとして贈ったプロ用の機械だ。料理の腕前は完璧なのに、なぜかアレクサンドルはこのコーヒーメーカーをうまく使いこなすことができない。この調子では彼は十一時前には起きてこないだろう。アメリ伯父と約束した昼食に欠席するいいわけをひねり出さなくては。着替えをすませてもまだ起きてこなければ、夕食も絶望的。地震でも起きないかぎり目をさまさないのでは。もはやあきらめるしかないのか。

今回アメリ伯父を訪問する件は、ずっとカプシーヌの心にひっかかっていた。考えてもしかたのないことをあれこれ考えてしまう。触れたら痛いとわかっているのに口内炎を舌でさわらずにはいられない、そんな感覚にちかい。警察官になると決めた時、一族のなかで猛反対したのがアメリ伯父だった——母の兄で、代々伝わる称号と十六世紀に建てられたモーレヴリエの大邸宅《シャトー》、それを維持できるだけの資産を受け継いだ家長である。人として成長していくためにも現場に出てパリの街の空気に触れることが重要なのだといくら説明しても、伯父にはまったく通じなかった。そんなわけでこの三年間、モーレヴリエとはすっかりご無沙汰だった。子ども時代には、両親がひんぱんに海外旅行に出かけるたびにシャトーに預けられたので、彼女にとってシャトーは第二の自宅のような懐かしい場所だ。数週間前、アメリ伯父からとつぜん電話がかかってきた。もしかしたら和解するつもりで招待してくれたのかもしれない。しかしこうしてコーヒーをすすっていると、その予測に自信がなくなっていく。いまならまだ間に合う。電話を手に取ってカリブ海行きのチケットを予約したほうがいいのかもしれない。

けれど、コーヒーを二杯飲んでいるうちに、しだいに迷いが消えた。アレクサンドルがうめくような声を出しながらバスルームに入っていく足音が響く。カプシーヌはあわてて着替えにいき、ジーンズにゆったりしたサイズのブルターニュ製のフィッシャーマンズセーターを身につけてからキッチンにもどった。アレクサンドルが入ってきた時にはコーヒーメーカーがにぎやかな音を立てて、彼のぶんのコーヒーができあがっていた。

「昼食には間に合わないけれど、荷造りしたらすぐに出発しましょう。食事はとちゅうでとればいいわね」

ないか」
「とちゅうで昼食？」アレクサンドルが顔をしかめる。「高速道路のファストフードで食べろというのか？　冗談じゃない。せっかく休暇に入るというのに。が、絶望することはない。ちょうどいい具合に、小さなビストロのオープニングに招待されている。道を何本かわたったところだ。いまからちょっと顔を出してなにかつまんでからノルマンディに向かおうじゃないか」

カプシーヌはぐっと奥歯をかみしめた。レストランのオープニングにちょっと顔を出せばどうなるか、これまでの経験でよくわかっている。彼女の虹彩はいつものセルリアンブルーから真冬の嵐の海を思わせる紫色へと変わっていく。そのあきらかな変化に気づいたアレクサンドルは、さきほどとは打って変わってしゃきっとしてコーヒーカップを手に寝室へと急いだ。その後からカプシーヌがぴったりついていく。

アレクサンドルがスーツケースに詰めていくのを見ながら、いっしょになってからまだ二年と少ししかたっていないのだとカプシーヌはあらためて思うのだった。親戚が田舎にいるときいたような気はするが、いっしょにパリ市外に出かけるのはこれが初めてだ。モーレヴリエで着るための服を彼が丁寧にたたんでベッドの上に並べていくのを見て、もしや彼はいままでパリから一歩も出たことがないのではないかという疑問がカプシーヌの脳裏をかすめた。異常にだぶっとしたニッカボッカーズを取り上げてひろげ、うっとりと眺めている。アパルトマンの外では絶対に着るなと命じているみっともないツイードの上着によく合いそうな代物だ。

「それは、いったいなに？」カプシーヌがたずねた。

「狩りをする時のニッカボッカーズだ。プラスフォーズ・パンツだぞ。父親が使っていたんだ。射撃の腕前はピカイチで、なかなかの有名人だった」

「たしかに射撃の時にはニッカボッカーズを身につけるけれど、こんなにゆったりしたものは五十年以上前から誰も着ていないわ。これを着たらきっとタンタンそっくりになると思う。足りないのは小さな白い犬だけね」

アレクサンドルはむっとして、クロゼットの奥からなにかを取り出す。使い古してボロボロになった革の銃ケースだ。宝物を扱うようにそっとあけて、優雅な彫刻を施されたショットガンを組み立てた。とても小さなサイズなので、子ども用なのかもしれない。

「ずいぶん華奢ね」

「母親のだからな。当時の女性用で十六ゲージだ。淑女にぴったりで、薬包の値段が安かった。もともとの銃床を交換して使えるようにした」

「そういう軽い銃で獲物を撃ち落とすのはむずかしそうね」

「むずかしいさ。そこがいいんだ。射撃の腕前がお粗末な身としては、銃のせいにできるところがいい。とにかく、絶対に撃つつもりはない。狩猟はゴルフと同じくらい退屈で、あの音は猛烈な頭痛を引き起こす。でもまあ、たまにうまい昼食にありつけるからね」

「ジビエには目がないくせに」

「すべてがうまいわけではない。適切に絞めて、きわめて上手に料理されなければ、キジはブロイラーと同じくらい味気ない。そしてロシアンルーレットみたいなスリルがある。いきおいよく噛んだ拍子に弾の破片で歯を折る危険があるからな。そもそも、食べるために寒くてじめじめしたところで耐えるのはナンセンスだ。狩猟マニアの知り合いを少数確保しておけば話はかんたんじゃないか。十月の半ばを迎える頃には、彼らの胃袋はキジと名のつくものをいっさい受けつけなくなるはずだ。せっかく仕留めた鳥を大量に引き取ってくれる相手を求めて東奔西走することになる」

こういう屁理屈はアレクサンドルの得意とするところで、誰かが止めなければ調子に乗っていつまでも続ける。カプシーヌは彼にかまわず自分の荷造りに取りかかり、鞄ふたつに荷物を詰めた。それから司法警察から支給されているシグ社のピストルを見て思案した。いつもは早撃ち用のホルスターに入れて腰の窪みに装着して携帯しているが、今回はその必要はないだろう。代わりにベレッタPX4ストームFサブコンパクトという小さなピストルをナイトテーブルの引き出しから取り出した——非番の際に携帯する銃として正式に指定されているものだ。スライドを少しずらして薬室にカートリッジが装塡されているのを確認してから、おもちゃみたいなサイズのピストルをスーツケース側面のシルクで仕切られた物入れに納め、予備のクリップをふたつ加えた。九ミリの弾薬四十発があれば、これからの一週間でどんな事態に遭遇したとしても、じゅうぶんに足りるだろう。

「きみがそれで密猟者を一網打尽にしてやろうなどともくろんでいないといいんだが」

カプシーヌはアレクサンドルの冗談をおもしろがらず、彼のあばら骨のあたりを肘で強く突いた。「昼食をとるなら、すぐに出なくちゃ。夕食にも間に合わなかったら弁解のしようがないわ」

その〝ビストロ〟は、すでにミシュランの星を合計十六個獲得しているシェフ・ルグラが最新のベンチャー事業として手がけたものだった。一八七〇年代後半からリヨネーズ・ブション(リヨンのビストロ)風の店として営業していたが近年すっかりさびれていた古いレストランを買い取り、内装はそのまま残して徹底的に洗って磨いてオープンしたのだ。床には白と黒の四角い石で複雑なモザイク、壁の上部には白い陶磁器のタイルが帯状に連なり赤い花が手書きされている。天井からは球体が房のように重なった照明が下がり、どこをとってもロートレックがいまにも足を引いて入ってきそうな雰囲気だ。

いかにもパリのレストランのオープニングらしく、料理評論家とシェフの友人がおおぜい詰めかけ、セレブの顔もそこここに見える。カプシーヌはシェフ・ルグラに紹介された。彼はインターネット版の朝刊ですでにアレクサンドルの酷評を読んでいるはずなのに、意外にもアレクサンドルと温かい抱擁をかわし、家族に対するように親しみを込めて背中を強く叩くではないか。

ふたりのテーブルは一流の料理評論家が並ぶ特等席だった。もちろん、もっとも注目を浴びる席である。ここに座ったからには、出された料理すべてを恍惚とした表情で感動のうめき声をもらしながら残さず食べる義務があるのではないかと、カプシーヌは半ば本気で心配した。内装と同じくメニューも以前通り伝統的なリヨン料理一色で、彼女にはなじみのないものが多い。

「〈傭兵の前掛け《タブリエ・ド・サブル》〉ってなにかしら？　食欲が失せてしまいそうな名前ね」カプシーヌがアレクサンドルにきく。

それをきいて、テーブルの向かい側にいる男性が騒々しい声で笑う。みごとなカイゼル髭をはやしている彼が説明を始める。「その〝サブル〟はもともと外国人の傭兵を指しているんです。彼らは巨大な顎鬚があり、肩にピカピカの斧をかつぎ、長く分厚い革の前掛けをしていたんですな。この料理は牛の胃の膜《グラ・ドゥーブル》を――」

「その通り」彼の隣に座っている男性が割って入った。「これは牛のパンス（第一胃）で、四つの胃のなかでもっとも厚くて、しかも安い。それを傭兵の前掛けと呼んだわけだ。牛の胃袋を食べるなら、いまのところこれが最高にお勧めです。おもしろいことにリヨンではこれを〝ボネ・ドゥ・ニ・ダベイユ〟とも呼ぶ――ハチの巣の帽子とね。その語源について、わたしはいたく興味をそそられ……」

いつしかローヌ峡谷の料理の語源についての細かな解釈へと会話は移っていった。カプシーヌは自分がいま牛の胃袋の、よりによっていちばん硬い部分を食べているのかと思うと、ぞっとした。もしかしたらからかわれているのではないだろうか、そう思ってアレクサンドルを見ると、彼は口をすぼめ、わかっているといいたげに左右の眉をあげて見せる。

「メニューには、もっときみが気に入りそうな料理がたくさんある。手始めに〈リヨン風ポット入りコンフィ〉あたりはどうかな？　豚とフォアグラのコンフィだからいいと思うよ。

それから〈ハトのココット焼き〉だ——きみはハトが好きだからね。わたしは〈リヨネーズ・シャルキュトリ（テリーヌやパテなどの豚肉製品）〉、それからトリュフ入りの〈ブーダン・ブラン（豚や鶏など白身肉で作るソーセージ）〉にしよう」

　テーブルはつかのま料理名の語源で盛り上がっていたが、さらに別の話題に移ってアレクサンドルも加わっている。星を獲得しているスーパー・シェフたちが最近こぞって、手頃な価格の昔ながらのビストロをオープンしているのはなぜなのか。彼らはなにをめざしているのか。自分たちの原点との絆をアピールするためか、それとも名声によって利益を倍増させただけでは飽き足らず、さらにがっちり稼ごうとしているのか？

「オートキュイジーヌのファストフード化だな」ひとりが皮肉をいう。

「冗談でもそういうことはいうな」アレクサンドルが真面目くさった表情でたしなめる。

「すでにわれわれは自分たちの手でファストフードの惨劇を引き起こしている。少なくともアメリカのファストフードであれば、正体は知れているから対処のしようもある。彼らは小細工をしないで正面切って攻撃を仕掛けてくる。確かにおぞましいが、いかにも底が浅い」

「だがフランス人が手がけるとなると、そう単純ではない。ファストフードであるにもかかわらず、まっとうな食べ物のように仕立てあげる。メニューの写真だけ見れば、うっかり食べたくなってしまう。しかしいざ運ばれてくれば、なんたること《モン・デュー》か。そのひとつが、あのいまわしい〈シャロレー・アロ〉チェーンだ」アレクサンドルが一同にわざとらしくウィンクをする。「この苦しみを救ってくれるのは、愛しい妻の存在だけだ。そうは思わないか？

高速道路を走れば五十フィートごとにあのチェーンの店がある。停車して膀胱の苦痛から解放された心地よさのあまり、伝統的なステーキハウスと大差ないかと愚かな勘違いをする。だが運ばれてきた〝アントルコート（リブロース）〟は、犬用のローハイドボーンに〈ヴィアンドックス〉の牛スープの素で味をつけた代物だ」

さきほど皮肉を飛ばした人物がグラスを掲げる。「肉体的官能を愛する者たちと俗物どもとの永遠の闘いだ。美食学《ガストロノミー》がユーロに優先されることを願おう！」

議論がいよいよ盛り上がってきた時、この店のオーナーであるシェフ自身がにこやかにテーブルにやってきて、自慢げにリキュールのボトルをさしだした。このビストロで出すには似つかわしくない稀少なリキュールだ。

「みなさんの話題の主役がこのわたしであると確信していますよ」彼は皮肉っぽい笑みを浮かべる。

このテーブルを囲む面々が丁々発止のやりとりを始めたら止まらない。フェンシングの試合のような激しい論争はさらに熱を帯びるだろう。そして彼らはふたたび腹ぺこになり、ライバルのレストランへと大移動をするだろう。そこまでつき合うわけにはいかない。決断するなら今だ。カプシーヌはテーブルの下で、思い切りアレクサンドルの足を蹴った——これなら嫌でも気づくだろう。彼に向かって頭を傾げてドアの方向を指し、さっさと席を立って歩きだした。アレクサンドルは少し足を引きずりながらも素直についてくる。背後から楽しげに語り合う声が一段と大きく、上げ潮のように高まるのがきこえた。

03

モーレヴリエのシャトーは、カクテルテーブルにさりげなく置かれる建築の本に登場するような邸宅だ。封建時代後期のシャトーとしてはまたとないみごとな建造物にちがいないが、子どものころのカプシーヌの目にはくすんだ建物としか映らなかった。十二歳の子が両親を格好わるく思う感覚にちかい。

シャトーの長い車寄せのいちばん奥まで行ったところで、カプシーヌは愛車クリオを横滑りさせて停めた。車寄せに沿って並ぶ高いポプラの木は相当樹齢が古い。ここからならアレクサンドルが建物を一望できる。レンガ造りの塔――十五世紀の封建城郭の天守《キープ》の跡で、五百年以上の歳月によってすっかり熟成されて軽くローストしたヤマウズラとそっくりの色合いになっている――から、ビクトリア様式のファサード――明るいサーモンピンクと白の色合いが華やかだ――まで、さまざまな建築様式の特徴が見られる。かつての中庭には砂利が敷き詰められて、ろくに手入れされていない。その先には石造りの胸壁があり、その外側のかつて濠《ほり》だったところはいまは藻だらけの運河となっている。この建物が変則的なつくりになったのは、サラセン人が侵略して要塞壁を壊すリスクはほぼないと判断した祖先が、ロウソクなしで昼食を食べられるよう明かりをとり入れる造りにしたからだ。建物の裏には広大なスペースがある。昔ここは家畜小屋として使われていたが、いまは使い道のない迷路のような状態で残っている。一族の子どもたちにとっては、内緒で冒険するための広大な舞台だ。屋根の一部に長い青い防水シートがかけられたままなのは、整備計画が頓挫していることをあらわしているのかもしれない。

「あれやこれやの支払いを考え出したら、とうてい住めやしないだろうな」アレクサンドルがいう。

「父も同じことをいうわ」

カプシーヌは正面玄関の階段を駆け上がった。玄関前に車を放置するのは伯父にとって許し難い重罪だが、かまわずにそのまま立派な彫刻のあるオークのドアを押してあけた。

「いそいで。十五分の遅刻よ」

「やれやれ。きみにはやはり突入という言葉がよく似合うな」アレクサンドルのコメントは、バタバタと駆け込むカプシーヌのいきおいに弾き飛ばされた。

彼女はそのままアレクサンドルを引きずって大理石の広々とした廊下を進む。先祖たちのいかめしい肖像画が金箔で飾られた額縁に入ってずらりと並んでいる。焦げ茶色のかすみを通り抜けるように図書室に飛び込んだ。イギリスのコージー・ミステリにどんぴしゃりの豪華な図書室だ。

「カプシーヌ、やっと来たか！」かくしゃくとした紳士が声をあげた。頬はバラ色で、古びたツイードのジャケットを着ている。気詰まりな間が一瞬あった後、アメリ伯父はカプシーヌを抱きしめた。「ようこそ《ビアンヴニュ》、愛しい子《マ・シェリ》よ。お帰り。おお、アレクサンドルか！　結婚式で会って以来だな」アメリ伯父が両手でしっかりとアレクサンドルの手を握る。

「あれ以来、よく育ったものだ」アレクサンドルのお腹をポンポン叩いたのは、ワシのような風貌の若者だ。紺のブレザー姿で、胸ポケットからさりげなく垂らしているのはピンク色の地に柄のあるエルメスのシルクのポケットチーフという出で立ちの彼は、生意気そうな表情だが、妙に落ち着き払った雰囲気を漂わせている。

アメリ伯父がぎろりと睨む。「息子よ、言葉を慎むと約束したはずだろう」

「伯父さま《モノンクル》、ジャックはふざけているだけ。アレクサンドルとは仲良しになったのよ。一年前に起きた事件を解決するために力を貸してくれたの。それからというもの、アレクサンドルとは家族同然の仲よ」カプシーヌが仲裁に入る。

事件という言葉はあきらかにアメリ伯父を刺激したらしく、返事がない。しんと静まり返ったなかで、アレクサンドルもぶぜんとした表情をしている。いまにも歯ぎしりの音がきこえてきそうだ。カプシーヌはいたたまれない思いでため息をつく。とんだ失言でふたりを固まらせてしまった。それにしても、なぜアレクサンドルがこうもジャックを目の敵にするのか、不思議でならない。ジャックはいとこのなかで一番仲がよくて、きょうだいのように育った。彼は対外治安総局《DGSE》――フランスのシークレットサービス――の職員としてそれなりの権限を持ち、影響力も発揮している。カプシーヌとは仕事を通じてある種の絆を共有している。そして昔から彼女をからかうのが大好きなのだ。単にいたずら好きな性分なだけで、いちいち腹を立てるだけ無駄なのに。

アメリ伯父は再会の場を台無しにしてはいけないと気持ちを切り替えて、客人たちにカプシーヌとアレクサンドルを紹介しようと先頭に立って歩きだした。

「今夜はちょっとしたパーティーだ。といっても伯母《タント》さんが亡くなってからというもの、あまり手の込んだことは興味がなくなってしまってな」アメリ伯父がカプシーヌにこっそり耳打ちした。「アレクサンドルがっかりしないといいんだが」そういいながらカプシーヌをいたわるように手の甲をやさしく叩く。

「こちらはたいせつな友人ロイック・ヴィエノー」アメリ伯父がアレクサンドルに紹介する。「彼の一族はノルマンディ公ギョームがノルマンディを離れてイギリスを征服しようなどという奇妙な考えを抱いた当時からこの村で暮らしている。いうまでもなく、フランス最高のビーフを生産している〈エレヴァージュ・ヴィエノー〉のオーナー《プロプリエテル》だ」

アレクサンドルは如才なくヴィエノーと握手をする。

「確か、数年前にパリのサロン・アグリコルでお目にかかりましたね。専門的な知識をいろいろとうかがいましたよ。シャロレー牛がいかにリムジン牛に勝っているのかについて、ひじょうに説得力のあるお話でしたな」

ヴィエノーは控えめに微笑む。「そうおっしゃっていただくと光栄です。あの日はたいへん緊張していました。人前で話すことが大の苦手でしてね」

アメリ伯父がさらに進む。「そしてこちらがムッシュ・アンリ・ベランジェ。パリジャンで投資銀行家だ。一週間ヴィエノー夫妻のところに滞在して狩りを楽しんでいるそうだ。今夜は夫妻とともにいらしていただいた」

ベランジェの存在をアメリ伯父は快く思っていないようだ。カプシーヌはぴんときた。ジャックが小気味よくおしゃれしているのに対し、ベランジェは辟易するほどめかしこんでいる。あまりにも完璧な身だしなみで、身につけているものはあまりにも新しく、そしてあまりにも高価で、この場にそぐわない。そのうえ、自信満々の態度がいかにも成金らしくて毒々しい。

「では、ここで村の人たちといっしょに思う存分〝狩り《ラ・シャッセ》〟を楽しんでいらっしゃるのね？」カプシーヌがたずねた。〝シャッセ〟という言葉を口にしたとたん、寒々しい空気が流れたような気がした。

「思う存分とまではいきませんね。射撃の腕を落とさない程度には撃っていますが」

彼は嫌みなほどもったいぶった笑みを浮かべてこたえる。なるほど、伯父が嫌うわけだ。無性にひっぱたいてやりたくなるタイプとはこういう人物を指すのだろう。

「そしてこちらはマリー＝クリスティーヌ・ヴィエノー」

アメリ伯父は構わずに紹介を続ける。魅力あふれるフランスの正統派美人にアレクサンドルはすでにめろめろになっている。温かい笑みを浮かべた彼女は四十代。濃いブロンドの髪に縁取られた顔は透き通るように白く、コバルトブルーの目は引き込まれるように深い。アレクサンドルは深く腰を屈めて〝ベーズマン〟、つまり手の甲に軽くキスする。いまや時代劇かフランスのど田舎くらいしか、そんな作法はおこなわれていない。それを見て彼女の夫が顔をしかめた。

ちょうどそのとき、アメリ伯父の高齢の執事《マジョルドム》、ゴーヴァンが入ってきた。白いジャケットの高い襟は硬く糊づけしてあり、きつすぎるのか顎のたるみがはみだしている。彼はすり足でやってくると、低音を響かせた。

「伯爵夫人《マダム・ラ・コンテッス》、お食事の用意が整いました《エ・セルヴィ》」

カプシーヌはぎくっとして、目が泳いだ。もしや、奇跡が起きて伯母が復活したのか、さもなければ伯父が再婚したことをうかつにも知らなかったのか。あわてているとアレクサンドルは彼女の腕をつかんで耳打ちした。

「おいおい、きみのことだよ。強面のル・テリエ警視としか考えていないんだろうが、きみは貴族のカプシーヌ・ド・ユゲール伯爵夫人でもあり、魅力的で洗練されたアレクサンドル・エドゥアルド・ダルボーモン・ド・ユゲール伯爵、つまりわたしの妻でもある。称号などパリでは鼻で笑われるだけだが、きみの伯父上にとっては徒《あだ》やおろそかにはできないとみえる」

カプシーヌは自分の称号などには露ほども関心がなく、専門用語のようにしか感じられない。部下の警察官たちから〝伯爵夫人《マダム・ラ・コンテッス》〟などと呼ばれることを想像するだけでぞっとする。

一同が立ち上がり、ジャックがカプシーヌににじり寄った。

「このわたくしが伯爵夫人《マダム・ラ・コンテッス》をお席にご案内いたしましょう」

　そのまま食堂へと移動しながら、ジャックはカプシーヌの背中に指をあててせわしなく上下に移動させる。てっきり銃をさわろうとしているのかと思ったが、そこで子どもの頃の彼のいたずらを思い出した。が、遅すぎた。慣れた手つきでブラジャーの留め金をつまんではずし、たわわな胸を解放してしまったのだ。くやしがっても遅い。初めてブラジャーをつけた当時から性懲りもなくジャックはこれをやり続けている。あの頃から彼は少しも成長していない。

「ぼくのなかの動物愛好家の血が騒ぐんだ」ジャックが耳元でささやく。「美しく弾むバニーちゃんたちが檻に閉じ込められているのを見るのは耐えられない」

　だらしない顔でにやにやしていたジャックがお得意の甲高い笑い声をあげたので、あまりの騒々しさに室内の会話がぴたりと止んだ。そして今度こそほんとうに歯ぎしりの音。マリー＝クリスティーヌと腕を組んで後ろから歩いてくるアレクサンドルのものか、その後ろに続くロイック・ヴィエノーのものにちがいない。

　ディナーはなごやかなムードで始まった。古めかしい食堂の壁紙は手書きの模様が描かれたぜいたくなものだが、すっかりくすみ、湿気で染みがたくさんできている。ゴーヴァンがあぶなっかしい足取りで出入りして給仕する。縁がかけたリモージュ焼きのボウルの中身はありきたりな根菜のスープ。それをぱしゃぱしゃと飛び散らせながら運んでくる。クリスタルのデカンタに入っているのは稀少なボルドーだ。ただしあまりにも古くてレンガのような色合いで、すっかり気の抜けた味になってしまっている。

ゴーヴァンが浮き出し模様のある銀の巨大な皿をよろよろと運んできた。

「先にお詫びしておきますが」アメリ伯父が笑いながらいう。「今夜はキジを食べていただきます。シーズンに入ってまだわずか五週間ですが、田舎暮らしの身には正直、キジなど見るのも嫌という心境でしょう。しかしこうしてパリジャンを迎えたわけなので、こらえていただきたい。彼らにはめったにない機会ですからな。ここを訪れたからにはキジが食べられるものと期待しているにちがいない」かすかな忍び笑いが洩れたが、すぐに気詰まりな沈黙となる。

アメリ伯父はなおも話を続ける。「うちの料理人のオディールは得意の〈キジのノルマンディ風《フザン・ア・ラ・ノルマンド》〉をつくってくれました。りんご酒《シードル》でキジを蒸し煮にして、最後にりんごを加えます。この料理の秘訣はキジの肉汁、クレーム・フレッシュ、少量のカルヴァドスでつくったソースですな」

「ほんとうの秘訣はル・プティ・スイス（フレッシュチーズ）だ。あわれなキジはオーブンに放り込まれる直前に、そいつを座薬みたいに入れられる」ジャックが内緒話をするような口調で、わざとらしく大きな声でいう。もちろん、テーブルに着いた全員にきこえている。

アメリ伯父は息子のジャックをきつく睨むが、彼はそしらぬ顔で続ける。

「ル・プティ・スイスといえばノルマンディが誇るすばらしいチーズだからな。たとえそれが子ども向けのもので、スーパーマーケットでしか手に入らなくてもだ」

アメリ伯父は連続砲撃を浴びせるような迫力でジャックを睨んでいる。

とりなすように話題を変えたのはアレクサンドルだ。なかなかの紳士ぶりである。

「パリジャンにとってキジといえば、たいへんぜいたくな食材です」彼が心底うっとりした表情で眺める大皿には、まるまるとしたキジが濃厚なソースを敷いた上に横たわっている。

「狩猟は田舎暮らしならではの楽しみですな。たいていの動物を仕留めてしまうんだろうから、さぞやいい気分でしょう」クラブで社交しているみたいな鷹揚な態度だ。

ところが周囲の反応は驚くほど冷たい。アレクサンドルは眉根を寄せてカプシーヌになぜかと目で問いかけた。彼女もさっぱり見当がつかず、夫婦だけに通じるテレパシーで夫にそう伝えた。

「さすがに料理評論家のテクニックはちがう。食べる前から歯に衣着せぬ発言をするものだ」ジャックが裏声で甲高い笑いをあげて、さらに続ける。「職人芸みたいなものかな。映画監督が指で小さな長方形をつくってそこからのぞくように」彼は身振りつきで説明する。

思いあまったようにヴィエノーが口をひらいた。「先週、悲劇的な事故が起きまして、それで——」彼はそこで言葉を失った。

「そうなんだ」アメリ伯父が引き取った。「猟を開始した直後だった。フィリップ・ジェルリエという人物が、気の毒なことに命を落とした。彼はヴィエノーのところで働いていた。片腕のような役割を果たしていた。時にはそういう事故が起きてしまうのはやむを得ないのだが、なんともやりきれなくてな」

アメリ伯父はぞんざいなしぐさでゴーヴァンにワインのお代わりを注ぐように命じる。テーブル全体にじっとりと湿った霧がかかったように重たい雰囲気だ。アメリ伯父が一息でワインを飲み干すのを見て、アレクサンドルが顔を曇らせた。彼はやっとのことでこれがクロ・デ・ジャコバン一九六六年であると特定したのだった。

「なんてことだ」アレクサンドルの言葉はノーブルなワインに対する冒瀆を非難しているようにも、悲劇的な死を悼んでいるようにもきこえた。

「あの時はヤマウズラを狙っていた」アメリ伯父がさらに説明をする。「撃ち手は丘の頂上付近に半円を描くように配置されていた。鳥は斜面の少し低い位置から飛び立ってすぐに高さを増した。どうしたわけか――なにが起きたのか、わしには正確にはわからないのだが――ジェルリエが胸を撃たれた。おそらく、列の端のほうから誰かが過って発砲したのだろう。即死だった」

ゴーヴァンはすぐに動けるように待機して、アメリ伯父が指をさっとひとふりすると同時にグラスを満たした。伯父はそれを瞬く間に飲み干す。

「むろん、誰を責めるわけにもいかない」アメリ伯父がいう。

「ねえカプシーヌ、狩猟には事故がつきものなのかしら？」マリー＝クリスティーヌが専門家の助言を求めるようにたずねた。

カプシーヌは自分の天職が公に認められたようで、内心うれしくてならない。それを気づかれないように取り澄ました表情でうなずいたが、じっさいには狩猟の際の事故のうちかなり多くが故意に撃ったものであるという警察の見解は差し控えた。猟銃での殺人には事前に周到な計画が練り上げられているということも。

「ほらごらんなさい、伯爵《ムッシュ・ル・コント》さま！　カプシーヌがいま認めたじゃないですか。こうした事故は珍しくないと。だからご自分を責めないで」マリー＝クリスティーヌがいう。

　アメリ伯父はアレクサンドルの驚愕の表情に無頓着なまま、さらにワインを一杯飲み干し、いちだんとむずかしい表情になる。なぜ伯父がこうもふさいだ様子を見せるのか。それは事故のせいなのか、それともカプシーヌが警察官であるという事実が当然視されているのが不快なのだろうか。

「ジェルリエはうちの牧場長ですばらしい友人でした」ヴィエノーが口をひらく。「彼を失ったことは大きな損失です、個人的にも、そしてもちろん仕事上でも。彼はひじょうに有能で、〈エレヴァージュ〉の日々の運営管理を任せていたんです」

　そしてまた、気詰まりな沈黙。

「おおきな痛手でしたな、お察ししますよ」アレクサンドルがいう。「なにしろおたくの牧場が負っている責任は並大抵のものではありませんからね。パリで一流のオートキュイジーヌを志す者であれば、まず〈シャロレー・ヴィエノー〉以外の牛肉は出そうとはしない。ベンチマークを打ち立てたといっていいでしょう。おたくで商標権を取得している品種ならではの成果でしょうな」

　肉食牛の飼育について長々と講釈が始まり、食卓の緊張がゆるんだ。各自がおしゃべりを始め、アレクサンドル以外は誰もヴィエノーの話に耳を傾けようとはしない。

「品種そのものが格段に優れているわけではないんです」ヴィエノーが人なつこい笑顔でこたえる。「申請しているのは、家族のあいだで何世代にもわたって受け継がれてきたノウハウです。すさまじい努力があってこそのノウハウですが」彼は自虐的な笑みを浮かべる。

「それもだいじですが」ベランジェが会話に参加する。「大型資本へのアクセスによってグローバルな注目を浴びることで、〈エレヴァージュ〉はさらなる発展をしていけますよ。アレクサンドル、とファーストネームで呼ばせていただきますが、いま彼がいったように、まさしくワールドクラスのブランドですから。いまのような少量の流通ではなく、フランチャイズ権を活用すべきです。あなたの事業、世襲財産、家族がどれほどのポテンシャルを秘めているのか、よく考えるべきです」

ヴィエノーの表情がけわしくなった。「ベランジェさん」気色ばんだ口調だ。「パリでお会いした時にはっきり申し上げたはずだ。〈エレヴァージュ〉を売却する意思など毛頭ないと。それでもあなたが牧場を見学したい、いま手がけている取引だかなんだかの比較の材料にしたいとおっしゃるから、お招きした。ささやかな狩猟を楽しんでもらえるならとよろこんでいました。しかし売却話はいっさいお断わりだ。どんなふうに持ちかけられたとしても、絶対にその気はない。それは納得してもらえましたかな？」

この険悪な空気を鮮やかに変えたのはマリー＝クリスティーヌだった。彼女は夫に向かって気だるそうに微笑んでみせた。

「ねえあなた、アレクサンドルをご招待したらどうかしら——もちろんカプシーヌもごいっしょにね。〈エレヴァージュ〉にお招きしましょうよ。明日は狩りがあるから、その翌日の月曜日がいいわ。わたしも参加できるからパーティーをしましょう。おもしろそうじゃない？」そしてふと思いついたように、つけ加えた。「ムッシュ・ベランジェももちろんごいっしょにね。ぜひ参加していただきましょう」カプシーヌが逆立ちしてもかなわない社交能力だ。

それから二時間、なごやかに食事が続いた。が、アメリ伯父だけは塞いだままだった。料理を食べるでもなくつつくだけで、ゲストが居間に移ってコーヒーや食後酒を飲み始めたのを潮に退席した。

カプシーヌは必死でつかまっていた。たいそう古いルノー・エスタフェットのヴァンは何十年も前に後部座席を外して必要最小限のものしかついていない。お手製の木製のベンチが車体の後部にネジで固定され、手すりが三本、ルーフに溶接されている。フロントシートでハンドルを握っているのはアメリ伯父の狩猟番エミリアンだ。でこぼこの土の道をジグザグに運転していくのだが、アクセルもブレーキも力いっぱい踏み込まなければ機能しないと信じているらしい。太いゴロワーズ・カポラル（フランス製の両切りタバコ）を口の端にくわえたまま運転している。

「伯父さま《モノンクル》」カプシーヌはガタガタという騒音に負けまいと声を張り上げる。「今日の狩りはどんな予定なの？」

「きこえちゃいませんよ」エミリアンが動きにくそうにふりむいてカプシーヌに告げる。彼の顔は鮮やかな赤い毛細血管が細かな格子を描いてはなやかなバラ色に見える。長年カルヴァドスを愛飲している人に特有の色だ。「いまちょうどシナーの森を通過中です。南東にある大きな森です。狩猟の解禁日以来、初めて来ましたよ。おそらく鳥がいっぱいいるでしょうな。今夜はきっと肩が筋肉痛だ」黒タバコ《タバ・ブラン》を日頃から吸っていることをうかがわせる声だ。

ヴァンが大きく振動して停まると、すぐさまアメリ伯父が片腕にバインダーを抱えて飛び降りた。エル・アラメインの戦いで布陣を敷こうとして地形を見ているモントゴメリー（英軍指揮官）のようにエネルギッシュな姿だ。アメリ伯父がアレクサンドル、そしてカプシーヌをじっと見据える。厳しい目つきだ。アレクサンドルはだぶだぶのプラスフォーズ姿、カプシーヌはカーキ色のコーデュロイの狩り用の服を着てローデンクロスのマントを肩からはおってまともな格好をしている。アメリ伯父がバインダーを見て思案し、指示を出した。

「ふたりいっしょに持ち場についてもらおう。離れずにいた方がいいだろうからな。アレクサンドルが退屈するようなら、たまに撃たせてやりなさい」てきぱきとそれだけいうと、足早にいってしまった。

アレクサンドルが安堵の大きな吐息をもらす。

三十分もたたないうちに、カプシーヌとアレクサンドルは自分たちの持ち場についていた。森のなかに百フィートごとに持ち場が決められている。アレクサンドルがバランス悪そうに座っているのは狩猟用のステッキだ。ただのステッキに見えるがハンドルを操作すると革製の小さな椅子になるという、いかにもイギリス生まれの小憎い仕掛けだ。そばにはふたりの狩猟用のくたびれた鞄が小山のように積んである——カートリッジケース、銃カバー、なんでも入る革製の鞄などが。彼らから百フィート左にはヴィエノー夫妻が同じような状態で待機している。マリー＝クリスティーヌが狩猟用ステッキに腰かけて落ち着き払っているのに対し、ヴィエノーは神経が張りつめていらいらした様子だ。彼らのさらに百フィート左側にはアンリ・ベランジェがいる。スキート射撃用の二連構造のいかにも重たそうな銃の重みに耐えながら、餌をいまかいまかと期待している豚のように獲物を待ち受けてじっと森を見つめている。

「彼はあの大砲を質屋で買ったにちがいない」アレクサンドルは息を殺してしゃべる。「みるからにうさんくさいな。それに投資銀行家というより中古車のセールスマンみたいだ」

「射撃の腕前を自慢していたけれど、果たしてほんとうのところはどうなのかしら」

カプシーヌは肩から下げた革製のバッグのなかの散弾銃用のカートリッジをいじりながら上の空でこたえる。

勢子たちが木をそっと叩く音がきこえてきた。この時の音の大きさは重要だ。鳥がパニックになっていきなり四方八方に飛び立つようではまずい。勢子たちから逃げる程度がよい。逃げた鳥は森の端に達すると、銃が並ぶラインの上に飛び上がるしかなくなる。カプシーヌは銃を持ち上げ、構える。

小型の電化製品のようなブーンという金属的な音がした。森からキジが一羽、ほぼまっすぐ上空に飛んでいき、ちょうどベランジェの上でさらに急上昇する。彼はまるで機械仕掛けで動くようにすばやく銃を掲げて一回撃ち、すぐに銃を下げた。その動作はあまりにもすばやく、まるでサーカスの曲芸のようだ。鳥は小さなボールのようにまるくなって落ちてきたかと思うと、地面にぶつかった拍子に少し弾んだ。

「あれできみの疑問は解決したか？」アレクサンドルがたずねる。

森からいっせいに鳥が出てきた。カプシーヌはひっきりなしに発砲し、銃身は熱くなってふれることもできない。肩がずきずきと痛むのが情けなくて悪態をついた。長いことピストルに慣れ切っていた。射撃場で息を殺して狙いを定めてピストルの引き金を引いていたので、鳥を撃つ際のゴルフスイングのようなリズムを忘れてしまっていた。とつぜん、銃声がぴたりと止み、森から勢子たちがにこにこして出てきた。その大半はまだらな雑種犬を擦り切れた古いロープでつないで連れている。彼らは撃ち手たちが並ぶ前を通って向こう側の森のなかで落ちた鳥をさがし始めた。

カプシーヌはすっかりしょげている。

「たった二羽しか撃ち落としていないと思う。せいぜい三羽。ええい《ポン・サン》！　でも、すかっとしたわ」

その後の二回も一回目と同じだった。あちこちでベランジェについてささやかれるようになった。彼はあくまでも冷静で、射撃に熱中する様子も見せない。けれども彼の銃が上を向くたびに、空から鳥が落ちてくるのだった。その朝、彼にちかづこうとする者は誰ひとりいなかった。

アレクサンドルはどうにも退屈でたまらない。カプシーヌはリズムを取り戻すにつれて成果も出るようになり、すっかり夢中になっている。アレクサンドルはといえば、ステッキの上にじっと座り続ける以外やることがない。そんな状態を彼が長時間続けられるはずがないことはカプシーヌがいちばんよく知っていた。

そろそろアレクサンドルがなにかやらかすのではと彼女が思い始めたその時、古いルノー・エスタフェットが昼食を運んできた。折り畳みテーブルをつなげた上にハムやソーセージ、チーズを盛った皿、赤ワインのボトル、おなじみのカルヴァドスが入ったカラフェが並べられた。勢子たちとハンターたちはそれぞれ両端にあつまり、中間には誰も座らない。トゥーレーヌの口の狭いボトルが手から手へとまわされ、どちらのグループも適度な盛り上がりを見せる。犬たちはおこぼれにあずかろうとテーブルの下を自在に走り回ってはしゃいでいる。

アレクサンドルはおそろしく分厚いサンドイッチを見てごきげんだ。焼いたハム、リヴァロ・チーズがはみ出して、すばらしくいいにおいが鼻孔を刺激する。

「つまるところ、オートキュイジーヌとはこういう瞬間の模倣に過ぎない」

カプシーヌは子どもの頃の習慣で、自然に勢子たちがいるほうに寄っていった。誰が誰なのかまるでわからないけれど、彼女のことは全員が知っており、昔と変わらず「マ・プティ・マドモワゼル・カプシーヌ」と迎えてくれた。老人がパン・ド・カンパーニュの巨大な塊を胸に押し当てポケットナイフでスライスする。その光景はプルーストのマドレーヌのように強力にカプシーヌを過去に引き戻した。子ども時代に見た農民《ペイザン》たちの姿がよみがえる。彼らは家族の食事を始める際には自分のナイフをカチッという音とともにひらいて食器の横に置く。ナイフをパチンと閉じれば、仕事に戻ることを意味する。むしょうに子ども時代に戻りたくなった。あの頃のように彼らといっしょに歩きまわりたい。

アレクサンドルにはヴィエノー夫妻と一緒に行動するようにいい残して、カプシーヌはエスタフェットに乗り込んだ。アレクサンドルがマリー＝クリスティーヌをかまってヴィエノーのリズムを乱しませんようにと願いながら。ガタガタ鳴るヴァンの騒音に負けまいと勢子たちは興奮した口調でおしゃべりに興じている。カプシーヌがいることなど頓着しないで、よくわからない田舎の方言だらけの会話だ。どうやらジェルリエが亡くなった件がテーマらしい。モーレヴリエの伯爵の家は呪われていて、これを皮切りに長い災難が始まるというような内容だった。

「おまえたちはなにも知らない。伯爵は無関係だ」

そう発言したのは、白い顎鬚を長く伸ばした老人だった。オイルスキンに穴をあけたポンチョをかぶり、腰には古いロープを巻いている。そして黒と白のまじった小型のスパニエル系の雑種犬を撫でながら続けた。

「呪われているのは〈エレヴァージュ〉だ。あそこでは妙なことが起きている。誰もがそれに気づいている。あの肉牛は悪魔の家畜だ。これはその罰だ。これからさき、もっとずっとひどいことが起きる」

ヴァンががくんと揺れて停車し、勢子たちが騒々しく降りた後にカプシーヌが続いた。勢子のリーダーが彼らを一列に並べ、カプシーヌに話しかけた。

「マドモワゼル・カプシーヌ、あなたはまんなかでわたしの隣にいてください。そうすればちがう方向に飛ぶ鳥をすべて撃てるからね」

遠くでアメリ伯父の角笛が三回鳴ると、にわかに忙しくなった。犬はクンクン鳴いてロープがぴんと張るほど先に行きたがる。勢子はロープをしっかりとつかみ、棒で軽く叩き、静かに声をかける。「さあ、行け《アレ・ラドウダン・アレ》」と。

静かな二十分の後、撃ち手たちから数百フィート離れた地点から鳥たちが飛び立った。そして発砲音。勢子たちの動きのリズムが速くなる。スピードが増し、大きな声で叫び、棒であたりを激しく打つ。鳥が嫌がる音をわざと立てるのだ。

カプシーヌの隣で叫び声がした。防水シートのポンチョを着たさきほどの予言者のような老人が顔に手を当てている。指のあいだから血が容赦なくあふれ、胸に流れ落ちる。カプシーヌが彼を抱きかかえても、ほかの勢子たちは足を止めない。老人が連れているスパニエルはロープを一度か二度ぐっと引っ張るが、自分の主人が苦しんでいるのに気づいて彼の前に座り、心配そうな顔で激しく鳴きだす。カプシーヌは彼の顔から指をひきはがし、ハンカチで懸命に血をぬぐう。数分たつと血は少し止まってきたが、顔がおそろしいほど腫れてきた。彼はぼそぼそと何度も繰り返す。「あれほどいったのに。彼らはきこうとしなかった。だからいったのに……」

カプシーヌのなかの警察官としての本能が、がぜん優勢になった。彼を空き地に連れていき、仲間に犬を預け、ヴィエノーが所有するなかで最上級モデルのプジョー607を乗っ取りアレクサンドルに運転するよう命じた。老人を後部座席に乗せ、革のシートのぜいたくさに威圧される彼をなだめながら、アレクサンドルに村までの道順を教えた。

　村には医師がいないので薬局《ファルマシ》に駆け込むしかなかった。薬剤師のムッシュ・オメーは生真面目そうな六十代前半の人物だ。芝居じみた真剣な表情で老人の傷を調べる。

「こういうことが続くようなら、伯爵と一年契約を結んでもらわなくては」

　オメーのジョークにカプシーヌはつい微笑んだが、死者が出る事故に続いて流血騒ぎが起きたとアメリ伯父が知れば、さぞ落胆するだろう。それを思うといたたまれない。

「フィリップ・ジェルリエの処置もあなたが？」カプシーヌがたずねた。

「マダム、いくらわたしでも亡くなった人の処置はできません。彼は確かにここに運ばれてきましたが、彼が死亡していることを宣告する以外なにもできませんでした」

　オメーは特大のルーペを取り出してさらに老人を調べ、彼の顎の先を二本の指で押さえて右に左に向かせる。

「こういうケースは、調べても時間の無駄となることがほとんどです。弾はかならず表皮にあり、自然に出てきますからね。ペレット弾ですら皮膚から自然に出てくる。ただし動脈のなかに入ってしまうようなことがあれば、あきらかに危険です、その場合はわたしにはなんの手立ても取れませんな」オメーはもったいぶった調子で笑い、頼りなさそうな黄色い消毒剤を傷の上に塗った。「ムッシュ・アンリの場合は表皮に合計十一個のペレット弾が入っているに過ぎない。焼けつくような痛みが一週間か二週間は続くでしょうが、髭を剃る時にあっさり抜けていくはずです。こういうことは初めての体験ではないのだろうね、アンリ？」

彼は老人に対して遠慮のない口調でたずねる。

カプシーヌは毎度ながら、田舎暮らしの無神経な部分にぞっとする思いだった。ペレット弾のうちのふたつは目から一インチも離れていない。オメーがあまりにもけろっとした口調なので、もしや彼の視力に問題があるのではないかと疑ったほどだ。

当のアンリはさすがにだるくて狩猟場に戻るのは無理なので、車で自宅に送り届けて妻の手に委ねることにした。本人も不承不承同意した。

「あの薬剤師は医師の資格なしに医療をおこなうリスクを避けたんだろうな」アレクサンドルはあれこれ考えているようだ。「とりわけ警察官の前では用心したんだろう。とにかく関わりたくないというタイプだな、あれは」

「いったいなにを考えているの」

「だから、ケガを負わせたのは、あのムッシュ・ベランジェという人物だ」

「断言できるの?」

「ちょうど彼の隣に配置されていたからね。撃ち落とされた鳥が右や左に降ってくるなかで、森から一羽のキジが歩いて出てくるのが見えた。歩くのがいちばん安全だとキジなりに考えたらしい。ところが空き地にさしかかったら、仲間がとんでもない騒ぎになっている。それを見て気持ちが変わったんだろう。キジは飛び上がった。ベランジェはどうやら、もらえるものはなんでもいただくというタイプらしい。鳥がようやく頭の高さほどに飛び上がったあたりで、発砲した。その直後だ、勢子の悲鳴がしたのは。ヴィエノーの説明によれば、狩猟をする者は、飛んでいる鳥以外は撃ってはならないとされているそうだ。しかしあのキジは両脚とも地面からまちがいなく離れていた、とベランジェは言い張るんだろう」

アレクサンドルの忍耐力が狩りですっかり底をついたのはあきらかだったので、翌日カプシーヌは彼をキノコ狩りに連れていくことにした。オディールにピクニックのランチバスケットを頼み、それをクリオの後部座席に積み込んで森をめざした。

アレクサンドルは無類の情熱を菌類に注いでいると自分ではいうが、カプシーヌは話半分に受け止めていた。彼によれば、植物に覆われたなかに稀少なキノコを発見して掘り起こす瞬間の恍惚感はなににも代えられないそうだ。確かにパリの市場でめずらしいキノコを発掘しておおよろこびしているところなら何度も見たことがある。しかし大自然のなかで実践《ア・ルーヴル》している彼は想像もつかない。カプシーヌは狩猟番のエミリアンに、森でいちばんキノコがありそうな場所をきいていた。キノコ狩りを得意とするエミリアンは最初は渋ったものの、けっきょく封建主義的な身分階級の意識には逆らえず、絶対に他言しないという条件で秘密の場所を教えてくれたのだ。

牧歌的なのどかな朝だ。よく晴れた秋の日、ひんやりした空気がいったん暖まるとむしろ暑いくらいだった。アレクサンドルは両膝をつき、両手で下生えの下を掘っている。幼い少年のように楽しげだ。キノコにくわしいというのはほんとうだったのだ。カプシーヌが友人と親しくつきあうように、彼はキノコと仲がいいらしい。あんなに焦れた様子だったアレクサンドルが、飽きもせずうきうきと地面をつつきまわっている。一時間もたたないうちに、すっかり元の彼に戻っていた。大好きなパリから引き離された焦燥感やいらだちは消え、カプシーヌが初めてきく話をつぎつぎに披露する。パリのカフェでおしゃべりしているみたいに元気いっぱいだ。

　唐突にアレクサンドルが叫んで牛の舌そっくりの赤褐色の不気味なキノコを掲げた。「カンゾウタケだ！」数分後にはユキワリダケ、ヒラタケ、さらにカノシタが見つかった。バスケットはほぼ満杯だ。ふたりは手をつないで大きく振りながら、小道を歩いていく。カプシーヌはすっかりメルヘンの世界に浸っている。太陽の光がさんさんと降り注ぐ大きな空き地に着いた。どこでランチを広げようかとカプシーヌが動いていると、いきなり怒鳴られた。

「止まれ《アレテ》！」カプシーヌが凍りつく。「いまきみは大量のアルベンシスを踏みつぶそうとしている。こんなにまとまって生えているなんて、たぶん初めて見るよ」彼がキノコを一つずつ丁寧に採取し終わるまで待ってから、ようやく昼食となった。

　カプシーヌはブランケットを広げてピクニックバスケットを置き、いちばん上にかぶせたナプキンと、それを留めていた紐を外す。なかにはパン・ド・カンパーニュの巨大な塊、パテ、リエット、すばらしくクリーミーなカマンベールが入っている。一つひとつを包むパラフィン紙がカサカサと音を立てる。シードルの瓶が二本。これはワイヤーをねじってはずし、コルクをポンと抜くというシャンパンのような方式だ。オディールはデザートとして板チョコを二枚入れてくれている――一枚はナッツ入り。ストロングコーヒーの入った保温式ポット。そして絶対に欠かせないのはカルヴァドスの入った小さなデカンタ。

カプシーヌはすっかりリラックスしてアレクサンドルにすり寄る。信じられないほど肩の力が抜けている。知らず知らずのうちにパリという街で緊張を強いられているということなのだろう。アレクサンドルに片腕で肩を抱かれていると、大好きなカシミアのショールに包まれているみたいに心地いい。彼がそっとキスし、彼女もそれにこたえる。さらに熱烈なキスをされて、カプシーヌも彼に身を寄せる。アレクサンドルがいよいよ情熱的になる。このさきの成り行きは予想がつく。誰に遠慮することがあるだろう。人里から百マイルも離れたこんな場所なら、誰にも見られやしない。

ふたりの状況はたちまち進展し、盛り上がっていく。そこへ、若いシカが一頭、大きく跳ねながら空き地に飛び込んできた。小さな枝角の先は食卓で使うフォークのようにピンととがっている。アレクサンドルがカプシーヌの首に鼻を押しつける。

「きみの官能的な胸ときゃしゃな脚は、フラゴナールが描いた野趣あふれるエロティックな絵から抜け出してきたみたいだと考えていたところだ。あの楽しげな子ジカの登場で絵が完成した」

カプシーヌは人さし指で彼のくちびるをおさえる。

「シー。彼は楽しげではないわ。逃げようとしているのよ」

猟犬の獰猛な声がしたかと思うと、それがしだいに大きくなり、三十四ほどが空き地に軽やかに走り込んできた。黒、褐色、白の大きな犬たちは激しく吠えている。

犬の後からあらわれたのは　ハリウッドの映画のセットから逃亡してきたような一団だ。膝の上まである長いブーツ、明るい緑色の華麗な服装といった十七世紀のような格好をした人々が馬に乗ってやってきたのだ。そのひとりがカプシーヌに微笑みかけ、鞍に座ったまま深々とお辞儀をする。カプシーヌは頬が真っ赤になるのを感じた。はだけたブラウスとホックを外されたブラをシダで隠そうとしたが、そのまま仰向けにひっくり返ってしまい、形のいい脚を振って狩猟の一行が通り過ぎていくのを見送るという情けないことになった。

「おお、壮観な光景だったな！」アレクサンドルが立ち上がる。

カプシーヌは動揺がおさまらず、頬が紅潮している。アレクサンドルを後ろから引っ張って森のなかの下生えのできるだけ奥へと引きずっていく。「かがんで。もっと来るから」

その言葉どおり、シダの向こうにうなだれた集団があらわれて進んでいく。幽霊の行進のように彼らは音を立てず、上下動もいっさいない。

「自転車で追っている人たちよ。彼らが通過したら、ここから出ましょう」

ふたりは小道まで逃れた。遠い過去からよみがえった恐竜に遭遇して、這《ほ》う這う の体《てい》で逃げ出したような思いをカプシーヌは味わっていた。子どもの頃には大好きだった狩猟が、いまでは別の世界のことのように感じられる、何千もの目を持つ時代錯誤の人食い鬼が執拗に追いかけてきて、なにもかも見通されてしまうような不気味さだ。とぼとぼと歩きながらアレクサンドルの手につかまり、道に迷った子どものように、さもなければ楽園を追放されたアダムとイブのように歩いた。昼食にカルヴァドスを飲んだりするからだとカプシーヌは反省した。

角笛の大きな音が森のなかを響きわたる。アレクサンドルはなにごとかとたずねるようにカプシーヌを見た。

「角笛の音でおたがいの状況を伝えあうのよ。あれは〝大騒ぎ《ウールヴァアリ》〟という意味。シカにうまいこと逃げられてすっかり混乱して立ち往生しているの。ふつうは臭いの強い地点に猟犬を戻してから、もう一度跡をたどる。馬に乗っていない者はいったん小休止」

小道の先でにぎやかな宴会が始まっている。車が何台もでたらめに停められて、トランクはあけっぱなしだ。バブアー（イギリスのアウトドア衣類のブランド）のおなじみの深緑色のローデンコートを着た人々がグラスを手に動きまわり、バゲットに〝大地《テロワール》〟の恵みをはさんだ長いサンドイッチをふりまわすように話に興じている。画廊のオープニングパーティーよりもはるかに活気に満ちている。

このままではいい晒しものになってしまう。カプシーヌの牧歌的な甘い幻想はたちまち消えて、田舎独特のおそろしい試練に身構えた。こちらはまるで憶えていないのに、相手はみな自分のことをなにからなにまで知っているという恐怖。すっかり大きくなった、べっぴんさんになったと、見知らぬ人々にいわれる気まずさを想像すると、叫び出したくなる。しかし、意外にもアレクサンドルが窮地を救ってくれた。

「やあ、ひさしぶりじゃないか」声がとどろいた。アレクサンドルのほうも大きな声でこたえる。最愛の友と思わぬところで出会っておおよろこび、という風情だ。声をかけてきた人物はローデンコート、膝のすぐ下にバックルのあるコーデュロイのズボン、くすんだ緑色のウェリントンブーツという狩猟用の出で立ちだ。ただし、真っ白な顎髭をたっぷりと伸ばし、首に明るい色合いのシルクのスカーフを巻いている姿は周囲から浮いている。ワイルドに野山をかけまわる山男が借り着をしているようなちぐはぐな印象だ。

たがいに背中を強く叩きながら熱い抱擁をかわした後、彼はアレクサンドルを抱いたまま腕を少し伸ばして顔をまじまじと見つめた。

「よりによってこんな場所で会うとはな！　いいから飲め。こういうのを飲める機会など、まずないだろうからな。ほんもののドンフロンテ・カルヴァドスだ。三分の一が洋梨のブランデー、三分の二がカルヴァドスだ」

アレクサンドルはさっそくドンフロンテを味わい、旧友にカプシーヌを紹介した。

「きみが結婚したとはきいていたが信じなかった。しかしこうして豊満な奥方の美しさを目の当たりにして、納得したよ」狩猟の場面をエッチングと油絵で描く画家というその人物は腰を折って深々とお辞儀をし、完璧なベーズマンをした。

ドンフロンテはふつうのカルヴァドスよりもはるかに強烈だった。それを銀のコップ《タンバル》で三杯飲んだところで、ふたたび角笛の甲高い音が響いた。

「行くぞ《ビアン・アレ》！」いっせいにどよめきが起きる。カプシーヌに代わって今度は画家がアレクサンドルに説明する。「これから出発だ。猟犬がまた獲物を見つけたんだ。行かなくては」

車のエンジンがかかり、バスケットはいっしょくたにトランクに投げ込まれ、誰もが興奮した面持ちで乗り込んで出発し、後には排出ガスの灰色のかすみだけがうっすらと漂っている。


二日連続で午後は薬剤師オメーのところに顔を出すことになった。今回はフランスの薬剤師が担う聖なる役割を果たしてもらうためだ。つまり彼はキノコの判定をする権限を持っているのだ。オメーはアレクサンドルの収穫物を慎重にテーブルにひろげ、一つひとつを取り上げていく。最後に鼻にしわを寄せてひとつだけ脇に置き、念入りに両手を洗った。

「これはドクツルタケですな」ガン専門医が致命的な悪性のガンを宣告するかのようなおごそかな口調だ。「このキノコのいとこにあたる、タマゴテングタケにくらべれば毒性は弱いものの、まちがいなく毒キノコだ。見た目はこちらのシロモリノカサとそっくりだが」彼はさきほどのキノコ以外のたくさんのキノコを寄せ集めた。「熟練の収集家でもうっかりまちがえることが珍しくないのです。バスケットにあったもののなかでこのひとつ以外は、すべて健康によいものであると保証します」

カプシーヌはテーブルの端にぽつんと置かれた毒キノコをしげしげと眺めた。〝保証された〟仲間たちとまったく見分けがつかない。

「この致命的な毒キノコについて、去年記事を書いたばかりです」オメーが胸を張る。「へんぴな田舎住まいですが、ルーアン最大の新聞の通信員としてキノコを担当しているもので」

「《ルーアンの灯火（『ボヴァリー夫人』の薬剤師オメーが通信員をつとめていた新聞）》紙に？」アレクサンドルが皮肉まじりの笑顔でたずねた。

オメーが困惑した表情を浮かべる。「《パリ＝ノルマンディ》紙に決まっているでしょう。《ルーアンの灯火》などという新聞はきいたこともない」

カプシーヌが〈エレヴァージュ・ヴィエノー〉を訪れるのは子どもの時以来だ。最初は曲がり角をまちがえたかと思ったが、りんご園が終わって牧場がひろがり、たくさんの白い雄牛の姿を見て安心した。まるまると太ってよく手入れされている牛たちは、子どもが遊ぶためのポニーのようにも見える。それから数分後には牧場の入り口に到着した。石づくりの高いアーチにしゃれた錬鉄製のゲートがある。アーチの先端には一フィートほどの大きさの優雅なイタリック体の文字で『エレヴァージュ・ヴィエノー』、その下には小さな文字で『一八二一年創業』と誇らしげに書かれている。

カプシーヌのクリオはゲートを通過して砂利を飛ばしながら進む。彼女が満足そうに声をあげた。「やっと思い出した。ここはとってもすてきなところよ」

左に急カーブを切り、高いポプラがそびえる並木道に入った、兵士のパレードのように整然と並ぶポプラを過ぎると、中庭を囲むように二階建ての魅力的なマナーハウスに着いた。建物は木造で、急勾配の屋根は茅葺きだ。もともとノルマン人の領主が自分のための質素な館として建てたものにちがいない。

なかに入ると、大広間は完全に建造当時の姿で残っている。石造りの暖炉の前にソファや椅子を配置して心地よい一角となっているのは、現在のオーナーの趣味だろう。納屋のような構造なので、がんばって大きな声を出さないと相手に届かない。室内にはヴィエノー夫妻とともにベランジェがいた。今日も彼はいかにも真新しい服を着てめかしこんでいる。ジャケットの後ろにはまだ値札がぶらさがっているのではないかとカプシーヌはのぞいてみたくなった。

室内を案内してもらいながら、マリー＝クリスティーヌがもっと狩りで活躍しようと射撃練習場でレッスンを受けたがっているという話になった。

「置物みたいにステッキに座っているなんて、とても屈辱的だもの」彼女がいう。

「なんとチャーミングな置物なんでしょう」見え透いたお世辞をいうのはベランジェだ。

「わたしは自分の男らしさでカプシーヌの持ち場を飾っているという誇りを感じていますよ」アレクサンドルがいう。

彼はソファの後ろの長いテーブルに興味津々だ。テーブルには牛に関係する思い出の品が所狭しと並んでいて、パリのポール・ベール地区（家具街）の蚤の市のような光景だ。

「マリー＝クリスティーヌ、彼のいうことなんて本気にしないで。ぜひとも射撃を学ぶべきよ。女性には天性の才能があると思うわ。リズム感があるし、男性よりも身体が柔らかいから」

「射撃はあまりにも危険だ」ヴィエノーが口をひらく。「気の毒に、フィリップはあんな目にあったじゃないか」

「どうしてあんなことが」マリー＝クリスティーヌの目から涙があふれる。「偶然彼が撃たれてしまうなんて、どう考えたって奇妙よ」

ベランジェが不快そうな目を彼女に向けたのを、カプシーヌは見逃さなかった。彼がなにかをいおうとした時、厨房とのあいだのドアがあいてコックがまるい赤ら顔を出した。昼食の支度ができたという合図だ。

もちろん、ステーキである。それも、ただのステーキではない。非の打ちどころのない牛フィレ肉。それをフランス産のベーコンで包み、完璧なポム・スフレ（ジャガイモを揚げて膨らませたもの）、申し分のないベアルネーズソースが添えられている。アレクサンドルは至福の表情を浮かべる。こんな笑顔は、日頃、教会と三つ星レストラン以外では見せない。彼は満足至極といった様子で深く息を吐いた。「ロイック、いままでわたしが食べたなかで最高のフィレといっていいほどだ。いったい全体、どうやってここまで高いレベルのものを？」

ヴィエノーが上機嫌でこたえる。「うちの一家は十九世紀からずっと手がけていますからね。曾々祖父はナポレオンのラ・グランド・アルメの大佐でした。ワーテルローの戦いで脚を撃たれたんです。まだ二十七歳だったそうですよ。その時にこの家で静養したのです。ここは何世代にもわたって家族に受け継がれてきた家で、曾々祖父はここでシャロレー牛とわたしの曾々祖母に恋したというわけです。

うちの牧場の牛は二世紀ちかくかけて改良し、このようにみごとな大理石模様になりました。もちろん、何世代にもわたって牛たちの世話をしながら、育て方や餌の与え方についても知恵を蓄えてきました。それ以外にはこれといった秘訣などまったくないんですよ」

「なんともったいないことですよ」ベランジェがいう。「ヴィエノーのブランドはフランスの一般消費者向け市場ではまったく浸透していない。適切なバックアップさえあればフランチャイズ化して次世代へと受け継いでいけるんです。売上高を増やしてスーパーマーケットで知名度をあげ、多角化して総菜分野に進出できる。事業としてはまだまだ無限の可能性を秘めているんです」

「アンリ。売却するつもりはいっさいないと断わったはずだ。われわれの交渉内容は、〈エレヴァージュ〉に必要な改善をするための少額の資本を調達することに限定されている。それ以上のものではない。わたしの苗字を〝一般消費者向けの市場〟に浸透させるなどという考えは、ひじょうに不快だ」ヴィエノーがきっぱりいう。

アレクサンドルがとりなすきっかけを見つける前に、食堂のドアを誰かが控えめにノックした。

「ああ、そうだった。〈エレヴァージュ〉の案内を主任のひとりに頼んでいたんです。わたしはこれから電話会議がありますが、終わりしだいみなさんに追いつきますよ」ヴィエノーがいう。

ドアがあいて四十代前半の体格のいい男性があらわれた。シャロレー牛のように筋肉が盛り上がっているのは単に遺伝子のせいなのだろうか。ひょっとしたら牛の面倒をみているうちにこうなったのだろうかとカプシーヌは思った。ヴィエノーが彼をピエール・マルテルと紹介した。繁殖周期の最終的な段階を担当する部署の主任だという彼は指の節で前髪をさわり、軽く会釈しながら「みなさん《ムシュダム》」と労働者階級の昔ながらの挨拶の言葉を述べた。マルテルの広い肩の向こうに、賢そうな顔の若者がいる。

「おお、そうだった」ヴィエノーが若者を紹介する。「クレマン・ドヴェール。ルーアンの農業大学から来ているインターンです。最後の学期をここでの研修に充てるというわけです」

昼食がすむとマルテルがきびきびとした足取りで一同を案内した。

「ムッシュ・ベランジェ、あなたはこの牧場に関してあらゆることを知り尽くしているのですから、わたしが案内するよりもあなたにお任せしたほうがいいんですが」彼はそういいながら複合施設へと先頭に立って歩く。コンクリートブロックを積んだ建物は白いペンキを塗ってあり、輝いている。

「草だけを食べてきた牛にここで穀類を与えるようになります」マルテルが説明する。

「草だけじゃないの？」カプシーヌは驚いてたずねる。

「生まれてしばらくは草だけですが、すぐに穀類を食べさせます」カプシーヌの驚き方が心外だとばかりにマルテルはきつい口調だ。「ここでは十四カ月で牛を八十ポンドから千二百ポンドに成長させる必要があります。草だけを食べているのでは、とうてい無理です、ラグビーの選手を育成するのにサラダばかり与えても体重が増えないのと同じです」マルテルは当然だろうとばかりにうれしそうに鼻を鳴らす。

「もうひとつ」マルテルが続ける。「牛にはビタミンと抗生物質が必要です。それを飼料に混ぜます。草に振りかけるわけにはいきませんからね」彼はそこで自分の言葉にうなずくようにいったん間を置く。「注射という方法もありますが、そうなると週に一度狭い囲いのなかに牛を追い込まなくてはならない。牛の尻に注射で痛い思いをさせるのは予防接種だけでじゅうぶんです」

カプシーヌは質問したかったが、牛に与える配合飼料についてマルテルがなぜか予防戦を張っているのが伝わった。彼女のことを環境保護主義者とでも勘違いしているのだろうか。もしかしたらシャトーで借りたこの服のせいなのかもしれない。

そこから亜鉛めっきされた囲いとステンレス製の餌入れがたくさんある迷路のような場所をてくてくと歩いていくのは退屈だった。それでも工場などのガイドつきのツアーに参加した時のように義務的に意味のない質問をしているうちに、つぎのアトラクションに到着した。食肉処理場だ。

名称から想像するのとはちがい、単なる細長い部屋だった。ただし、おそろしく寒い。頭のすぐ上には金属製のレールがぶらさがっている。白くて長い上っ張り姿の男性作業員たちがホースで水をかけ、部屋の端の溝へと血が混じった水が流れ込む。彼らがいかにもとってつけたような笑顔を一行に向けた。

「申しわけないのですが、いまここではこれといって見るべきものはありません。牛肉の解体は早朝にスタートして正午頃に終了し、二時か三時まで清掃します」マルテルが説明する。

「じつは、この先がおもしろいんですよ」彼が先頭に立って、縦長の長方形のプラスティックの板が数枚ぶらさがった仕切りの向こうに入っていく。

「肉屋のためのアトリエです」マルテルが紹介する。天井から下がった四本のレールに大量の牛の枝肉が整然と吊るされている。作業員はそろって白い作業服の下に保温ベストを着ているので、丸々としたシルエットだ。白い作業服は血で汚れている。彼らは電動ナイフをふるい、怒ったハチがうなるような音とともに枝肉を二つに分割する。「あれは〝半丸枝肉《サイド》〟と呼ばれています。これを肉屋に卸します。うちの主力製品ですね」彼はさらにプラスティック製のカーテンの向こうに案内する。

「サイドはこの部屋に二週間置きます」温度は氷点ちかくまで下がっている。「すぐにここからみなさんをお出ししますから」マルテルが笑う。「温度は〇・六度を超えることがあってはなりません。〈エレヴァージュ・ヴィエノー〉が名声を得ている理由のひとつは、ビーフを二十四日間熟成させている点にあります、競争相手よりもまる一週間長くね。当然、費用がかかる。それに肉の重さはかなり目減りしてしまう。が、柔らかさと風味は格段にちがう。それだけの価値があると太鼓判をおします！」

アレクサンドルは納得したようにうなずき、すでに震えているカプシーヌを励ますようなうなり声を出して抱きしめた。

「うちの肉の売り先は、肉屋だけではありません。一部は〝リテールカット〟と呼ばれる形で高級レストランに行きます。その際にはサイドはふたたび先ほどのアトリエに戻り、レストラン用のサイズに切り分けられます。それをまたここにさらに二週間置いて、ようやく出荷できるようになります」ガラスの長い壁の奥のステンレス製のラックには、ほぼ黒にちかいビーフの厚切りが並んで貯蔵されている。

「ムシュダム、みなさんにごらんいただいているのは、まさにわれわれの宝です。世界最高のビーフです。だがこのままではわたしたちまでステーキになってしまいます。さあ、出ましょう」おそらく決まり文句なのだろう。彼が笑いながらいった。

彼らは外の駐車場に出た。白い冷蔵トラックがきれいに整列している。どの車体にも、シャロレー牛をデザインした〈エレヴァージュ・ヴィエノー〉のロゴがついている。彼らは駐車場の一番後ろに停められていた白いルノー・エスパスのヴァンに乗り込んだ。これにも同じロゴがついている。アレクサンドルとドヴェール、カプシーヌはそろって後部座席に、ベランジェは責任者のような顔をして運転席のマルテルの隣にさっさと座る。

よく手入れされた土の道をマルテルはゆっくりとしたスピードで車を走らせる。両側には真っ白に塗ってある木の柵。場所ごとに牛の種類が記されている。繁殖用の雌牛、去勢された雄牛、隔離された雄牛、と。牧場の土地はどこまでもどこまでも続いている。

カプシーヌは隣にいるクレマンにエチケットとして話しかけた。インターンシップの経験は役に立ちそうか、と。

「はい。〈エレヴァージュ・ヴィエノー〉は最高の水準にあります。ここの牛の成長速度に匹敵するのはアメリカだけです。ただしアメリカは、欧州連合《EU》で使用が禁じられているホルモン剤を使っていますから。ここではあらゆることを学ぶことができます」彼がこたえた。

カプシーヌはクレマンに向かって愛想よく微笑む。「〈エレヴァージュ・ヴィエノー〉の伝説的な品質の秘密を、あなたはもう見抜いたの？」

「マダム、秘密があるなどとは思っていません。徹底的に細部にまで注意を払うことで実現できているんです。さらに、牛への愛ですね。たとえばムッシュ・ジェルリエが亡くなって以来、生育の割合が若干落ちてしまっています。牧場長が狩猟中の事故で亡くなったのは一週間ほど前でした。おそらく牧場長は牛たちに深い愛情を注いだのでしょう。だから牛たちは彼の死を悼んでいる。すごいことだと思いませんか？」

マルテルがバカにするような笑い声をあげてクレマンを鋭い目で見る。

「クレマンはザワークラウトと豚肉の取り合わせみたいにすばらしくここに馴染んでいる。そうそう、明日はあのジャン・ブヴァールがこの村に来てデモ行進をするそうですよ。彼は各地で抗議行動をして話題をさらいますからね。警察がおおぜい動員されてやじ馬が集まり、テレビカメラが押し寄せる。休日のカーニバルみたいになるでしょうよ。明日はクレマンに休みをやって、じっくり見学させるつもりです」マルテルは寛大な表情でクレマンに微笑む。

ブヴァールの名をきいてアレクサンドルが反応した。

「ブヴァール？　昨年彼についての記事を書いたんだ。あらゆる手段でマスコミの注目を浴びようとするが、悪辣な人物ではない。今回はなにに対する抗議行動なのかな？」

クレマンは若者らしい熱心な表情でアレクサンドルのほうを向いた。

「〈シャロレー・アロ〉といういまわしいステーキチェーンです。このサン・ニコラの村のどまんなかにレストランをひらこうとしているんです。あそこで出すステーキはアメリカから輸入した牛肉だとブヴァールは主張しています。つまりEUが許可していない成長ホルモンが使われているはずだと。そんなもの、ここにはいりません！　ジャン・ブヴァールはフランスの伝統料理におけるジャンヌ・ダルクですよ」若者らしい純情な口ぶりだ。

「きみに賛成だ」アレクサンドルがいう。「しかしわたしがそんなふうにいったとは、誰にも内緒だぞ。明日、妻から一日休暇をもらえたら自分の目で確かめにいこう。バリケードを築け！」

彼はカプシーヌに視線をやりながら握りこぶしを突き上げ、うれしそうに笑う。

07

翌日カプシーヌとアレクサンドルが村に到着したのは午前九時ちょうどだった。シャトーの使用人たちのあいだでは、ジャン・ブヴァールの抗議行動の開始は十時とささやかれていた。アレクサンドルは一分でもそれを見逃したくない。広場にある村で唯一のカフェはすでに人でぎっしりだったが、テラスで最後に残っていた席にふたりはなんとか身体を押し込んだ。コーヒーを注文すると、すぐに冴えない深緑色のデミタスカップで出てきた。

伝統的な広場の姿がそのまま残っている。苔むした古い教会はロマネスク様式。平面的な正面に丸い窓がひとつあり、慈悲深く広場を見守っている。広場を囲むようにこれまた古い木造の店が並んでいる。肉屋、パン屋、食料品店《エピスリ》など村の暮らしに欠かせない店ばかりだ。もちろん、カフェも。カプシーヌには昔からなじんだ光景なので、この広場に不似合いなものが一つ加わっていることには、すぐには気づかなかった、教会の真正面に白と赤のけばけばしい建物がある。ここは以前は空き地で、屋外のファーマーズマーケットのための場所だった。建物には縦約六フィートの文字ででかでかと〈シャロレー・アロ〉と書かれている。悪名高いステーキの店だ。

平日だというのに、そのあたりに人だかりができている。大部分は泥汚れがついた青いオーバーオール姿の農民たちだ。なにやら楽しげに、興奮した様子で騒いでいる。パリ祭の花火をいまかいまかと待っているみたいだ。教会の前にはフランス三大ネットのテレビ局のロゴのついたヴァンが何台も駐車し、記者やカメラの技師たちがタバコを吸って雑談に興じている。教会の脇の通りには憲兵隊の濃いブルーのヴァン二台がひっそり停まっているのを、カプシーヌのプロの目は見落とさなかった。車内には制服姿の隊員たちがおおぜい待機しているはずだ。

カプシーヌとアレクサンドルのテーブルの横に立つウェイターが憤慨した様子で腕にかけた布をはたく。「まったく、いまいましい代物《ベル・メルド》ですよ。夜、あれがどんなふうになるのか見てもらいたいですね。文字がライトアップされてチカチカ光るんです。まるでピガール（パリのモンマルトルにちかい繁華街）みたいでたまったもんじゃない」

ちょうどその時、大型車両用のディーゼルエンジンの渋い音がとどろいた。やじ馬たちが映画スターを迎えるように歓声をあげる。大型の黄色いブルドーザーが脇道からレストランに向けて轟音を立てて元気よくやってくる。ブルドーザーはそのまま広場を横断し、運転手は車体前面のブレードを下げて周囲に向かって熱狂的に手をふる。トレードマークのあずき色のセイウチ髭と農民の野良着はテレビのニュースで何度も報じられているのと同じだ。ジャン・ブヴァールは両手を頭上高くあげて握った拳の親指と親指をつなぐ。これは彼の有名な勝利のサインだ。大々的にメディアに取り上げられる抗議行動をして逮捕され、手錠をかけて匂留される際にこのサインをしてみせる。

「彼が今回成功するのをこの目で見られるなら、ひと月分のチップを寄付してもいい」ウェイターがいう。

ブヴァールのブルドーザーがレストランにちかづく。彼がギアをローに入れた。タイヤのトレッド部分から耳障りな音がしてエンジンが威嚇するようなうなりをあげる。さきほどかられストランの前の位置を確保していた報道陣が動きだす。三人の記者がそれぞれカメラの前に立ち、身振り手振りつきで勢い込んで実況を始めたのだ。

目につかないように憲兵隊員一ダースがヴァンから出てくる。彼らは黒山のひとだかりの後ろで、ためらうようにうろうろしている。それを見てカプシーヌは顔をしかめた。

ブルドーザーがレストランの建物に到着した。モーターはさらに回転数をあげ、排気管のキャップがまっすぐ上に噴き上がる。ブヴァールがブルドーザーの扱いに慣れているのは一目瞭然だ。ブレードでひとなめするように建物の一角をはぎとった。間髪をいれず操縦レバーのひとつを前に押し、もうひとつを手前に引く。ブルドーザーはエレガントに旋回して建物の別の一角に向かって進む。さきほどとまったく同じように無駄のない動作でその一角もはぎ取られた。

ウェイターがアレクサンドルの肩をとんとん叩く。「やりたいことをあれだけ奔放にやっているのを見ていると、すかっとするもんですね」彼は満面に笑みを浮かべている。

憲兵隊はようやく決心がついたらしく、群衆のあいだに入っていく。が、強力な抵抗にあい、こぜりあいになったかと思うと乱闘《メレ》が始まった。ブヴァールがブルドーザーのシートに立ち上がり、叫んだ。「フランスとフランス人の伝統を破壊する敵をぶっつぶせ！」騒動のなかでもその声ははっきりきこえた。

三台目の憲兵隊のヴァンが到着した。ライトを点滅させ、パンポンパンポンと大きなサイレンを鳴らしてやってきた。なかから全身黒ずくめの隊員たちがつぎつぎに降りてくる。暴動鎮圧用にアクリル樹脂製の盾、ショットガン、催涙ガス噴射装置を装備している。群衆から叫び声とやじが飛ぶ。そして銃声。警察は最前線に立って機動隊とともにいっせいに突進していく。さらに銃声がして、群衆はブルドーザーとレストランの方角にじわじわと後退していく。ブヴァールは少しもひるむ様子を見せず、手を振っている。

「勇気のある男だ。降伏を拒絶している」ウェイターがいう。

「建物が崩壊するぞと警告しているんじゃないかしら」カプシーヌがいった。

ちょうどその時、ミシミシという大きな音とともにガラスが割れる音がして、建物のファサードがゆっくりと崩れ始めた。屋根が傾き看板もろとも落ちて大きな衝突音が響く。おどけた文字が群衆の前に降ってくる。そのひとつはブヴァールと憲兵隊からほんの数フィートの所に着地した。群衆から荒々しい歓声がわっとあがった。パリ祭よりもはるかに盛り上がっている。がれきのなかには皮肉にも「オー、シャロレー」という文字が並んでいる。

ヘルメットをかぶった憲兵隊員がふたり、ブルドーザーのトレッドを乗り越えてブヴァールに手錠をかけた。ブヴァールは両手をあげて親指を結び、いつもの勝利のポーズをとる。

絶好のシャッターチャンスだ。みすぼらしい作業着姿の男が自国に受け継がれる伝統を守ろうとし、最新の装備で固めた意地の悪い警察官たちに手荒な扱いを受けている。群衆のあいだからスローガンを唱えるように声があがる。「彼を自由にしろ！　ブヴァールに自由を！」しかし、ブヴァールが車で連れ去られてしまうと、たちまち結束は解けて数人ずつがぶらぶらとした足取りで田畑や果樹園に戻っていった。

アレクサンドルは愉快でたまらないとばかりに笑っている。カプシーヌは地元の憲兵隊の無能ぶりにあきれ果て、しばらく首を横に振っている。

「これを見られただけでも、遠路はるばるここに来た甲斐があったな。まあ警察としては忸怩たる思いがあるんだろうが、ひとまずカルヴァドスでささやかに祝おうじゃないか」

カプシーヌは渋々同意した。

「バーにあります、わたしもご一緒しましょう」ウェイターが応じた。

カルヴァドスを飲みながらアレクサンドルとウェイターがジャン・ブヴァールの功績について話しているいっぽうで、カプシーヌは広場に人が集まっているのに気づいた。破壊されたレストランの前で彼らはなにかを熱心にのぞき込んでいる。そばに憲兵隊員はいない。彼女はぱっと立ち上がり、そこに駆けつけた。人込みをかきわけていこうとするが、ふたりの憲兵隊員があらわれて遮る。彼女がバッグから警察の身分証を出して見せると、憲兵隊員は後ずさりして気をつけの姿勢をとり、敬礼した。そばの村人たちが怪訝そうな顔でカプシーヌを見ている。

広場の石畳に若者が仰向けの姿勢で倒れている――あきらかに息絶えている。彼のセーターは血まみれで、胸のまんなかに黒い大きな穴があいている。首の脈を確認しようとして若者の頭を横に向けた。クレマン・ドヴェールだった。カプシーヌに衝撃が走った。ことされた彼の表情はなお若々しい情熱に満ちていた――かすかな驚きとともに。

「それで、その鼻持ちならない警察官が」話に夢中のヴィエノーのかたわらで給仕役のゴーヴァンが辛抱強く待っている。キジがのった重い銀の皿の重みを支える背中がまるでラバのようだ。「ああ、失礼《パルドン》、カプシーヌ。きみは司法警察の職員だったな。いつもうっかりしてしまう。でも憲兵隊とはちがうんだろう？」

「どちらも警察官にはちがいないわ。その人物はかなり階級が高そうね」カプシーヌがこたえる。

「ともかく」ヴィエノーは話を続けながら、ようやく自分の分の料理を取った。「ダルマーニュ憲兵隊長という人物はいきなり〈エレヴァージュ〉に押しかけてきて、アポイントメントも取らずに面会を求めたんですよ。亡くなったあの気の毒なインターンについての人事の記録を問い合わせてきたんですが、それを直接、取締役社長にきこうというんですからね」

「亡くなった経緯について、その隊長はなにかいっていたのかね？」アメリ伯父がたずねる。

「ええ。とくに不審な点はないようです。警察医は彼の心臓を直撃した散弾銃の弾を取り出しています。ブレネケ社のスラッグ弾を。即死だそうです」

「散弾銃で大きな獲物を撃つ時にはペレット弾の代わりにこの硬い弾を使うことができるのよ」カプシーヌがアレクサンドルのために補足した。

「それで」ヴィエノーが続ける。「有能な隊長の結論としては、村人の多くがこれを使っていることから考えて、そのうちの誰かがブヴァールのデモで興奮して発砲し、過ってドヴェールを撃ってしまったのはあきらかである、ということで一件落着だそうです」

「彼はなにかほかには？」カプシーヌがたずねる。

「いいえ、まったく《パ・デュ・トゥ》」ヴィエノーがきっぱり否定した。「長々と話はしていたけれどね。わが国の銃規制が手ぬるいせいでこうした事故が起きがちだ、警察としては手の打ちようがない、田舎にもっと法律の概念が浸透するまでは後進性は変わらないだろう、とかなんとかね。おかげでこちらからお願いしてお引き取りいただいたよ。きみもパリではこういう調子で働いているのかい、カプシーヌ？」

田舎の憲兵隊に辟易しているヴィエノーにコメントを求められたカプシーヌを救ってくれたのはゴーヴァンだった。彼は前かがみになり、興奮した様子で彼女に耳打ちした。

「お話中お邪魔します。お電話です、伯爵夫人《マダム・ラ・コンテッス》。警察からです！」

書斎に向かうカプシーヌにゴーヴァンが追いついて、ふたたびささやきかける。

「クロークルームの電話のほうが気兼ねなく使っていただけるかもしれません。プライバシーが確保できますから」

そのまま彼女を案内して正面玄関脇の広いクロークルームに入る。ここにはコート、ブーツ、田舎暮らしならではの服が保管されている。いちばん突き当たりのアルコーブにテーブルがひとつある。使用人がブーツを磨いたり銃に油を注《さ》したりする時に使う。そのテーブルの隅に古めかしいダイヤル式電話が置かれていた。カプシーヌが憶えている限り、ずっと昔からここにこうして置かれていたはずだ。ゴーヴァンが万事心得たような様子で受話器を彼女にわたす。

「ご心配にはおよびません。わたしは書斎で誰も内線電話をとらないように見張っていますから」

手にした大昔の受話器はおもちゃのようだ。「警視《コミセール》、明日はまちがいなく帰ってきてくれますよね。こっちは大混乱なんです」イザベルのてきぱきした声がよく伝わってくる。暖房で暖まり過ぎた部屋の窓をあけて、氷のように冷たい冬の空気が吹き込んでくるような身の引き締まる気分だ。警察署の自分の執務室に戻りたい。そういう思いが性的な欲望のように強烈に突き上げてきた。

「いったいどうしたの、イザベル？　なにごと？」

「眠り姫がまたやったんです。今回はパリ・オペラ座の男性バレエダンサーふたりが彼女を助けました。むろん、ふたりはカップルです。彼女が持ち出したのはシカの小さなブロンズ像。ひじょうに高価なものだと彼らは主張しています」

「価値のあるものも確かにあるわ。明日わたしが彼らに直接話をききたいから、電話して何時に都合がつくのか確認してちょうだい。あなたの話は朝いちばんにコーヒーを飲みながらききます。クロワッサンを持っていくわ」

カプシーヌは食卓に戻った。一週間ぶりに気分が高揚しているいっぽうで、少々ばつが悪い。

テーブルに戻るとアメリ伯父が熱弁をふるっている最中だった。

「アレクサンドル、とにかく事は単純なんだ。五年前、ごく短期間だが、ひじょうに不快な猿芝居があった。よそ者が村長に選ばれたんだ。やがて彼が悪辣な人物であるとわかった。村民はすぐに正常な判断力を取り戻して彼を退任させた。が、彼が甚だしい職権の乱用をしていたことには誰も気づいていなかった。そのひとつとして、彼は教会の正面の土地に関して〈シャロレー・アロ〉を所有する会社と賃貸契約を結んでいた。いつも市が立っていた場所だ。何年にもわたってひそかに賃貸料が払われていたが、役場《メリ》がそれに気づいたのは、彼らがあのいまいましいレストランの建設計画を半年前に発表した時だ。誰にもそれを阻止することはできなかった」

「今回のことでどうなるんですか？」アレクサンドルがたずねる。

「今後この村でファストフードのレストランを見かけることはないはずだ」アメリ伯父がきざな作り笑いを見せる。「現在の村長は壊れた建物を完全に取り壊すように命じた。危険だからという理由でな。彼が示した見解は、もともと村の建築規制によりあの場所には商業用の建物を建設することは禁じられており、大昔からあそこは屋外の市場であるというものだ。特別委員会が結成されてその問題について検討する。むろん、審議が続く限りあのレストランの再建など論外だ。今朝たまたま、朝食の後に村長と少々カルヴァドスを飲んだのだが、委員会に加わるように要請された。いうまでもなく《スラ・ヴァ・サン・ディル》、〈シャロレー・アロ〉の賃借契約が終了するまではどんな結論も出ることはないだろう」

「まさにその場所が舞台となった今日の痛快な出来事に、ぜひとも乾杯しよう！」アレクサンドルがいう。

「あのジャン・ブヴァールはいったいどうなったのか、知っている人がいたら教えてくれないか」アメリ伯父が問いかける。

「お偉い憲兵隊長がくわしく教えてくれましたよ」ヴィエノーがいう。「ブヴァールは現行犯《フラグラン・デリ》で逮捕されたので、特別な規定によりただちに裁判所に送られたそうです。ルーアンの裁判所で禁固三カ月の判決をいいわたされ、即刻収監されています。隊長はその場に立ち会ったそうです。報道関係者が詰めかけ、ブヴァールは例の勝利のポーズをした。収監される時に、手錠をはめられた両手を握りこぶしにして突き上げるポーズです。報道陣の注目を一身に浴びたのはブヴァールだったと隊長はたいへんご立腹でした」

　ちょうどその時、ゴーヴァンがシャンパンのマグナムボトルを持ってふたたびあらわれた。ことさらおおげさにポンという音を立ててあけたので、アレクサンドルは顔をしかめた。しかしそれがクリュッグ一九八八年と気づくと、眉間のシワが消えて至福の表情になった。

「わたしたちが帰るのを祝うためでないといいんだけど」カプシーヌがいう。

「その反対《オ・コントレール》だ、アレクサンドルとともに訪問してくれたことに対する礼だ。ふたりとも、老人をおおいに幸せにしてくれた」アメリ伯父がいった。

その夜はすばらしいひとときとなった。放蕩娘がふたたび一族の一員として温かく迎えられたような、ほのぼのとした幸福感をカプシーヌは噛みしめた。もちろん、自分は放蕩していたわけではなく、わずかな手当で警察官としてコミュニティに仕えているのだという思いもある。アレクサンドルはすぐにまた来ますと再訪を約束したが、あんがい本気でいっているのかもしれない。

天蓋つきのベッドで最後の夜を過ごすためにアレクサンドルと手をつないで階段をのぼりながら、カプシーヌはついつい憲兵隊長の見解について考えてしまった。スラッグ弾だけを証拠に、村人が散弾銃を発砲して偶然当たったと言い張るのはなぜなのだろう。宙に向けて撃った弾が誰かの胸に命中する可能性が果たしてどれほどあるのだろう。国内の機動隊は少なくともショートバレル・ショットガンを一挺携帯し、事態の収拾がつかなくなった場合に備えてブレネケ社のスラッグ弾を相当数装備しているはずだ。

カプシーヌは椅子に座ったままもぞもぞ動いた。これはおそらく、オリジナルのブロイヤーのワシリー・チェア。パイプに張られた黒くて硬い革はワックスを塗り過ぎた硬い木の床のように滑りやすく、膝の裏側が痛くなってきた。アメリカのテレビ番組に登場するおしゃれな警察官と同程度の予算をパリ警察でもらえたら、取調室にはぜひともバウハウスの家具を一式そろえようとカプシーヌは決めた。

ダヴィッドはおそろいの椅子にすました顔で座り、柔らかな髪をくるくると物憂げに人さし指に巻きつけている。目の前に並んでいる被害者の男性ふたりを意識しているのはあきらか。ル・コルビュジエのソファに並んでもたれている彼らは、ダンサーという天職に就いている者にふさわしい上品なポーズだ。彼らもダヴィッドしか眼中にない様子。ダヴィッドの周囲ではつねにこうしてエロティックな火花がバチバチ散っているにちがいない、カプシーヌはいまさらながらため息が出る。イザベルはヘリット・リートフェルトの椅子に座ってぎこちなくバランスを取りながら、この情景を睨みつけている。彼女がうっかりバランスを崩せば、Zの字のようなジグザグの椅子はあっという間に崩壊して焚きつけになってしまいそうだ。

「わたしたちはあの像が大嫌いでした。彼女はそれを知っていたんです」ダンサーのひとりがいう。さらにもうひとりが続ける。

「ブロンズ製の小さなシカの像です。シカなんて、あきれるでしょう？　わたしにとって最悪の父親のたったひとつの形見です。父は職業軍人でした。サン＝シール陸軍士官学校を出たくちです。軍隊以外に関心があったのは、奇妙な服を着て猟犬とともにシカを虐殺することだけでしたよ。わが子のことなどまったく無関心だった。ゲイだと父親に打ち明けた日に勘当され、以来二度と口をきいていない。父はあのいまいましい小さな像だけをわたしに残して亡くなった。

「ということは、彼女が持っていってくれたのは好都合だった？」イザベルがたずねる。

「ちょっと待ってください」最初のダンサーがいう。「あれはひじょうに価値があるものです。ピエール＝ジュール・ネメのオリジナルです。彼の作品にはたいへんな値がつきます。われわれは一万ユーロと見積もっていました」

「なにをいいだすんだ、ベルトラン。きみだってあんな像は大嫌いだったはずだ。わざわざサーリネンのテーブルに置いて角に請求書を刺して笑っていたじゃないか。いまさら未練たらしいことをいったところで、盗まれたものはしかたない。そうですよね？」最後のひとことはダヴィッドに向けた言葉だ。

「保険はおります。それはまちがいありません」カプシーヌがいう。「それよりも、犯人との関わり合いについてもっときかせてもらえますか」

「粗野な表現ですね。彼女の名前はセレスティーヌです。この前の日曜日、グルネル市場で彼女が倒れているのを見つけたんですよ。彼女は詩人です。恋人に虐待されてひどい目にあって逃げてきたんです。彼女はとても気高く、義務感からあの卑劣な男といっしょにいたが、耐えきれず出てきた。一晩じゅうさまよい歩き、朝、気がつくと市場にいたそうです。わたしたちが通りかかる直前に彼女は気を失っていた。そうだったね、ベルトラン？」クロードという名のダンサーがパートナーに同意を求めた。

「わたしたちは彼女の話に心を動かされ、自宅に連れてきたんです」ベルトランがいう。「看病して健康を取り戻させなくてはと思ってね。翌日には、すっかり打ち解けていました。ずっと一緒にいたみたいになじんでいた。彼女はハッピーになり、わたしたちも彼女のおかげでハッピーになった。三人にとってすばらしいひとときでしたよ」彼がそこで言葉を切り、いきなりアニメのキャラクターのようにしょんぼりとうなだれた。「そしてある日、クロードとわたしがリハーサルを終えて帰宅すると、彼女はいなくなっていた。ぱっと消えてしまったんです。こんなふうに」彼が優雅な指先を力なくふってみせた。

「ネメの像とともに消えたんです。わたしたちはあれを彼女に贈ったのではない。そこははっきりさせておきましょう」クロードがいう。

「なにもそんないいかたをしなくてもいいだろう」ベルトランがいう。

「保険金の支払いを請求すれば問題なく手続きがとられるはずです」イザベルが面倒くささそ

うにいう。「査定額の末尾の一サンチームまで手にすることができますよ。犯人がその三分の一以下の値段で売っぱらってしまったと判明してもね」

イザベルはそこで手元の紙を見て確認した。「その女性は、面長で哀愁を帯びた顔立ちでしたか。首はとても長く、いつもかすかに右に傾げている。ダークブロンドの豊かな髪の毛は肩まで伸ばしている」イザベルは紙を掲げてそのまま読み上げた。「モディリアーニが描いた、放心した女性に酷似している。どうですか？」

「ちょっと待ってください！　今回が初めてではないというつもりですか？　わたしたちが詐欺にひっかかったと？　冗談じゃない。彼女はわたしたちの友人だ」クロードだ。

ベルトランは記憶をたぐるように宙を見つめ、ほっとしたようにため息をもらした。

「モディリアーニの絵に似ていないことはないが、髪はブロンドではなかった。とても濃い茶色でした。ほとんど黒にちかい色です」彼は勝ち誇ったようにいう。

「髪は染められる」クロードだ。「あらためて思い出すと、素人が自分で染めた髪だった。やはりあのセレスティーヌにちがいない。同一人物だ」

「いいでしょう」カプシーヌが立ち上がる。「署で調書を取らせていただきますので、ルメルシエ巡査と電話でご都合のいい時を決めてください。その際には鑑定評価書のコピーをお忘れなく。保険金の支払い請求時に提出する供述書は彼女から受け取ってください」

クロードはいまにも泣きだしそうな表情だ。

ベルトランはパートナーの太腿に片手を置いて必死にこらえている。

「なにもかも、これでいいんだ。ぼくたちはあの目障りなものの代わりに現金を手に入れ、かわいいセレスティーヌも一カ月はじゅうぶんにもつだけの生活費を得られるだろう。たとえ彼女の正体が何者であっても、とやかくいうことはない」

彼はかすかに自虐的な表情を浮かべて弱々しく笑った。

10

その日の午後、カプシーヌは反省点をじっくり検討した。署内の警察官を率いて検挙率を上げ、パリの他の警察署から一目置かれるようになったいま、ようやくそんな余裕が出てきたのだ。問題はふたりのダンサーたちへの事情聴取だ。イザベルの仕事ぶりは期待はずれだった。どう見ても、じゅうぶんにはやり遂げていない。ダヴィッドの脇で霞んでしまっていた。確かに聴取対象の性的嗜好はひとつの要因だが、それだけだろうか？

　イザベルにもっと細かく指導すべきかどうか迷いながら、カプシーヌはデスクに積まれたファイルを少しずつ処理していく。が、ボウルに入れたパン生地が一夜のうちにふくらむように、ファイルの山は増えるいっぽうのように感じる。ペール＝ラシェーズ墓地でアメリカ人観光客を狙ったスリ団の書類を熟読し始めたとたん、電話が鳴った。ファイルに没頭したまま受話器を取り上げる。

「もしもし《アロー、アロー》！　わが姪《マ・ニエス》か？」アメリ伯父の声がやたらに大きいのは、科学技術というものをいっさい信頼していないからだ。「いるのか？　伯父さんだ」

「伯父さま《モノンクル》」カプシーヌはページをめくりながらこたえる。「声がきけてうれしいわ。こちらから電話をしようと思っていたところよ。モーレヴリエでの一週間はアレクサンドルもわたしもとても楽しかったわ。長いことごぶさたしていたのが、いまとなってはもったいないくらい」

「すばらしい《フォルミダブル》。そう思ってもらえれば、いうことはないね。ぜひまた来てもらいたい。どうだ今週末は。早過ぎるかな?」

「アレクサンドルはとても満足していたわ。とくにオディールの料理に大満足」彼女はさらにページを繰る。「だからぜひまたうかがいます。そのうちにね。クリスマスを過ぎた頃あたりに」

「そうか！　今度の土曜日にサン・アニエスの畑に行く予定だ。あそこはもう収穫がすんで、すばらしいヤマウズラがいる。気候は申し分ない。日差しが強すぎず、気温は低すぎない。アレクサンドルはもっと外に出る必要がある。ハンターとしての才能は確実にありそうだ。ラインの中心に彼を配置しようと思う」

カプシーヌはさらにページを繰る。スリ団の捜査を担当している警部補は、少なくとも二十名のティーンエイジャーが関わっていると考えているようだ。だとすれば作業表を調整して、もっと多くの人員を投入しなくてはならない。

「金曜日はいそいでこちらに到着しなくてもいいぞ。身内だけの食事だからな。もちろんジャックも来るはずだ。アレクサンドルはきっとよろこぶだろう。長旅の疲れをゆっくりとってから、食事にしよう」

カプシーヌはファイルをぱちんと閉じた。「伯父《モノンクル》さま、今週末は無理だと思うわ」彼女が額に小さなしわを寄せる。「なにか特別な用事でも？」

「ある意味ではな。ずっと考えていたんだが、先週死者が出た件は、その前にわれわれが狩りをしていた時の一件と無関係ではないはずだ。どちらも事故などではない。そしてどちらもヴィエノーの〈エレヴァージュ〉となんらかのつながりがあるにちがいない。それならば、わが姪は司法警察の警視《コミセール》なのだから捜査する適任者であると考えたわけだ」

それはアメリ伯父がカプシーヌの進路をはっきりと認める発言だった。小さなコマドリが太陽に向かって飛び立つように胸が高鳴るのを感じる。でもそんなことはおくびにも出さず、警察幹部としての重々しい口調を保った。

「伯父《モノンクル》さま、これは重大な告発よ。そういう考えがあるのなら、地元の警察に警告すべきでしょう」

アメリ伯父は鼻を鳴らす。「しかし警察といったらおまえだろう。第一、地元の憲兵隊の隊長ときたらとんだ役立《プレザンタン》たずだ。おまえも会っているんじゃなかったか。まじめにきいてほしい。もう一度ここに来てまっとうな捜査をしてもらわなくては困る。ここが〝わが一族〟の村であることを忘れるな。何世紀も前からそうだった。だから村人たちに対して責任がある。特権階級の義務《ノブレス・オブリージ》を軽くとらえてはならない。どうしても来てもらう必要があるんだ」

カプシーヌは微笑んだ。バカげている。ささやかな休暇を過ごした後、仕事に戻るのはあたりまえではないか。しかし、アメリ伯父の言い分にも一理あるからややこしい。ブヴァールの抗議行動の際に若者が亡くなった件は、まちがいなく犯罪行為によるものだ。同じ雇い主の下で働くふたりの人物が犠牲となっているのは、とうてい偶然の一致とは考えられない。

「伯父さま《モノンクル》、いまパリを離れるのは、おそらく無理よ。とにかく今夜アレクサンドルと相談してみるわね。彼はオディールの〈キジのキャベツ添え《フザン・オ・シュー》〉を絶賛していたわ。明朝、こちらから電話しますね。その時にお返事します」


その夜遅く、カプシーヌはアパルトマンに戻った。満足感と疲労感、そしてストレスも抱えていつも通りの帰宅だ。アレクサンドルはキッチンでせわしなく働いている。大きな声でハミングしながら夕食の支度にかかりきりだ。これまたよくある光景だ。マレ地区のこのだだっぴろいアパルトマンにアレクサンドルは大昔の大学生の頃から住んでいる。この界隈がファッショナブルになるなんて想像もつかない時代に格安で購入したのだ。当時は三階に安い売春宿があり、昼間であろうと夜であろうと階段には不法入国して日雇いで働くアラブ系の男たちが長い列をつくり、年増で太った売春婦とつかの間の時を過ごす順番を待っていた。むろんそれは昔のことで、いまやこの地域はパリの不動産としてはトップクラスの値がついている。アレクサンドルはここを売ろうなどという気はまったくないし、カプシーヌもいずれ子育てをすることになれば二千五百平方フィートのこのアパルトマンは格好の場所になるはずと考えていた。

アレクサンドルの独身時代のがらくたの山をカプシーヌはほぼすべて処分し、親が所有するアンティークのなかから選び抜いたものを飾り、それが引き立つように壁とカーテンは明るいパステルカラーにした。ただし、ふたつの部屋だけはアレクサンドルの抵抗を崩すことができなかった。書斎とキッチンだ。彼にいわせればキッチンは書斎よりもはるかに神聖であり、侵されてはならない場所だった。キッチンはアパルトマンのなかでいちばん広い空間を占めている。ニンニクやソーセージがぶらさがり、棚にはスパイスやら料理に関係する奇妙な形の瓶やらがぎっしり詰め込まれ、壁にとりつけたポールからは銅の鍋がずらりと下がっている。突き当たりの壁の前にはキッチンの主役ラ・コルニュのコンロがどんと鎮座している。真鍮と黒いエナメルの巨大なコンロだ。

自宅でアレクサンドルの手料理を食べるのはなんといっても癒されるし、元気になれる。ソファで彼に寄り添って彼のお腹のいとしいふくらみを撫でるのと同じくらいカプシーヌには効き目がある。けれど、キッチンに入ったカプシーヌはがっかりした表情が浮かべた。ビーフだ！　この匂いはまちがいなく牛肉料理だ。おいしそうな匂いにはちがいないけれど、やはりビーフはビーフ。今朝アレクサンドルに、今月はもうビーフも狩猟で仕留められた獲物のたぐいも喉を通らないといったばかりなのに。

アレクサンドルは彼女の表情に気づいていた。妻の気分をたちまち感じ取るのは彼の一種の才能だ。

「そうだよ、お姫様、これはビーフだ」彼はシャンパンの入ったフルートグラスをわたしながらいう。「しかしきみのだいじなオディールは絶対に手がけたことのない料理だ。現代のパリの本質を映し出したレシピといっていい」カプシーヌを抱き寄せぎゅっと腕に力を込め、よく訓練されたクマのようなあぶなっかしい動きで一回転した。カプシーヌがちいさな悲鳴をあげたので、アレクサンドルは彼女を下におろした。「いったいどうした？」

「ピストルがぎゅうぎゅう背骨に食い込んで大変」彼女は笑いながら背中側に手を伸ばしてホルスターごとピストルをはずし、長テーブルにカチャリと音を立てて置く。そしてブーツを蹴飛ばすように脱いだ。「これで楽になった。それで、どういう料理なの？」

「〈オングレ〉だ——ハンガーステーキ（横隔膜の薄い部分）だね。昼間からワイン、タマネギ、ニンジンでマリネして、ホースラディッシュのペーストをたっぷりまぶしてからオーブンに入れた。きみの帰りを待ちながらオーブンでしあわせに料理されているよ。食べる時には刻んだセロリとパセリを敷いた上に盛りつけて、マリネ液の残りでつくったソースを添える。モーレヴリエとはかけ離れた料理だろう？」

カプシーヌはアレクサンドルにキスする。「わたしのことをわかってくれるのは、あなただけ」

アレクサンドルは少々時間をかけて料理を完成させた。ソースづくりは彼の説明よりも手が込んでいて、丹念に泡立てたタマゴの白身が入っている。辛みの強い個性的な味わいはフランス料理というより日本料理にずっとちかい。アメリ伯父さんに食べさせたら、きっと鼻にしわを寄せて不満そうな顔をするだろう。そんなことを考えたら、昼間の電話を思い出した。

「アメリ伯父さんから電話があったの。今週末にまたモーレヴリエに来いといわれたわ——あなたもよ。死者がふたり出た件はどちらも事故ではなく、〈エレヴァージュ〉となにか関係があると考えているみたい」

「またモーレヴリエに？　なんという考え《ケル・イデ》だ！」アレクサンドルはそこでカプシーヌの顔をまじまじと見つめる。「そうか、きみはその気になっているんだな？」

「かもしれない。少しだけね。迷うわ。だってこれ以上休みを取るなんて、とてもいい出せない。でもね、アメリ伯父さんはいてても立ってもいられないようなの。調べるとしたら、今週中にここを出なくては」

「自分の心に従えばいい。行くべきだと思えばそうすればいいさ。しかし老人特有の思い込みということもあるから、それに拍車をかけるのは危険だ。そこのところをよく考えてごらん。憲兵隊の隊長は、事故による死だと断定している。被害者がどちらも〈エレヴァージュ〉で働いていたというのも、さほど不自然ではない。あの村で唯一の企業らしい企業だからな」

「地方の憲兵隊は犯罪捜査の専門家というわけではないわ。彼らの業務とはいえない。だから司法警察はフランス全土で捜査の権限を持っているの」

「それはわかるが」アレクサンドルは納得しきっていない口調だ。「くれぐれも忘れるなよ。〈エレヴァージュ・ヴィエノー〉といえばフランスの料理を支える要のひとつだ。どんな形にせよ少しでも犯罪に関わっているとしたら、名声に傷がつく。そうなれば国の威信に関わる。なんといってもオートキュイジーヌの世界はあっという間に風向きが変わる。そもそも、トリュフをさがすペリゴールの豚みたいに村をかぎまわるきみに協力する人間など、いるのだろうか」

カプシーヌは眉を寄せて考え込む。

とつぜん、彼女が顔を輝やかせた。「まだ消化していない休暇があるわ。あと四週間分残っている。今年中にそれを使わなければ、部下たちに誤ったメッセージをおくることになってしまう。彼らには充実した日々を送ってほしいし、精神的にバランスが取れた状態でいることが必要。仕事に縛られた奴隷みたいになってもらいたくないわ」

「それなら、したいようにすればいい。いっしょには行けないよ。記事をまとめなくてはいけないからね。『傷つける批評家——殺す批評家』というタイトルだ。一部のレストラン評論家によってオートキュイジーヌがどれほどのダメージを負ったのかを暴く」

「そんな記事を書いたら、あなたも人に避けられそう」

「わたしのポリシーは変わらないよ。面目をつぶされるに値する者の面目はつぶすべし」アレクサンドルはそこで間を置き、いとしそうな表情で妻を見つめる。「ほんとうに行くというのなら、週末ならなんとか都合がつくから、向こうで記事を仕上げよう。金曜日の列車だな。取材があと四件残っている。それから木曜日のレビューを書くためにレストランにも行かなくてはならない」アレクサンドルがにっこりして彼女の額にキスした。「それに、パリを離れて懐かしい友人《コパン》たちと過ごせば、きっとリフレッシュできるだろう」

こんなにあっさりと話が決まってひとりで田舎に行くとなると、カプシーヌはかえって気が重くなってきた。けれど、モーレヴリエで身内ならでは愛情に接した幸福感を思い出すと、前向きな気持ちが芽生えた。一族の一員としての務めを果たそうとする彼女を、アレクサンドルとしても引き留めたくはないのだろう。彼女の人生でいままで欠けていたピースがようやくうまく嵌《は》まろうとしているのだから。

「あなたはパリのお友だちと楽しんでちょうだい。わたしは行くわ。でも金曜日の夜には必ず来ると約束してね。それから留守中に羽目を外さないこと」

アレクサンドルがふたたび額にキスすると、カプシーヌの頬が熱くなった。

11

「キノコを採ってここに寄らずに持ち帰るのは、ひじょうに愚かな行動です。非常識といっていい。村の全員にそのことを徹底させるべきです」薬剤師のオメーは外科用のピンセットでバスケットの中身を念入りに調べながら続ける。「これはキッチンに置いてあったということですが、オディールは分別というものをなくしてしまったのだろうか」彼はキノコを作業テーブルにあけて一つひとつ調べ始めた。

　われながら、稚拙な捜査テクニックだとカプシーヌは決まり悪さを感じる。なに、かまうものか。田舎《プロヴァンス》にはそれなりのやり方がある。

「はい。オディールは夕食に使うつもりだったみたいで。でもあなたのように専門知識を備えた方にいちおう見てもらったほうがいいと思いまして」

「わたしのように専門知識を備えた？　冗談じゃない。ここからルーアンまでの間に、菌学についてこのわたしに匹敵する知識の持主は皆無です」オメーは大真面目だ。「まあ、このなかに問題のあるものはないようだ。すべてオイスター・プルロットです。少々シーズンには早いが、たいへんおいしいキノコです」

「ムッシュ・オメー、せっかくなのでちょっとお話をうかがいたいんですが。わたしの伯父が指揮を執った狩りの際にたまたま撃たれて亡くなった男性についてです。遺体はここに運ばれてきたんでしたよね？」

「ええ、そうです。ご存じでしょうが、このサン・ニコラには医者がいませんから、わたしがいわば最後の砦みたいなものです。この通り医学の学位は持っていませんが、鳥用の散弾の傷の処置にかけてはたいていの医者よりも腕がいいと自負しています。しかしあの件では、手の施しようがなかった。このテーブルにのせられる前に彼は亡くなっていましたから」オメーは親指と人さし指でキノコをひとつつまみ、おごそかな表情で高く掲げる。神父がミサの時に聖体《ホスチア》を掲げるしぐさに似ている。

「われわれ学者はこれをムレオオフウセンタケと呼びます」オメーは大学の大教室で講義でもしている気分なのか、ものものしい口調だ。「ひじょうに稀少でたいへんにおいしいキノコです。数も少ないしすでに乾燥が始まっていますから、オディールにいって明日の朝食のオムレツに入れてもらうといいですよ」

カプシーヌの目にはしなびて汚いキノコにしか見えない。いくら稀少といわれても、朝食のテーブルにのせたいという気にはなれない。

「それでは、その男性は到着時にはすでに死亡していたんですね」遺体についてもっとオメーからくわしくきき出すことにした。

「まちがいなく死亡していました」オメーは乾いた笑いとともにいう。「撃たれたのが胸のあたりでしたからね。ご存じないかもしれないが、散弾銃の弾が人体に与える生理学的な影響にはひじょうに特徴があります。キジを撃つと想定してみましょう。ペレット弾そのものは致命傷にはならない。重要な臓器にはめったに入らないからです。が、ペレット弾は四発で臨界質量に達し、鳥は失神する。ペレット弾六発で死亡します。医療関係者が〝ショック死〟と呼ぶ状況ですな」

「被害者は即死だったと思いますか?」

「長くても数秒以内だったでしょう。彼の胸の真皮網状層に少なくとも三十発のペレット弾がつかえていました。どれも深いところには達していません。横からの侵入でしたから」カプシーヌの顔を見て、彼女が理解していないのだとオメーは気づいたらしい。「ようするに彼は左側から撃たれ、ペレット弾は斜めに入ったということです。だから胸の深いところまでは達していない。ショックによる死亡ですな。しかも六号弾だった。通常ヤマウズラを撃つ時にはもっと小さい八号弾が使われます。ペレット弾が重いほど重傷を負うことになる。おわかりですね」

「ヤマウズラを撃つ時には、重い弾は使われていないということですか?」

「ここはペイドージュ地区ですよ、マダム。パリにちかいイル＝ド＝フランスではない。ヤマウズラのように小さな鳥を撃つのに六号弾を使うなんて、ふつうは考えられないことです。しかし、手近にあったものをなんでもカートリッジバッグに放り込む輩がいるのも確かなようだ。スラッグ弾でまっぷたつにされて空から落ちてきたキジを見たことがありますよ。しかも、使われていたペレット弾は鉛ですよ。ご存じでしょうが、フランスでは十五年前から法律で使用が禁じられている。文明社会に生きる人間であれば、法律の施行にあわせて鉛の弾は処分してスチール弾のカートリッジを買っているはずなんです。しかしここではちがう。販売終了から十五年経っているというのに、バッグの底にはまだ鉛弾のカートリッジが入っているんですよ」

「あれは事故だったと言い切れますか？」

「マダム、カルヴァドスを三杯か四杯飲み干してから炎天下に出ていって猟をする、動くものを見たらなんでもいいから発砲する、という習性が変わらない限り、今後もこういう事故は起きるでしょう。わたしは自信を持って言い切れますよ」

12

翌朝カプシーヌはアメリ伯父とふたりで朝食をとった。彼が〝プティサロン〟と呼ぶ、古い小塔の一階の円形の部屋に食事は用意された。厚い壁には観音開きの窓がいくつかあり、そこからは古い濠、その先の野原や畑が見渡せる。室内には朝日がふりそそいで水面に反射したまだら模様の光が躍る。ここはアメリ伯父が一日の大半を過ごす、いわば隠れ家のような場所で、ひとりの時には食事もここでとる。

カフェオレとクロワッサン――パリにくらべて田舎のパン屋は少々もの足りなくて、このクロワッサンは吸い取り紙のようだ――の朝食の後で、オメーとの話はどうだったかとアメリ伯父がたずねた。

「キノコの話が多かったけれど、彼がジェルリエの死を事故死だと信じていることはまちがいないわ。よくあることだそうよ」

「確かに、それはそうだ。じっさい、狩猟の際の事故は多い。しかしあれは事故ではない」

アメリ伯父は銀製の繊細なコーヒーポット《カフェティエル》からコーヒーをカップに四分の一注ぎ、角砂糖をひとつ入れて混ぜる。「いとしい姪よ《マ・シェル・プティ・ニエス》、じつはあれが殺人だと証明できるんだ」

「証明？」

「目撃者がいる。警察用語ではそう呼ぶんだったな？」

「もっと具体的に話して」

「具体的に？　今日、その人物のところに行って、いっしょに昼食をとろう。どうだ、具体的だろう？」


ウベール・ド・ブリニエール大佐の住まいは、ルイ十五世の時代に狩猟小屋として建てられた四角い二階建ての家だった。カプシーヌはこれまでに何度も彼に会ったことがある。エモーヌ伯母が亡くなって以来、伯父にとってかけがえのない友だった。ウベールも妻に先立たれ、過剰なインテリではない彼は退職後、ブリタニー・スパニエルの愛犬フェーブスを支えに狩猟、ガーデニングの順番で楽しんでいた。

昼食を給仕するのはまるまると太った家政婦ウーフェミーだ。彼女は料理のほかウベールのために家事全般を引き受けている。食卓につくとウベールはさっそくウーフェミーに小言をいい始めた。

「タマゴを出す時にテーブルにワイングラスを置くものではない。ゲストに不安を与えてしまうだろう。ワインを待ったほうがいいのだろうか、しかし待っても出てこない。当然だ、タマゴとワインを取り合わせる人間はいない。カプシーヌ、きみの夫だって、そうだろう？」

家政婦のウーフェミーは槍玉にあがっているグラスを片づけると、頭をしきりにひねって憤慨した様子でいったん台所に入る。そして蓋つきの磁器製の深皿を運んできた。これにはバンマリー（湯煎用の二重鍋）でゆっくりと調理したクリーミーなスクランブルエッグが入っていた。アレクサンドルもこの方法でタマゴを料理するのが好きで、日曜日の朝食にはこれが登場する。もちろんタマゴとワインの取り合わせは彼にとってもルール違反だ。ただしシャンパンには堂々と合わせる。たとえばみじん切りにした黒トリュフとともに。この田舎のタマゴはそれ自体で料理を最高レベルに引き上げている。カプシーヌはつくづく感心した。こんなオレンジ色の黄身のタマゴはパリでは決して手に入らない。

タマゴの次に運ばれてきたのは〈子牛のクリームソース煮《ブランケット・ド・ヴォ》〉だ。みごとなできばえだった。ワイングラスもふたたび登場して絶品のコート・デュ・ローヌが注がれた。カプシーヌは〈ブランケット〉という料理がどうしても好きになれない。牛乳でつくったさらりとした白いソースと子牛の肉の取り合わせはまったくちぐはぐだと感じてしまうのだ。しかしこれは伝統料理として不動の地位を誇っている。大佐に惜しみない褒め言葉を贈ると、ウーフェミーはうれしそうな顔を見せた。

食事が進むにつれてアメリ伯父の話にいきおいがつき、すっかり興奮している。

「ウベール、きみの考えをカプシーヌに話してみるべきだ」

「アメリ、この件についてはもう話し合ったじゃないか。警察に申し立てをするべきではないんだ。だいたいだな、カプシーヌはただの警察官ではない。偉い幹部じゃないか」

カプシーヌは思わずウベールの腕にそっと手を置いた。ウベールはびくっとして身体を引く。これは取り調べ術の講座で教わる基本的なテクニックだ。消極的な証人に効果を発揮する――〝ジェスチャーで面接官の気遣いを示して信頼関係を構築し仲間意識を育てる〟テクニックだ。まさかこんな時に、警察官としてのテクニックを伯父の友人に使うとは思わなかった。

「わたしが警察官としてここにいるとは思わないで」あどけない少女になったつもりで微笑む。「発砲事件で人が亡くなっていろいろ大変だとアメリ伯父さまからきいたものだから」

「まさしく大変な状況だ。周囲はみな、彼を死に至らしめた弾を撃ったのはわしだと信じているのだからな。耐え難いことだ。しかし、わしは撃っていない。それは自分がいちばんよく知っている。それをちゃんと証明することもできる」

「自信があるのね」

「そうさ。説明しよう」

ウベールはサイドボードのところにいって両手に銀のナイフを何本も握って戻ってきた。それをテーブルの上に曲線を描くように置く。

「ラインはこんな具合だった。切り立った丘の頂《いただき》ちかくで、ゆるやかなカーブを描くようにな。亡くなったジェルリエは中央から左にふたつ目の持ち場だった。左というのは、もちろん鳥の側から見てだ」彼はナイフで描いたラインの中央から少し左側に銀製の塩入れを置いた。「そしてわしは右側のずっと端のほうにいた。丘のふもとのほうだ。鳥が急に進路を変える場合があるから、それに備えてアメリはいつでもそこに人を置く。われわれのよき友人マキシム・ボワソン＝ブリドーはわたしとちょうど反対側の位置にいた」

ウベールは銀製の調味料入れのセットからオイルとビネガーを入れたクリスタル製の容器をはずしてラインの両端に置き、彼らの位置を示す。

食器類で配置図が描かれるのを見ているうちに、カプシーヌの耳は耳障りなキーンというかすかな音をとらえた。下をちらっと見るとフェーブスが目を大きく見ひらいて期待のまなざしで彼女を見上げている。すぐにカプシーヌは状況が呑み込めた。この犬は耳が遠くなってきたご主人のレーダーにひっかからない音量というものを正確にマスターしている。フェーブスに向かって、子牛肉の大きな一切れをこっそり滑り落としてやる。

「鳥たちがこちらに飛び込んできたところで、わしは草地のほうに向かって撃った」

「エレガントな二塁打を放った」

アメリ伯父がからかうように彼の腕をパンチした。

フェーブスは音も立てず、子牛肉を飲み込む。

「しかし」ウベールは気を散らさずに説明を続ける。「鳥たちが丘の頂をめざすと、地面すれすれの低い位置を飛ぶので撃つわけにはいかない。頂上に着くまではじゅうぶんな高さにならないから誰も撃つことはできない。わかるかい？」彼が心配そうにカプシーヌに確認する。

「もちろん。続けてください」

「鳥たちがじゅうぶんに高く飛んだところで、わしは狙いを定めて撃ち始めた。しかしマキシム——反対側の丘のふもとに配置された人物だ——は銃が故障して撃てなかった。彼はいまだに父親の古いカラン・エ・モドを使っている。しかも二十年も整備に出していないからエジェクターは固くなりがちだ。あの時もそうなった。鳥が飛び込んできた時には地団駄を踏んでいた」

カプシーヌはわかったとうなずき、フェーブスのためにもう一切れ、こっそり子牛肉を落としてやった。

「ということはだ。偶然にジェルリエを撃ってしまう可能性があった人物はこのわし以外にいないということになる。彼の脇にいた連中は頭上高く飛ぶ鳥めがけて撃っていたのだからね。しかし断じてわしではない。彼が撃たれた瞬間、身体が痙攣するのをわしはこの目で見た。ちょうど再装弾しようと銃をおろしていた時だった」

「どうだ《ヴォワラ》！」アメリ伯父がテーブルに拳をどんと叩きつけた。「これ以上の証拠はないだろう？」

「伯父さま《モノンクル》、確かにとても信憑性のある説明だったわ。でもね、法廷で証拠として認められるのは具体的な事実だけなの。ひとつ質問させてください、大佐。あの日使った弾の大きさをおぼえていますか？」

「おぼえているかだと？　なんだってそんなことを？　もちろん八号だ。ほかになにを使うというんだ？」

「鞄のなかに六号の散弾が詰まったカートリッジが入っていたという可能性は？」

「猟場から帰宅した紳士が必ずやることがある」ウベールが堅苦しい口調でこたえる。「銃の手入れをして軽く油をさし、靴の泥を落としてシューズキーパーを入れ、鞄のなかにカートリッジが残っていれば箱に戻す。それをすべて終えた後で初めてウィスキーを口にすることを自分に許す」

「そしてもちろん、使っているのは鉛弾ではなくスチール弾ですね」

「マダム、こう見えても祖国の法律を守り祖国に奉仕することに人生を捧げてきたつもりだ。鉛弾は十五年前に使用が禁じられている。自分の庭にＤＤＴ（殺虫剤）の粉をふりかけたりしないのと同様、鉛弾を使うこともない。そのふたつが使えなくなったことは大変残念だとは思うが」

「たいへんご立派なことだと思います。じつはムッシュ・ジェルリエの傷から取り出された弾は六号の鉛弾だったんです。どう思います？」

「ヴォワラ！　ほっとした。自分が撃ったのではないと確信はしていた。だが気になって眠れなかったんだ。さっそくお祝いをすることにしよう。ウーフェミー！　カルヴァドスを持ってきなさい！　ちがう、ちがう、そっちじゃない！　クリスタルのデカンタに入っている上等のほうだ」

　カプシーヌたちがウベールの家を出る際、フェーブスが彼女に向かって短い尻尾を元気いっぱいにふった。捜査上の収穫はなかったが、新しい友だちができたのがせめてもの救いだ。徒歩でシャトーに帰る道すがら、カプシーヌの胸の内を見透かしたかのようにアメリ伯父がふたつの疑問を口にした。

「撃ったのがウベールではない以上、故意に誰かがやったにちがいない。いったい誰のしわざなんだ？　いったいどういう理由で撃ったというんだ？」

13

「一日じゅう自転車を漕ぐだと？　この凍りつくような寒さのなかで？　なんという考え《ケル・イデ》だ！　頭がどうかしたのか？」アレクサンドルの憤慨はおさまらない。「カプシーヌ、田舎で暮らすうちに脳がすっかり腐ったのか」これほどまでに自制心を失ったアレクサンドルを初めて見た。

「行きましょうよ」カプシーヌは少女のような熱っぽさで誘う。「ジャックとわたしは、子どもの頃にしょっちゅうやっていたわ」間の悪い時に失言をしたことに気づいた彼女は大きく息を吸った。「絶対に楽しめると思う。〝沼地の狩り《シャッセ・ア・クール》〟を自転車で追って、オディールのみごとなピクニック・ランチを食べられるのよ。しっかりと身体を動かして新鮮な空気を吸うの。このところ少々食べ過ぎだったでしょ。そういう時にはお勧めよ」カプシーヌがからかうようにアレクサンドルのお腹を突くが、彼はむすっとしている。

　前の日に到着してからというもの、アレクサンドルは機嫌が悪い。ジャックと一緒に車で来たのだが、どうやらその一時間半の道中でジャックはカプシーヌとシャトーで過ごした子ども時代の話をいろいろ披露したようだ。どうせ勝手に脚色して話したにちがいない。雨の日に迷路のような城のなかでかくれんぼをしたことを、ことさら意味ありげに語ってアレクサンドルの嫉妬をあおっておもしろがったのだろう。

それでも、夕食にちかくの二つ星レストランへ父親も誘って四人で行こうとジャックが提案すると、たちまちアレクサンドルの機嫌がなおった。その夜、寝る支度をしながら、彼は田舎で味わうオートキュイジーヌを大絶賛した。マリネしたイノシシと栗はパリで食べるのとは段違いだったようだ。そのイノシシの媚薬の効能をカプシーヌはたっぷりと味わった。

しかしいま、アレクサンドルはふたたび奈落の底に落ちていくような気分を味わっている。いつもの習慣で遅く起きて朝食の席にくると、すでに狩りに同行するという話が本決まりになっていた。子どもの時のように狩りを追跡してみたいとカプシーヌがどうしても望んだのだ。アレクサンドルは必死で逆らったが、この機会に村の人から噂話を仕入れて捜査に役立てたいといわれれば、おとなしく引き下がるしかない。なにしろカプシーヌの天職に関わることだ。なによりも優先させるのが夫婦間の掟なのである。今日は参加しないアメリ伯父はやりとりをぼんやりときいていたが、捜査という言葉をきいてにわかに元気になり、あれこれしゃべりだした。が、代わり映えのしない田舎の昔話につきあわされてアレクサンドルの目からすっかり力が抜けていく。それを見てカプシーヌはなんだか哀れに思えてきた。

ガレージで彼らは古びた自転車を三台発掘した。サンジェルマンでピンヒールをはいた美少女がペダルを漕げば大流行するのかもしれないが、この土地の自然環境では扱いにくくてキーキーいうばかりだ。クロークルームでぼろぼろのバブアーコート、色あせたニットのマフラー、年季の入ったゴム製のウェリトンブーツを見つけて身支度を整えると、三人そろって自転車を漕いで並木道を進んでいく。スクリーンセーバーにぴったりの美しい風景のなかを走り、狩りの「待ち合わせ場所」に到着した。

待ち合わせ場所は、カプシーヌの記憶のなかの牧歌的な光景とは様変わりしていた。思い出というフィルターを通して見るせいで、よけいにそう感じるのかもしれない。百人以上が集合している。あらゆる階層の人々が入り混じり、たいへんな活気だ。自転車組もいるが、車で来ている人のほうが多い。誰も彼もが緑と茶色の中間色の狩猟用の服装に身を包み、歩きまわりながら握手をし、エアキスをし、背中を叩き、やたらに陽気にふるまう様子はオフィスのクリスマスパーティーのようだ。これから大掛かりな事に臨むという非日常的な緊張感があたりを包んでいる。その中心には鮮やかなエメラルドグリーンのコートを着て馬にまたがった狩猟クラブの会員が二十人あまり集まっている。馬は紋章を図案化した模様のあるエレガントな布で美しく飾り立てられ、傍らには世話係が控えている。

ジャックは寒さなどおかまいなしにバブアーコートの前をあけて、なかに着ている赤いベストをひけらかしている。ベルベットの地に金色のパイピングと凝った銀線細工のボタンがついたベストは、彼が青年会員であることを示している。地味な色合いの集団のなかに埋もれて一日を過ごすなんて、ジャックに耐えられるわけがない。カプシーヌがぶつぶつつぶやいていると、当のジャックが話しかけてきた。

「きみの大事なアレクサンドルは沼地の狩り《シャッセ・ア・クール》の達人になったんだろうか。それとも猟犬並みの嗅覚で食べ物と酒に引き寄せられているのだろうか」ジャックが顎で示した先にはアレクサンドルがいる。旧友の画家と連れ立って歩きまわり、あちらこちらで立ち話している。

「まちがいなく後者ね」アレクサンドルたちがその場で一杯やり始めるのを見てカプシーヌがこたえた。

十五分後、中心にいた騎馬隊から一頭が離れ、馬上の男性が一同に静粛になるよう求めた。灰色の髪のその人物はドイツの高級車の広告にでも登場しそうな際立った風貌の持主だ。ちょうど同じタイミングでアレクサンドルがちかづき、ご機嫌な表情でジャックとカプシーヌのあいだにさりげなく割り込んだ。

「天からのありがたいお言葉が始まる」ジャックがアレクサンドルの耳元でささやく——今日一日ジャックはヴェルギリウスになったつもりでアレクサンドルに牧歌的な田舎暮らしの解説をするつもりらしい。「誉れ高きマスターとして、彼はこれから退屈な話を延々として、ぼくたちの意識が遠のいた頃にようやく行き先が発表される」

ジャックの予言がぴたりと当たり、要領を得ない前置きが果てしなく続く。風の強さや向き、夜間の寒気で湖に氷が張ったこと、本日獲物を追う猟犬それぞれの名前と性別、年齢の紹介、今朝六時にかなり大きな雄ジカと十頭ほどの群れの足跡を見た、足跡は森の茂みのなかへと続いていた、まだ動かずにいることを期待して、そこから狩りをスタートする、と。

ようやく騎馬隊が小道を歩きだした。その後に元気いっぱいの猟犬四十四ほどの集団が続く。適度な距離を置いて自転車も出発した。車は舗装道路を行く。こちらは大集団だが、狩りにぴたりとついていけない可能性がある。

十分後、全員が足を止めた。馬の乗り手が長いムチを鳴らして猟犬を止める。馬の集団から一人が離れ、猟犬一匹を連れて森のなかに姿を消した。なにも起きないまま、数分間が経過する。アレクサンドルがしだいに退屈になっていくのがカプシーヌにはよくわかる。

とつぜんすさまじい音がして森から雌ジカが数頭、小道に駆け出してきた。猟犬たちは興奮して吠える。ムチがぴしぴしと鳴り、鋭い声が飛ぶと犬たちはおとなしくなった。

ジャックがにやにやしながらアレクサンドルに身を寄せる。

「かわいそうに、いままでハーレムでぬくぬくしていたのに」

さらに、雌ジカよりも少し身体が大きい雄ジカが四頭出てきた。枝角はまだ小さい。

「あれは当て馬役の若造だ。ボスの雄ジカはハーレムの雌ジカをあいつと遊ばせて自分が楽しむんだ。のぞきをしたり嫉妬に狂ったり、ゴロワーズ・ブロンズを吸って実存的な暗い思考にふけったりする。若造が疲れ果てたところでボスが本領発揮だ。おかしなことに、このタイミングで雌はみごもる。メキシコの〝ボス《ヘフェ》〟みたいなものだな。村の子どもは全員自分にうりふたつでなければ承知しない」

「男性優越主義者のにおいがプンプンするわ。シモーヌ・ド・ボーヴォワールがそのことについて一度も書いていないのが残念」カプシーヌがいう。

その時、すさまじい衝撃音がした。見ると巨大な雄ジカが森から飛び出してきた。ウィスキーのボトルのラベルで見るのと同じりっぱな枝角だ。その後ろから猟犬がヒステリックに吠えながら追ってくる。さらに馬がギャロップして出てきた。乗っている男性がしきりに角笛を吹き鳴らす。

「出た《ル・デプシエ》！　行くぞ」ジャックが自転車に飛び乗る。ジャックとカプシーヌがぐんぐん漕いで進むのにひきかえ、アレクサンドルはのろのろとしか進まない。やがて前に進まずに蛇行するばかりとなってふたりの足を引っ張る。あっという間に狩りの一行はどこかにかき消えてしまったように三人だけが取り残され、森の静けさに包まれた。アレクサンドルは安心したようにふうっと大きな吐息をもらした。

アレクサンドルはさらに十分苦しそうに漕ぎ続け、ゴールに到着したような誇らしげな表情で止まった。そしてこれ見よがしに腕時計を見る。「正午を過ぎた。アペロ（食前酒。アペリティフの略）を飲みながら、昼食について考えるのにちょうどいい頃合いだな」

ジャックがあっさりとアレクサンドルの提案に賛成するのを見て、カプシーヌは地団駄を踏みたい気分だった。シダが生い茂るなかに小さな空き地をみつけ、日が射すところに毛布を広げてオディールが用意してくれたピクニックバスケットをそっと置いた。

「ちゃんと用意してきたぞ」とアレクサンドルが片手をあげ、もういっぽうの手をコートのポケットに入れた。なかから取り出したのは携帯用の銀色の酒瓶だ。かなりの量が入りそうだが、大昔のものらしくすっかりでこぼこになっている。

「一九八八年の余市のシングルモルトだ」

キャップに適量注いでジャックにわたす。ジャックは感謝のしるしとして義理のいとこに向かってキャップを高くかかげた。カプシーヌはもはやあきらめるしかないと首を横に振る。

一時間半後、三人はオディールが持たせてくれたハムとチーズをたらふく食べ、シードルがまわってご機嫌になっていた。保温ポットには湯気の立つエスプレッソがあり、アレクサンドルが用意してきた酒瓶のなかの余市もまだ残っているが、しだいに秋の寒さがこたえるようになった。

「さて」アレクサンドルが上機嫌のまま口をひらいた。たぶんナポレオンはアウステルリッツでこんな笑みを浮かべたにちがいない。「自転車を漕いでシャトーに戻る以外、できることはなさそうだ。きみのいうとおりだった。このエクササイズでおおいにリフレッシュできた」

帰り道は森のなかのカプシーヌが大好きなところを通った。村まであと半マイルのところで道幅が狭くなり、そのまま行くと長細い湖にかかる木のトレッスル橋に続いている。十七世紀に湖を掘った建築家は湖岸の両側を突き出す形にして短い橋をわたし、周囲にブナをたくさん植えて土手の浸食を防いだのだ。長い年月をかけてブナの枝は小道の反対側まで伸びて交差し、いまやうっそうと繋って天蓋のように道の上を覆っている。その木々の間から淡緑黄色の幻想的な光の筋がわずかに差し込むだけだ。大洞窟のなかを進んでいるような暗い空間からとつぜん湖の光輝く明るい景色に出る瞬間は、何度経験しても魔法としか思えない。

ところがその日の午後は、細い道の先には車がぎっしり詰まり、緑がかった茶色の服装の狩りの徒歩組もおしあいへしあいアリのように連なっていた。自動車事故にやじ馬が集まったような光景だが、もちろん事故ではない。鉛筆のように細い橋を狩りの一行が陣取っているのだ。

カプシーヌ、アレクサンドル、ジャックが自転車を押して群衆のなかを進み、橋の中央まで来ると、小型のボートをルーフにくくりつけた小型のヴァンが作戦本部となっていた。馬に乗ったマスターは威厳たっぷりにヴァンの隣で湖を見渡している。薄い氷が張った湖は黒っぽくて危険な気配。氷上で揺れている水たまりもさぞや冷たいだろう。みんなの視線の先には雄ジカがいる。足を滑らせながら苦しげに氷の上を進んでいく。時折転んで膝をつき、また立ち上がって歩き続ける。最後の力をふりしぼっているにちがいない。

「よし《ボン》」マスターが、やはり馬に乗って隣に並んでいる人物に声をかけた。中世の時代から〝ピキュ〟という謎めいた呼び方をされる猟犬係だ。「きみに任せよう《ア・トワ》」

ピキュが馬からおりて鞍のフラップの下からライフルを取り出す。30―30口径のレバーアクションのウィンチェスター・ライフルだ、これはハリウッドの西部劇の映画でおなじみになった銃である。

「あんなロングショットを撃つなら、ぼくなら絶対にあの銃は選ばないな」ジャックはその道のプロ同士の会話のようにカプシーヌに話しかける。その自然な口調からふたりの仲のよさがアレクサンドルにも伝わる。

ピキュが片膝をついて橋の手すりにライフルの銃身を置く。ふたりの農民がヴァンのルーフからボートをおろして氷上に置く準備にかかる。ボートを押して氷の上を進んでシカにちかづき、氷が割れてしまったらボートを救命ゴムボートとして使おうというのだろう。

ジャックはまたもやヴェルギリウスになりきって、アレクサンドルにこの光景について解説する。

「あきらかにマスターはしくじった。ああいう大きな雄ジカは猟犬に追われると湖を泳いで逃れようとしたがるものだ。しかしこのシカは昨夜堪能した交尾でまだ頭がぼんやりしているせいで、薄い氷の上を歩きだしてしまった。これは戦術的なあやまりだ。このままでは奴は自分の重みで氷を割って溺れてしまう。そして底に沈んでしまう。あのどこかに身を潜めている左翼のジャーナリストが、奴の苛酷な末路を描写するために造語をひねり出すだろうな」ジャックが自分の言葉にうなずきながらずっと先のほうを示す。湖岸にはおおぜいの村人たちがあつまっている。

「悲惨な死というものほど、ルンペン・プロレタリアートをエキサイトさせるものはない。逆に貴族がわくわくして見守るのはあの小さなボートでいく勇敢な者たちのほうだ。氷が割れやしないか、シカが沈んでしまう前に辿りつけるだろうかとはらはらする。その意味ではりっぱなスポーツイベントだ。間一髪で彼らがあのシカに到達できるというほうに、二十五ユーロを賭けよう」

ピキュが一発目を撃つ。割れるような鋭い音が氷の上を伝わって向こう岸で反響する。シカはまったく注意を払わず、絶体絶命の様相で進んでいく。ピキュは深呼吸してからライフルのレバーを引いてもう一発撃つ。シカが痙攣を起こし、みぞれ状の氷の上で荒々しくもがく。前脚が氷の割れ目に入って身動きが取れなくなった。

「愚かとしかいいようがない」ジャックがアレクサンドルにいう。「彼はシカの腹部を撃った。あれでは状況をまずくするばかりだ」

ピキュが三発目を撃つが、これはあきらかに撃ち損じた。ジャックが大きく鼻を鳴らしたものだから、何人かがふり返った。

ボートを押す男たちは膝をついた体勢で片手をボートに、もういっぽうの手を氷についてかなり進んでいる。彼らの重みで氷にひびが入っているが、なんとか持ちこたえている。

四発目が当たってシカは崩れるように倒れる。割れ目に引っかかった脚に支えられる格好で四十五度に傾いた状態で止まっている。シカが茫然とおののいているよりは、いっそ死んでしまっていますようにとカプシーヌは願った。ボートの周囲の氷も割れ始め、押していた二人の男たちはずぶ濡れでボートに飛び乗る。ふたりのうちひとりが、オールを二本持って漕ぎ始めた。ひとかきごとに薄い氷がばりばりと割れる。もう一人の男は無表情のまま船尾に腰をおろす。船尾に彼の体重がかかるので船首は水面からあがり、砕氷器の役割を果たす。

ボートがシカに接近するとともに周囲の氷が砕けてシカが沈み始めた。完全に沈んでしまう前に男たちは枝角にロープの輪をかけるのに成功した。そのまま船尾の後ろにシカを引きながらゴムボートを漕いでこちらに戻ってくる。橋の上で見守る人々は無事に仕留めたという安堵感と、目の前のやるせない光景とに引き裂かれているようだ。

湖岸のやじ馬の数はますます増えている。どうやら彼らの視線は二方向に分かれているようだ。橋から岸までは少なくとも五百ヤードは離れているだろう。大半の人たちはボートがシカを引いていく光景に釘付けになっているようだが、一部の人たちはしきりに湖岸のなにかを見ている。ふたりの憲兵隊員が問題の地点に駆け足でやってくるのにカプシーヌは気づいた。

彼女がジャックを軽くひと突きすると、彼もピンときたらしい。ふたりはすぐさま自転車に飛び乗ってあわてて漕ぎだした。ふたりのやりとりを見ていなかったアレクサンドルはあっけにとられていたが、やはり自転車に飛び乗り追いかけることにしたらしく、キーキーと大きな音を立てながらゆっくりと漕いでいく。

カプシーヌの最悪の予想が現実のものとなった。人だかりのちょうど中心に、男性が仰向けに倒れている。すでに息はない。三人の憲兵隊員がいるが、やじ馬たちを遠ざけようとする努力は感じられない。カプシーヌが群衆をかきわけてくるのに気づくと、今回は直立不動の姿勢をとってきちんと敬礼をした。

湖のほとりの砂利の上に横たわった男性のセーターは血まみれで、胸のまんなかには今回もやはり黒い穴が大きくあいていた。

14

その夜の食卓はじめじめとした重苦しさに包まれていた。食堂はふだんよりもさらに湿気が強く感じられ、レヴェイヨンの壁紙のはがれた部分もふだんより目立って見えた。根菜のスープは味も素っ気もない。ジャックですら元気がない。

撃たれたのは〈エレヴァージュ〉の従業員だった。アメリ伯父がヴィエノーに確かめたところ、この村の出身で十五年にわたって働いていたそうだ。これでアメリ伯父が抱いている疑惑は正しかったと裏づけられたわけだが、むしろ打ちひしがれた様子だ。悪い流れを食い止められず、自分の村に暗い影を落としたことに責任を感じているにちがいない。

食事が終わるとすぐにアメリ伯父は重たい足どりで自室に入り、アレクサンドル、カプシーヌ、ジャックは図書室の酒蔵《カーヴ》をあさって一杯飲むことにした。

カプシーヌが浮かない表情で暖炉の薪を突いて炎を大きくする。

「一カ月で死者が三人出るなんて、いくらアレクサンドルがフランス文明の辺境と決めつける土地であっても多過ぎるわ」

ジャックは本棚の下のキャビネットにぐいぐい頭を突っ込んで、リキュールの在庫をあさっている。「うーむ！」という彼の声は瓶がカチャカチャぶつかる音にかき消される。

「あった！　これで景気づけをしよう。アレクサンドルには記念すべき日になるぞ」ジャックが誇らしげに掲げたのは漂白剤の瓶だった。色あせた年代物のラベルがついている。「かわいいいとこよ、一連のできごとを殺人であると早急に断定するのはどうかと思うよ。ぼくらが赤ん坊の頃から、ここの愛すべき村人たちは銃の扱いが荒っぽかった。氷が張った湖の向こう岸に人がおおぜいいるとわかっているのにそっちに向かって撃つなんて、サン・ニコラ以外では絶対にありえない。そんなことをしたら危険だろうという発想がないんだ」

「その瓶の中身は？　漂白剤でないといいんだが」アレクサンドルはつねに重要度が高いと思う順に発言する。

「親愛なるいとこよ《トレ・シェール・クウザン》、これはシャトーのすばらしい宝物だ。戦争がまぢかに迫った頃、ここの庭師が洋梨酒づくりに精を出していた。自分でつくった洋梨の果汁を郡の銅製の蒸留器に入れて、純度百パーセントのネクターを抽出した」ジャックが続ける。

「彼は賢明な人物で、ナチスの連中が来るのを見越して洋梨酒のストックをすべて漂白剤の瓶に詰めてこうして隠しておいた。それから何十年もたったある日、幼いカプシーヌとぼくが追いかけっこの合間に」彼は意味ありげにアレクサンドルをちらりと見て彼のあばら骨をわざとらしく肘で突いた。「ここに隠してあるのを見つけたんだ」

「確かに、あなたのいう通りよ」カプシーヌが口をひらいた。「ただ、いくらなんでも多過ぎるわ。捜査に乗り出すべきだと思う」

「とっくに乗り出したんじゃなかったのか」アレクサンドルがこたえた。「蒸留酒は熟成しないと考えられている。が、これはまちがいなく熟成しているな。洋梨の気配すらない。しかし漂白剤のにおいは歴然としている。その庭師はどれだけ念入りに瓶を洗ったのだろう」

「さぐりを入れてまわるのと、まっとうな捜査とはまったくべつものよ。手始めに憲兵隊の隊長に正式な訪問をして、一連の事件がどのように処理されているのかを確認するわ」

「なかなか手ごわそうだな」アレクサンドルがいう。洋梨酒のことを指しているのか憲兵隊長のことをいっているのかは、もうわからなくなった。

　カプシーヌは夫の膝に腰かけて、クリスタルのリキュールグラスから透明な液体を飲んだ。繊細な脚のついたグラスだが、土台の部分は欠けている。漂白剤の味らしきものが混じり若干身体に害があるかもしれない。でも、よく効く。

「狩りの集合場所でいろいろしゃべっていたみたいね。なにか収穫はあった？　教えて」彼女は夫のお腹のふくらみをさする。

「郡の憲兵隊長オーギュスタン・ダルマーニュという人物は相当に不満をくすぶらせているらしい。陸軍士官になろうと野心を燃やしていたがそれほどの頭脳を持ち合わせていなかったうえ、サン＝シール陸軍士官学校に入るだけの毛並みのよさもなかった。さらに結婚相手にも高望みをしていた。貴族か、せめて大ブルジョア《グランド・ブルジョワジー》階級あたりをな。しかし結局は憲兵隊という身分に甘んじ、まあまあの女性で手を打つことになった。といっても結婚相手の父親はリヨンでメルセデスの大きな販売店を所有しているそうだから、かなりの資産家ではある」

「たったあれだけの時間で、よくもそこまできき出したわね！」

「ジャーナリストの基本さ。まだまだあるぞ。あの隊長は二年前に赴任した当時、サン・ニコラの社交の輪に入ろうと必死だった。が、必死になればなるほど敬遠されるのは、まあよくある話だ。しまいに彼はあきらめて、つぎの異動を指折り数えて待つようになった、あと八年と半月だそうだ」アレクサンドルはわざとらしく淡々という。

「涙なしにはきけないね」ジャックは全員のグラスに洋梨酒をさらに注ぐ。

「皮肉なことにダルマーニュ夫人は村人に敬愛されている。彼女はおいしいペストリーを焼き、多くの母親たちに慕われている。お茶会やらブリッジやら、村の午後のひとときを過ごす時の重要メンバーだ」

「夫としては憤懣やるかたないといったところね」カプシーヌがいう。

「そうだな。さらに痛快なことに、隊長はきみにすさまじく嫉妬しているらしい。村でのきみの社会的地位ときみの称号に——そういうものをありがたがる気持ちがわからんが。そしてきみが司法警察で輝かしいキャリアを築いていることに。きみが捜査に乗り出したら、はたして彼が同じ警察の一員として快く力を貸してくれるかどうか、はなはだ疑問だな」

「あなたは捜査の指揮権を与えられているんですか？　そういう辞令が出たとはきいていないが」ダルマーニュ隊長は電話口でそっけない口調だ。

「与えられてはいません。職業柄、関心を抱いているだけのことです。わたしがここを訪れてから三人が撃たれて二人が亡くなっています。三人とも、わたしの伯父のごく親しい友人のところで働いていました。警察官であれば、おやっと思うのではないでしょうか？」

「せっかくの休暇にそういうことに時間を割くのはどうかと思いますが、お望みとあらば憲兵隊にお立ち寄りください。明日の十一時にお越しいただければコーヒーでもご一緒しましょう。お話しするようなことなど、ほとんどないとは思いますが」

村の噂からイメージするほど嫌な印象ではない。でも、カプシーヌはこの後、それがまちがいだったと嫌というほど思い知らされることになる。

意外にも憲兵隊のコーヒーは司法警察の水準よりもはるかに上を行っていた。さらにパリの司法警察の警察署のみすぼらしさにひきかえ、憲兵隊の施設は陸軍のようにきれいで効率的だ。

「それで、具体的にどういうことを知りたいのですか、警視《コミセール》？」隊長はせわしない口調でたずね、ぎゅっと口を結ぶ。首に力が入り筋肉が硬直している。

「一連の死についてどのような見解を持っていらっしゃるのかきかせてもらいたいだけです。もちろん、非公式に」

「一連の死といいますと、つまり町の広場のデモでの一件、昨日の狩りのさなかの一件ということですかな。憲兵隊としては、どちらも銃の暴発によるものであって、それ以上のなにものでもないという見解です」

「それは、検視によって確認したのですか？」

「マダム、憲兵隊は犯罪による死亡の場合に限って検視をおこないます。あきらかに事故死の場合には実施しません。それは遺族の悲しみを深めるばかりで成果につながらず、納税者の負担を重くするばかりです」

「では、検視はいっさいおこなわれていないということ？」カプシーヌはあぜんとした。

「ここパリをいっしょにしてもらっちゃ困ります。憲兵隊の医師はデモで亡くなった被害者の遺体を調べ、ブレネケ弾を取り出しました。わたしから申し上げるまでもないと思いますが、村人が大掛かりな狩りをする際によく使われている弾です。それが当たって死亡したのであれば、騒動のさなかに村の住人が発砲していると考えてまちがいない。銃規制がさらに厳しくならない限り、こういう悲劇は今後も続くでしょうな」

「なるほど。では湖で死者が出た件についてはどうでしょう？」

「遺体はまだ下の階にあります。憲兵隊の医師が今週中にやってきて調べるでしょう。ただ、銃で撃たれた事例はわたし自身これまで相当数扱っています。その経験からいって、今回の傷はピキュが使用したウィンチェスターの三十三口径と完全に整合しています」

「でも軌道はまったくつじつまが合っていない。猟師がシカを狙って撃ったのであれば、弾が湖の対岸に到達するだけの高さが足りないわ」

「ですから、事故だと断言できるのです。猟師はシカを撃ち損じた。弾は氷に跳ね返って群衆のなかに飛び込んだ。それ以外の可能性はないでしょうな」

「そうですか。三週間前にモーレヴリエで亡くなった男性についてはどうでしょう？　検視はおこなわれたのですか？」

隊長はすっかり困惑した様子でデスクの右側の引き出しをあけて書類をあさり、ようやく薄いファイルを取り出した。「あの発砲事故ですね。すっかり忘れていましたよ。なにしろしょっちゅう起きていますから。いちいち捜査する時間などありませんな。捜査するとなったら憲兵隊をもう一隊要請しなくては」

「それで、遺体はどうなったんです？」

「さあどうしたんでしょう。埋葬されたのではないですか」

「隊長、こういう事件をパリでわたしたちが扱う際には、まったく異なる対処のしかたをします」

「むろんそうでしょう。パリの街路であればひじょうに疑わしいと判断できるケースでも、この田舎の泥道ではありふれたことに過ぎませんからな」

15

翌朝八時。カプシーヌがプティサロンで朝食をとっていると、ゴーヴァンがやってきて電話がかかってきていると告げた。クロークルームに行くと、すぐ後ろからついてきた彼が秘密を共有するような口調でささやく。

「ダルマーニュ隊長です。ひじょうにものものしい様子です」

「マダム、本日憲兵隊にいらしていただけるようでしたら、追加の情報をお伝えします。昨日の話し合いの未解決部分について納得してもらえるものです。十時にお越しいただきましょう」ゴーヴァンのいう通り、なんとも尊大な口調だった。

ダルマーニュ隊長の執務室に通されて勧められた椅子に座ると、デスクを挟んでちょうど彼と向き合う形になった。まるで正式な事情聴取を受けるみたいだ。

「さてと《ヴォワラ》、マダム。憲兵隊の医師は昨日訪れて遺体を調べました。ええと――」彼はデスクに置いたファイルに視線を落とす。「ルシアン・ベレクの遺体を。死因は胸を撃たれた際の傷によるものです。医師は弾を取り出して計測しました。七・八四九ミリ。猟師が撃っていた三十三口径のウィンチェスターから発射した弾の直径とぴったりです。ということで事故であるのはあきらかで反論の余地がありません」

「弾を見せていただけますか？」

「弾を見る？　いったいなんのために？」ダルマーニュは激しくたじろいでいる。ふたりで服をぬいでデスクの上でみだらなことをしましょうとカプシーヌが提案したかのようなあわてようだ。「医師が弾を持ち帰ってどこかにファイルしているはずです。実物は必要ない。医師の報告書にこうして書いてありますから」彼は一枚紙をつまんで、そっけないしぐさで指の表側で軽く弾き、それを読み上げた。「『銃弾を摘出。銃の口径は七・八四九ミリ。撃たれたことにより大動脈が損傷を受けた可能性があり、それによって死に至ったものとみられる』この通り《ヴォワラ》、決まりきった文言です。ほかにいうべきことがあるでしょうか？」ダルマーニュは自己満足に浸っている。

「〝損傷を受けた可能性？〟それでも検視をおこなう必要性は感じないと？」

「ええ、もちろんです。なんでもかんでも犯罪と決めてかかるのはいかがなものでしょう。それが司法警察のやりかたなんでしょうか。ここは地方の村ですよ。パリと同列に並べないでいただきたい。ここで暮らしているのは素朴な村人であって、凄腕の犯罪者などいないのです。昨日説明したとおり、銃が暴発する事故はしじゅう起きています。それを片っ端から検死解剖していたら、追加の予算がどれだけいることか。それに家族から激しい抗議がくるでしょう。愛する家族がバラバラにされるなんて、誰も望んじゃいない」彼は冷ややかに笑う。「もう報告書は書きました。ルシアン・ベレクは流れ弾に当たって事故死したのです。

湖でシカを狙って撃った弾に当たったのです。嘆かわしいことですが、犯罪などではありません」

「その医師は弾についてなにか書いていますか？　氷に跳ね返って弾丸がつぶれたことについて、記述はありますか？」カプシーヌがたずねる。

彼女の機嫌を取るように、ダルマーニュは一枚きりの報告書をわざとらしく仔細に点検する。「いいえ。へこみについては書いてありますが、それだけです」彼はデスクの向こうから身を乗り出し、宿題を忘れた生徒をハイスクールの教師が叱るような厳格な声を出した。「マダム、犯罪が存在しないところに犯罪をつくりだそうとするのは、きわめて無責任です」

カプシーヌはカンカンに怒って建物を出た。ダルマーニュは現状を理解することを端からつっぱねたのだ。犯罪捜査の世界では、徹底的な法医学的検査、完全な死体解剖が求められるケースだ。糊が利き過ぎた制服を着て指折り数えて退職の日を待ち、ひたすら年金暮らしを夢見る尊大な憲兵を当てにしようなどとは、しょせん無理だったのだ。カプシーヌは制限速度を突破して時速二十五マイルでシャトーに向かった。道路際の憲兵に停止させられたら、思い切り毒づいてやるつもりだった。

カプシーヌが戻った物音をききつけてゴーヴァンが玄関のドアをあけた。

「伯爵夫人《マダム・ラ・コンテッス》宛にまたお電話がありました。今回は司法警察からです」

いかめしい表情の彼は、深い秘密を共有するような口調だ。カプシーヌはぐっとこらえた。アレクサンドルのいう通りだ。この田舎の暮らしにはもうがまんできない。ゴーヴァンが

〝伯爵夫人《マダム・ラ・コンテッス》〟と連呼するのもうんざり。警察からの電話に彼がいちいち興奮するのも、もう勘弁してもらいたい。アメリ伯父が陰謀説を主張し、罪悪感にとらわれるのにつきあうのも耐え難い。なにより、事件を解決してくれと要請しているのは平均年齢七十歳以上の年寄りだけではないか。

彼女は受話器を取り上げた。

「警視《コミセール》」イザベルの声がふだんよりも少しだけ怯えているように感じるのは、気のせいか。

「わたし、しくじってしまったかもしれないんです」

カプシーヌはクロークルームのなかで小さなスツールに腰かけた。電話がのったテーブルの脇にゴーヴァンが用意したものだ。彼はつぎになにを加えるつもりだろう。花を生けた小さな花瓶？　銀のフォトフレームに入ったアレクサンドルの写真？　叫び出したいのをこらえて、無理矢理やさしい声を出した。「話してちょうだい、イザベル」

「いかにも記者というタイプのふたりが今朝、警察署にやってきて〝市場の眠り姫《ベル・オ・マルシェ》〟事件の担当警察官に会いたいといったんです。受付の巡査はわたしを呼び出す前に、彼らを待合室に通しちゃったので面会を断わるわけにいかなくて。行ってみたら記者とカメラマンでした。記者のほうはすごく格好つけて、いちいちむかつく奴で。眠り姫のことを根掘り葉掘りきかれました。警察は三つの事件の犯人が同一人物だと断定しているのかと。あんまりしつこいからうんざりして三件ではなく四件だと口走ってしまったんです。カメラマンがひっきりなしに写真を撮ってフラッシュをバチバチ焚くものだから、すっかり頭に血がのぼっちゃって。

ふたりを追い出そうとしていたらダヴィッドがきて、いつもの調子で始めたんです。仲間うちみたいに親しげな態度で彼らを取調室に案内してコーヒーをふるまって、すっかりカクテルパーティーのノリでした。それで、四件目については目下調査中だからまだなんともいえないが、かならず情報を提供します、名刺をいただいておきましょう、すぐにご連絡できるように、とダヴィッドが彼らにいったんです。ふたりはそれで引きあげていきました。記事にはしないだろうとは思うけれど、なんだか眠り姫を庶民のヒロインに仕立て上げようともくろんでいるみたいでした」

「べつにかまわないでしょう。放っておけばいいわ」カプシーヌがいう。

「ええ。ただ、ダヴィッドがいなければ最悪の状況を引き起こしていたかと思うと、情けなくて。この通り、カッとなったら手がつけられなくなる性分なんで」

「イザベル、あなたはしっかりリーダーシップを発揮したと思うわ。ダヴィッドのスキルを最大限に活かしているしね。的確なタイミングで任せるのは、責任を負う立場の人間にとってとても重要でむずかしいことよ」

「そうですかね」イザベルはすねた口調だ。「ともかく、わたしとしては捜査をどんどん進めていきたいんです。ゲイのバレエダンサーふたりをここに呼んで顔写真のデータを確認させるというのはどうかしら？　容疑者をいっせいに検挙して面通しさせたほうがいいですか？　どう思いますか、警視《コミセール》？」

「イザベル、昇進するには忍耐を学ぶことも必要よ。顔写真の照合や面通しをしても、おおぜいをうんざりさせるばかりでたいした成果はあがらないわ。座って待って流れに身を任せるの。今週中にはそっちに戻るわ」

そっけなく電話を切った後、しんと静まり返ったクロークルームが息苦しく感じた。教会の神聖な告解室を思わせる狭い空間で圧迫感がじわじわと高まる。会話の最後の数秒は、これまでカプシーヌが積み上げてきた善行を取り消されてもしかたないほどデリカシーに欠けていた。なぜもっとやさしく応じられなかったのだろう。イザベルが感じている焦燥感がいまの自分の状態と重なるから？　それともイザベルの昇進を成功させるために、彼女の失点を防ぎたいという純粋《らち》な気持ちがはたらいたから？　いずれにしてもこのクロークルームでグズグズしていても埒《らち》があかない。本来やるべき業務はパリにある。それだけは確かだった。

16

その夜カプシーヌはなかなか熟睡できなかった。

はっと目をさますと午前二時。夢にうなされていた。夢のなかでカプシーヌは双子の兄弟とつきあっていた。彼らは同じ女性とつきあっていることを知らない。いや、もしかしたらカプシーヌがそう思っているだけで彼らは気づいているのかもしれない。彼らは外見はそっくりだが性格は正反対。片方は浪費家でパーティーざんまいで、もういっぽうは真面目で建設的な人生を送ろうとしている。デートのたびに、これは約束した相手なのか、それとも彼女をからかうためにもういっぽうが替え玉として来ているのかとカプシーヌは疑心暗鬼になる。ところがカプシーヌの父親は即座に彼らを見分けて、正しい名前を呼んで家に招き入れる。そんな父親に彼女は脅威をおぼえるようになった。ひょっとしたらすべては父親の策略なのではないか。娘の人生をコントロールしたいという思惑があるのではないか。父親は外見、趣味のよさ、マナーなど表面的なことばかりにこだわるのでカプシーヌは反発しているが、双子はそろいもそろって彼女こそ表面的なことにとらわれているという。そうではないと説明したいのにできない。兄弟の見分けがついていないことを悟られてしまうのではと、こわくてたまらないから。

カプシーヌは隣で寝ているアレクサンドルにくっついて彼のお腹のふくらみに片手を置いた。理性的な思考が戻ってきた。いまは休暇のさなかだ。リラックスするどころの騒ぎではないけれど、休暇にはちがいない。どうせなら有意義に過ごすと決めよう。それは自分の義務といってもいい。今日はなにかおもしろいことをして楽しもうとカプシーヌは決心した。自分が楽しみたいのではない。アレクサンドルを楽しませたいのだ。人生でいちばんたいせつなのは、アレクサンドル。だからよけいなことにカリカリするのはやめよう。ようやく彼女はすやすやと深い眠りについた。

早起きしたカプシーヌはアレクサンドルが朝寝坊《グラス・マティネ》を堪能できるように、ひとりで下におりていき、アメリ伯父とプティサロンで朝食をとった。さきほどの悪夢は彼方に去り、朝のバラ色の光で濠がキラキラ輝いている。音といえばボーンチャイナと銀の食器類があたってチンと鳴る明るい音だけ。ふたりとも無言だ。アメリ伯父は朝食の食卓でのおしゃべりは無用と決めている。ただし、伯父が口火を切った場合だけはべつだ。

アメリ伯父は二枚目のトーストを食べ終わり、三杯目のコーヒーにミルクを入れながら、姪のカプシーヌをまじまじと見る。

「よく眠れなかったようだね。なにか困っているんじゃないのか？」

カプシーヌは精一杯明るい表情で微笑んだ。「その逆《オ・コントレール》よ、伯父さま《モノンクル》。シャトーにまた来ることができて、とてもうれしいの。アレクサンドルのこともよく知ってもらえたし。とても快適よ。だから心配しないで」

アメリ伯父が口をぎゅっと結び、眉間にシワを寄せ、しかめっ面でカプシーヌを見る。

「わしがいけなかったな。ゆっくりできるはずの休日に、ふだんの仕事と同じようなことをさせてしまって」

カプシーヌはアメリ伯父の手に自分の手を重ねた。「そんなことといわないで。わたしたちはほんとうに楽しんでいるから。それにね、今朝いろいろプランを考えてみたの」カプシーヌは自分で自分を奮い立たせ、プランに夢中であるふうを装った。「アレクサンドルを連れてノルマンディの代表的なチーズ三種類の生産者をまわるつもり。それからカルヴァドスの生産者や、それからええと、なんだったかしら——カルヴァドスと洋梨のお酒でつくった飲み物」

「ドンフロンテ」アレクサンドルがプティサロンにすたすたと入ってきた。「ヘルシーな朝食にぴったりの会話だ」

「ボンジュール、アレクサンドル。ちょうどいいところに来てくれた。カプシーヌはノルマンディの美食ツアーを計画しているようだ。しかし、残念ながらそれはもうかなわない」

「もはやかなわないノルマンディのツアー？　どこかのSF小説かな」

それをきいてアメリ伯父がうれしそうにクスクス笑う。どうやらアレクサンドルのユーモアの波長と合ってきたらしい。

「カプシーヌはポンレヴェック、カマンベール、リヴァロの手作り生産者《プロデュクトゥール・ブルミエ》をまわりたいんだろう。快活な村人、そして丸々と太った彼らの妻が納屋でチーズづくりに励んでいる、という光景を想像しているにちがいない。だがな、それは一九五〇年代で姿を消してしまった。いまや工場生産に取って代わられた」アメリ伯父はそこまでいうと考え込み、トーストをひとくち食べた。

アレクサンドルはここでなにもいうべきではないと承知している。

「たとえばカマンベールはどうなったか。かつてノルマンディの誇りだったこのチーズは、いまやすべて巨大な工場でつくられている。ポンレヴェックもな。ほかのチーズも推して知るべしだ。職人技も、彼らがつくるすばらしいチーズも、とうの昔に消えてしまった」アメリ伯父が悲しげに頭を横にふる。

「おっしゃる通りです」アレクサンドルが口をひらいた。「昨年、カマンベールの工場生産について記事を書きましたよ。スーパーマーケットで購入する際のいちばんの決め手はチーズの感触です。小さな箱はあけやすくつくられていて、消費者は感触を確かめることができる。チーズは化学的に調整されて完璧な感触だ。ほら、車のショールームでも、ドアをバタンと閉めた音でこれはいいとか思ってしまうでしょう。それと同じからくりですよ。それでは手作りの生産者は太刀打ちできない」

アレクサンドルはパン・ド・カンパーニュの厚切りをトーストしたものにバターとアカシアのハチミツをたっぷり塗った。

「しかしフランスにはつねに料理の裏社会というものがあると決まっている」アレクサンド

ルが続ける。「ほんもののリヴァロをつくる職人が知り合いにいるんです。ＩＴバブルで大もうけをして、バブルがはじける直前に三十歳で退職した人物です。彼の両親は昔ながらの手法でチーズをつくっていたんですが、世の中で工場生産が始まって立ち行かなくなった。競争に明け暮れる激しい生き方にうんざりして両親のところに戻った彼は、両親がいとなんでいた小規模のチーズ生産事業を立て直したんです。資金的なてこ入れとともに現場でのすべてのハードワークを彼がこなした。そしていまや自作のチーズを飛び切りの価格でパリのレストランに卸してまたもやひと財産築いています。ぜひとも彼をたずねたい」彼はカプシーヌに微笑みかけた。

「そしてある一家は六世代にわたってドンフロンテのすぐそばで七エーカーの果樹園をいとなんできた。彼らのところの年代もののボトルのなかには、オークションで五桁の値段がつくものがあるんだが、頑として事業規模を拡大しようとはしない。そこにも行ってみよう。きみのアイデアはまことにすばらしい《エパタン》。天才だ！　とにかく急いで出発しよう。ドンフロンテまで一時間半はかかるだろうからね。一刻でも飲む時間が惜しい。そう思いませんか、アメリ伯父さん？」

17

　リヴァロ・チーズの最後の生産農家《プロデュクトゥール・フェルミエール》、アラン・コショネは着古した作業用の青いオーバーオール姿でかすかな悪臭まで漂わせているのに、首から上は知的で、パリでコンピューターを駆使している雰囲気を醸していた。首に巻いた緑と紫色の柄のシルクのネッカチーフはピカデリーのターンブル・アンド・アッサーのものにちがいない。清潔な顔には難解な知識を身につけた者ならではの聡明な輝きがある。

　アランはアレクサンドルとの再会をおおいによろこび、消息不明だったいとこが見つかったみたいに抱きしめている。「パリからわざわざ会いに来てくれる人はもう誰もいなくてね」彼は悲しげにいったが、すぐに朗らかになった。「家に行きましょう。両親に紹介します。少し飲んだら、わたしのかわいい宝物たちのところに案内します」

「ご両親のところにふたたび移り住むのは、かんたんではなかったのでは？」カプシーヌがたずねた。

　アランは彼女を見つめ、新しく手に入れた世界を説明するための言葉をさがす。

「逆《オ・コントレール》です。たまに夜、洗練されたレストランがすごく恋しくなったり、オールナイトのクラブのにぎわいが恋しくなったりすることもあるけれど、ここで得ているものにくらべたら、パリなど物の数ではない。ようやく、やりたいことに全身全霊で打ち込めるようになったのだからね。それに」彼が内緒話をするようにカプシーヌに身を寄せる。「両親がいなければ、まちがいなく途方に暮れて《ドブソル》――羅針盤のない船みたいに、ぐるぐるまわり続けていたと思う」

「ここでご両親と暮らしているの？」カプシーヌは驚きを隠せない。

「ええ、もちろん。母親のおいしい料理ですっかり甘やかされているんだ。今夜は〈ウサギの背肉のノルマンディ風〉だ」彼は家に入り、両親にやさしく微笑みかけた。「ウサギの背肉を大量のタマネギとともにシードルで調理したものです。昔ながらの農民の料理はとにかくうまいんだ」

カプシーヌは必死でにこやかにしていた。

二十分後、アランと父親はカプシーヌとアレクサンドルを案内して古い納屋のような離れに入った。ひどく傾いており、いまにも倒壊しそうな建物だ。

「いうまでもなく、〝影の権力者〟は父です」アランがいう。「リヴァロのこともそれ以外のことも、知るべきことはすべて知っている、そうだね、パパ？」

彼は父親に温かい笑顔を向けて腕を伸ばすが、すばやい動作でかわされてしまう。父と息子《フィス》は息の合った足取りで建物に入っていく。

彼らに続いてなかに入ると、コショネ家の息子の小切手の威力が遺憾なく発揮されていた。

ステンレスが輝き電気モーターがうなりをあげ、白衣を着た作業員数名がいそがしそうに歩き回っている。

「すべてはこの大樽で始まります。〈カイヤージュ〉――つまり凝乳《カイエ》をつくる作業は〈レンネット〉という凝乳酵素を使います。このレンネットは子牛の胃から抽出したものです。うちでは、すぐそばの小規模の牧場で育てられたシャロレーの子牛から抽出したものを使っています。それから父だけの秘密の技もね」

父親は貫禄たっぷりの笑顔を息子に向ける。

「つぎに〈ロンパージュ〉の作業です」つぎの部屋は不快なほど温度が高い。「凝乳をカットして熟成を促すのです」室内には薪の煙のツンとくる刺激の強いにおいが充満している。「ずっと昔から使いなれている古いストーブを使っています。少々ガタピシしていますがね。この煙がうちのチーズの複雑な味わいには欠かせないんですよ」

「さらに〈エグタージュ〉――凝乳を水切りして型に入れるんです」

「その作業はここでおこなわれます」彼に案内されて傾斜のきつい古びた階段をあがると、温度の低い貯蔵室があらわれた。

「うちでは木の型を使います、何世代にもわたって家族に受け継がれてきたものです。大量生産のメーカーはスチールの型を使います。この点もうちの製品のきわだった風味の秘密ですね」

「チーズはここで四カ月熟成され、自然界のバクテリアによってオレンジ色のドレス《ローブ》を着せてもらいます。工場生産ではこのプロセスをコントロールできないので中南米原産の〝アナトー（アナトー色素、ベニノキの種子から抽出される色素）〟というものが使われます」

「その通りだ《ウィ・セ・ヴレ》。ラテンアメリカだ！」コショネ家の父親《ペール》は許し難いといった表情で目を大きく見開く。

「まるで悪魔のしわざだ。チーズに汚らわしい人工の色をつけて独特のピリッとした風味をつけるなどとは」父親はおぞましいとばかりに首を横にふる。

「チーズができあがると五本の葦で巻いて小さな箱に入れ、ラベルを上に貼って出荷します。わたしの仕事はこれですべてです！」

「いや、フランスで指折りの古い歴史を持つチーズを、新しい次元に引き上げるという仕事も果たしている。いまや〈リヴァロ・コショネ〉は複数の三つ星レストランのチーズ・トレーで重要な位置を占めるまでになっていますよ」

アレクサンドルの賛辞に父と息子は顔を輝かせた。

カプシーヌとアレクサンドルがクリオに戻ると、後部座席の後ろの荷物用のスペースに小さな木箱が置かれていた。なかには二十五個のチーズが入っている。どんなに固辞しても、代金を支払うといっても無駄だった。

「シャトーのセラーに入れて、ゆっくりと手をつけていくといいですよ。三カ月熟成《アフィナージュ》させると、さらにおいしくなります」アランからのアドバイスだった。

クリオにはトランクがない。後部座席の後ろにスペースがあるだけだ。発車すると車内にリヴァロの刺激的なにおいが満ちた。素朴な香りが心地よく感じられた。

「こうしてみると、今回の遠出で最高の一日になったわね。殺人やら、わけのわからない騒ぎから距離を置くことができたわ。そもそも関わってしまったことが大きなまちがいだったと思う。きっぱりと手を引いて、まっすぐパリに帰るべきね、そうでしょう？」

「なにをいいだすんだ。パリに帰るなんて絶対にあり得ない。きみがいちばんよくわかっているはずだ。すでにウサギを穴から追い出した。そいつを追いかけなくてどうする」アレクサンドルは鼻にしわを寄せて顔をしかめた。「しかし、これは予想以上にハードルが高そうだ」

「だからそんなに顔をしかめているの？　見くびらないで。あっという間に解決してみせるから」

「そうじゃない、チーズだ。このにおいはただごとじゃないぞ。そっちの窓をあけられるか？」

窓をあけても効果はなかったが、さいわい十七分後にはレモノー家の敷地内に入ることができた。


石ころだらけの中庭で停車すると、レモノー家の三世代の男たちがのんびりとした足取りで出迎えた。七十代のジャンは背筋が伸びてかくしゃくとしている。彼の息子のピエールは四十代で、いかにも経営者然とした風貌でお腹が少し出ている。フレデリックは十二歳で、アレクサンドルを見る目には畏敬の念が込められている。料理の世界でのアレクサンドルの影響力がこんなところにまで行き渡っているのかと、カプシーヌはあっけにとられた。レモノー家の三人はそろってジーンズ、スウェットシャツ、茶色のゴム長靴姿だった。

ピエールがカプシーヌのために車のドアをあけたとたん、芝居がかった表情で顔をしかめた。「チーズを買ったんですね。作業場をご案内する前に、父の家のほうにどうぞ。まず味見をしていただきましょう。わたしは何本か電話をすませた後で合流します」

ジャンを先頭に、中庭のつきあたりにある古めかしい石造りの家をめざす。

「息子ピエールの一家はあの家で暮らしています」ジャンが誇らしげに指さした先には、少し小さめの石づくりの家がある。両親の住まいから五十フィート離れた場所で暮らし、通りがかりにしじゅう親に暮らしぶりをのぞかれるというのはどんな感じなのだろう。カプシーヌにはどうにも想像がつかなかった。

家に入ると、ジャンがなんの変哲もないオーク材の戸棚をあけた。棚には、ずんぐりしたボトルがぎっしり並んでいる。赤と黄褐色のラベルに描かれているのは、中世の農民たちの姿だ。とがった帽子をかぶり、燃え盛る火の前に座ってチャーチワーデン（陶器製の長いパイプ）を吸い、楽しげに小さなグラスを傾けている。

「これはわたし専用の酒蔵《カーヴ》です。うちで最近つくったもののなかから選び抜いたものと、評価の高い年代物《ミレジム》をこうして置いてあるんですよ。ピエールはすでにこの土地については一から十まで把握していますが、わたしには蓄積された記憶があります。だからおたがいにうまくやっていける」窓の外の息子の家を見てジャンが表情をゆるめる。「孫のフレデリックがもう少し成長していっしょに働けるようになるまでがんばるつもりです。さて、いつまでもそんな話をしていてもしかたない！　さっそく味見をしていただこう。二種類に絞って味わっていただきましょう。最初にうちのレゼルヴ・ファミリアルを。二番目は一九七〇年の〈ミレジム〉です。樽で十五年間熟成させたもので、うちの商品のなかで最高の品質です」

ジャンはまずアレクサンドルの小さなグラスに注ぎ、カプシーヌの分も注ごうとしたところで彼女が止めた。

「帰りの運転があるので」彼女は愛想笑いをしながら説明する。

つまらないことにこだわる無粋なパリジェンヌだとばかりに、ジャンが鼻を鳴らした。

アレクサンドルはふたりのやりとりなどまったくきこえない様子で、恍惚の表情を浮かべている。

「すばらしい。レゼルヴにくらべ、一九七〇年のほうが洋梨の風味がはっきり感じられる。当然ながら繊細で微妙な風味があり、リコリス、アーモンド、オレンジ、そして樽の香りも感じられる。なんといっても洋梨の存在感がみごとだ。ムッシュ、お祝いをいわせてもらいますよ。たぐいまれという表現に値します」

アレクサンドルが感想を述べている時にピエールがフレデリックを連れて入ってきた。レモノー家の三人はことさら表情を変えることなく顔を見合わせているが、アレクサンドルの言葉を心からよろこんでいるのが伝わってくる。労働に対するこれ以上の見返りはないにちがいない。

「ドンフロンテづくりについて、わたしからご説明しましょう」息子のピエールが口をひらいた。「まず土地ですが、わたしたちは百五十年以上にわたってこの七十エーカーの土地を守ってきました。ですから土地に関してなにもかも知り尽くしています。たいていのドンフロンテは原料の三十パーセントが洋梨ですが、それだけではじゅうぶんとはいえない。うちではりんご三つに対し洋梨七個の割合です」彼が窓の外を指さす。葉がすっかり落ちて節くれ立った姿があらわな木々が軍隊の行進のように整然と並んでいる。

「蒸留所にいって製造過程をお見せしましょう」

向かった先は、いまにも倒れそうなボロボロの離れだった。背丈ほどある大樽の前でまず足を止めた。オークでつくられた発酵用の樽だ。

「りんごと洋梨を圧縮機でつぶし、果汁をこの大樽に入れて十一カ月間置きます。すると良質でアルコール分の強いシードルになります。いよいよここからがおもしろい」隣の部屋に進む。つややかに光る銅の蒸留器が何台もある。同じようにピカピカの銅製のタンクもずらりと並んでいる。

「蒸留は一度だけです。よそでは二度蒸留することが多いのですが、果実の深い味わいを残すにはこの方法がベストだとわたしたちは考えています。蒸留がピークに達した時にぜひいらしてもらいたいですね。立っているだけで酔っ払いますよ。そうだな、フレデリック？」

父親と息子が楽しげに笑う。

「その時点では水のように透明なリキュールです。つぎの部屋のオークの樽が色を与えるのです。この樽に入れる時のアルコール度数は七十度です。何年か後に出てくる時には、わずか四十度となり、独特の金色のローブであらわれるのです。失われたアルコール分を天使の取り分と呼びます。樽のなかに長く置くほど、天使が持っていきます。わたしたちも死んだらちゃんとドンフロンテの天使となって戻ってきますよ。そうだな、フレデリック？　いちばんおいしいところは天使のものだからね」父と子が愉快そうに笑う。世界一のジョークに大受けだ。きっと誰かが訪れるたびに、同じ冗談が繰り返されているのだろう。

最後にアレクサンドルは一九七〇年の〈ミレジム〉を自分のために二本、アメリ伯父のためにレゼルヴ・ファミリアルの六本入りの木箱をひとつ購入した。

車に瓶が積まれると、ジャンが見送りに出てきた。アレクサンドルとカプシーヌと握手をしたとたん鼻にしわを寄せた。

「このにおいは？　この日差しの中で、リヴァロ一ケースをまるごとここに置きっぱなしだったとは。さぞや快適な道中となるでしょうな」

ジャンが笑いながらいう。あわれなパリジャンたちの車が出発すると、レモノー家の三世代の男たちは身体をふたつ折りにして笑い転げた。

ドンフロンテの中心部に着く前に、もはやリヴァロをのせておくことは耐えられなくなった。

「ユゲール一族の辞書に敗北の文字はない。村で車を停めて紐を調達しよう。このいまいましいものをルーフにくくりつけてエアコンをつける。そうしよう」とアレクサンドル。

七分走ってから実行してみたが、思ったほどの成果はあがらなかった。紐を押し付けるようにして窓をぎりぎりまで閉めても、リヴァロの強烈なにおいからは逃れられない。カプシーヌは気を紛らわせるためにチーズに関係のない話題をさがした。

救ってくれたのはアレクサンドルだった。「きみはかならず犯人を突き止める。そのことに関してまったく心配はしていないよ。ただ、その過程でつらい思いをしてほしくない」

「それならもう遅いわ。でもダルマーニュ隊長のことなら心配しないで。司法警察はフランス全土に権限を有しているの。ＤＣＰＪの友人に相談しに行くつもりよ」アレクサンドルがぽかんとしているのに気づいてカプシーヌは解説を始めた。「司法警察の構造はすっかり呑み込んでいるかと思っていたわ。ＤＣＰＪは刑事司法警察局のこと。つまり本部。彼らはウイジャ盤（こっくりさんのようなもの）で人事異動を決めるといわれているわ。捜査させてくれといきなり直談判しても、あまり期待できないと思う。じつはね、警視の研修を受けた時に仲良くしていた友だちがそこに勤務しているの。だからだいじょうぶ。きっと彼が手配してくれるわ」

「村についていろいろ考えてみたんだ。ダルマーニュ隊長をみくびらないほうがいい。きみが手柄をあげれば、それはそのまま彼の失態だ。村の住人はきみについて、かわいい小さな女の子がチャーミングな伯爵夫人に成長したという認識しかないだろう。そのきみがプリンセスの仮面をはずして司法警察という正体をあらわし、彼らがひた隠しにする忌まわしい秘密をあばこうとしたら、彼らのお気に入りではいられなくなる」

カプシーヌはクスクス笑ってしまったが、目は笑っていない。彼女の思いは複雑だった。

「しょうがないわ《トン・ピ》。ナポレオンの言葉を借りれば、〝タマゴを割らずにオムレツをつくることはできない〟のだから。殺人犯を野放しにしておくのは許せない。わたしにはそうとしかいえない」

「ロベスピエールじゃなかったか？　それはそうと、ほんとうに殺人犯が〝存在する〟と確信しているんだな？」

「もちろん、いるに決まっているわ。目星はついている。動機についてもね。でもそれだけでは予審判事に事件を持ち込むことはできない。わかるでしょう？」

その時、ようやくモーレヴリエに着いた。駆けつけたゴーヴァンはにおいに気づいたが、勇敢にもカプシーヌのために車のドアをあけた。それがうれしくて、彼女は涙が出そうになった。

18

「休暇を切り上げたんですか？」カプシーヌが午前十時に警察署に歩いて入っていくと、イザベルが期待に満ちたまなざしでたずねた。

「ちがうわ。用事でパリに来る必要があったの。それで、あなたたちがいい子にしているかどうかちょっと見にきただけ」

カプシーヌがだだっぴろいオフィスを一巡するあいだ、後ろからイザベルが少し距離を置いてついてくる。忍耐力をアピールしているつもりなのだ。

カプシーヌが留守のあいだも警察署の仕事は滞りなくおこなわれていたようだ。デスクを挟んで若い男性がふたり腰かけている。どちらもやせこけて、破けたジーンズとフードつきのだぶだぶのパーカーという格好もそっくりだ。いっぽうがたどたどしくパソコンのキーを叩いているので、かろうじて警察官とわかる。もういっぽうの若者は軽犯罪かなにかで逮捕されたらしく、いかにも反抗的な態度だ。

さらに少し先のデスクでは、頭を刈り上げ、茶と緑の中間色のぴったりしたTシャツを着た男性がいる。筋骨隆々の身体にぴったりのシャツなので、ジャガイモを詰め過ぎた袋のような状態だ。これから女性の供述調書を取るのだが、相手の準備が整うのを辛抱強く笑顔で待っている。泣いている赤ん坊を哺乳瓶でなだめる女性が腰かけている椅子の横で、ふたりの薄汚れた子どもがだるそうに床に座り込んで汚い親指をしゃぶっている。女性の顔半分には赤紫色の大きなあざ。彼女の夫はどんな暴力をふるってあれほどのあざを残したのだろう。

受付担当の制服警察官がカプシーヌに向かって受話器をふっている。誰かから彼女宛にかかっているのだろう。彼女は自分の執務室に入った。

「やあ《サリュ》、カプ！」誰の声なのかすぐにはわからないが、国立高等警察学校《ENSP》の警視の研修コースのクラスメートにちがいない。彼女はそこでカプという趣味の悪いニックネームで呼ばれていたのだ。そこで、とつぜん思い出した。ブルーノ・ラコンブだ。クラスの最年長ですでに五十代だった。彼は叩き上げの警察官で、巡査《ガルディアン・ドゥ・ラペ》として交通整理をするところからキャリアをスタートさせ、いまや第四区東警察署の署長だ。管轄区域はとてもおしゃれなサン＝ルイ島とマレ地区のファッショナブルな界隈だ。

「わたしの署の管轄内で元気に暮らしているかい？」笑い声がする。声ががさついているのは安っぽいコニャックと喫煙のせいだろう。配属が決定した時、クラスで最大のジョークとなったのは、労働者階級のラコンブが上品な四区に、そしてカプシーヌが荒っぽい二十区に配属されたことだった。

「きみに連絡したいと思っていたんだ。しかしまあ、こんな調子なものでね」カプシーヌも同様なのでよくわかる。

「昼食に招待したい。遅くとも、しないよりはまし、そうだろう？　十二時半でどうだい？」

「今日？」不意を突かれたように感じた。カプシーヌが身を置く世界では、誰かに社交を申し込むのに前日であっても無礼にあたる。当日の申し込みなど論外だ。

「もちろん、今日だ。じつはうちで取り扱っている事件で、きみが担当している事件の一環ではないかと思われるものがあるんだ。昼食をとりながら意見交換するのはどうだろう。わたしのおごりだ。なにかうまいものを食べよう。経費として正々堂々と請求できるからな」

「その事件というのは？」

「昼食の席で話すよ」

「わかったわ。じつはわたしたちのクラスメートだったダミアン・ペルティィエと会うことになっているの。すぐそばで十一時にね。その後ならだいじょうぶよ。楽しみだわ」

「ペルティィエだと？　彼は本部勤務だろう？　きみは本部がらみのトラブルにでも巻き込まれているのか？」

「昼食の席で話すわ」カプシーヌはいたずらっぽくこたえた。


本部、つまり刑事司法警察局は、司法警察の職員の大半から役立たずの痕跡機関であると見なされていた。滑稽なまでにガチガチの官僚主義が温存されてひたすら紙くずをばらまき、非現実的な人員配置をするだけだと。刑事司法警察局が置かれているのはソーセ通り十一番地。第二次世界大戦中にナチス・ドイツが占領していた時期にパリのゲシュタポの本部が置かれていたまさにその場所である。そのあたりのことも、彼らへの見方に影響しているにちがいない。

ダミアン・ペルティィエ警視は控えめで、まじめで、清潔感があり、思慮深くて熱意のある人物だった。ただし警視の研修ではそうした美徳はかならずしも同僚からの受けはよくなかった。ペルティィエは本部の人事部門への配属を希望し——同僚たちからは最悪の配属先とみなされている部署だ——願い通りに配属されてよろこんだ。

「わたしが正しく理解しているかどうか、確認させてくれ。きみは故郷のノルマンディの村で起きた事件に取り組むために、その地域に非常勤で配属されることを希望している。まちがいないか、カプ？」

またもやニックネームで呼ばれた。アレクサンドルがききつけたら、ただではすまないだろう。

「正確には故郷ではないけれど、まあ故郷みたいなものね。伯父が暮らしていて、子どもの頃はよく滞在していたから。村のことなら隅々まで知り尽くしているわ。そこでこの一カ月に三件もの凶暴な死亡事件が起きているの。伯父は犯罪行為であると信じている。伯父とじかに話してみて、わたしもそう確信したわ」

「地元の憲兵隊長は捜査に乗り出しているのか？」

「地元の憲兵隊長はまったく使い物にならないわ。波風立てずに退職の日を迎えることにしか関心がないの。わたしが本気で取り組まなければ殺人犯は裁きを受けることなく、警察を嘲笑うでしょうよ」

ペルティエは壁をみつめ、十五秒ほど顎の下のたるみを揉んでいた。

「カプ、相変わらず見上げた行動力だ。研修中から群を抜いていたな。こうしてはたらきかけるのは、いかにもきみらしい。しかし実現は無理だな。司法警察の捜査権が全国に及ぶというのは事実だ。憲兵隊に対し優位であるというのもまちがいない。が、一日の仕事を終えたら司法警察も憲兵隊も同じ酒を飲むんだ」彼がじっとカプシーヌをみつめる。遠回しに彼女の訴えを却下したことが伝わっているかどうか、確かめるように。

「それでは、あなたはわたしの希望を叶えてくれないの？」

「こういう事柄は、当然ながらわたしの一存では決まらない。どうしてもあきらめられないというのであれば、つぎの人事委員会の会合で提案してもいい。だがきっと時間の無駄だな。了承を得られる可能性はゼロだと思う」

彼はぐっと彼女を見すえる。「カプ、この件はもう忘れろ。いい考えがある。クラスメートのきみをがっかりさせるのはしのびないからね。ノルマンディの憲兵隊に書面を送り、われわれが事件に関心を寄せていると伝えるよ。その内容はしかるべきルートを通じてその隊長にも伝わるだろう。さすがに動きださざるを得ないだろうな。きみの目が光っているという無言の圧力を感じるはずだ」

建物の外に向かいながら、カプシーヌは腹立ちまぎれにルブタンのオーストリッチのフラットシューズでエレベーターのドアをガンガン蹴るべきか、それとも〝しかるべきルートを通じて〝書面の内容を知ったダルマーニュ隊長が〝動きださざるを得ない〟状況を想像してよろこぶべきか、迷った。ともかくやるだけのことはやった。事件の捜査を担当できないのはおもしろくないが、これでジレンマから解放されて、つぎに進める。無念さと同時に一応ほっとして、彼女は昼食へと歩きだした。

さいわいラコンブと待ち合わせたレストランはふたつ隣の通りと近い。十五分程度の遅刻はいつものことだ。

その店はオーナー一家がいとなむ昔ながらのビストロだった。ぱっとしない地域にこんなワイン・バー《バル・ア・ヴァン》があるとは意外だ。店に入ったとたん、鼻母音まじりのにぎやかなだみ声、黒タバコのむっとする空気、赤ワインの豊かな香りがわっと押し寄せて、午前中味わった苦さがほとんど消えてしまった。

ラコンブはバーでウィスキーのグラスに覆いかぶさるようにして、オーナー――赤褐色の顎鬚がぼうぼうで、漫画アステリックスの登場人物を連想させる毛むくじゃらの人物――と話し込んでいる。その脇にはオーナーの愛犬がいる。巨大なグリフォン・ヴァンデーンは、なにかのまちがいで四本足に生まれてしまった以外は主人のクローンといってもいいほどそっくりだ。彼女はラコンブの肩を軽く叩いた。

「カプ！　また一段ときれいになったな。それにお尻もほんのちょっぴり大きくなって、さらにおいしそうになった」

「いやらしいわね《ビュー・コション》」カプシーヌはふざけて彼をぴしゃりと叩き、再会の抱擁を交わした。ウイスキーを一杯飲んでから狭いらせん階段をのぼり、テーブルについた。ラコンブは隣り合わせの客たちと肘をぶつけるようにして椅子に身体を押し込む。オーナーの妻はふたりの注文をきくまでもなく、淡々とワインを決めて――タヴェルのなかでも「パリではほとんどお目にかかれないもの」――その場を離れ、ふたりはじっくりとメニューを検討した。

　ラコンブは警視《コミセール》の研修の頃よりもふくよかになり、トレードマークだった眉間のしわがなくなっている。

「四区東署が水に合っているようね」

「そりゃそうさ。なんでもそろっている。サン＝ルイ島には金持ちのアメリカ野郎、ブルボン通りには得体の知れない連中、ヴォージュ広場にはお金持ちの左翼《ゴーシュ・キャヴィア》と、なんでもありだ。いまさらきみにいうまでもないが。そちらもうまくやっているようじゃないか。華々しく活躍しているときいているぞ。じつは、二十区はきみにはきついだろうなと心配していたんだが」

「いまさらあなたにいうまでもないわね」ふたりは声をそろえて笑った。「で、そちらの事件とわたしが扱っている事件とが関係しているの？」

　そこにオーナーの妻が料理を運んできた。ふたりが話していることなどお構いなしに、どんとテーブルに置いていく。ラコンブはニシンの料理を注文した。マリネしたニシンをエシャロット、コリアンダーの葉、エルブ・ド・プロヴァンス（フランスのプロヴァンス地方でよく使われるハーブミックス）、ベイリーフとともに焼いたものだ。ぴりりとした風味のニシンの下には、マリネ液でソテーしたジャガイモを敷き詰めてある。カプシーヌはマグレ鴨を食べた。二時間かけて昼食をとれる、そして消化をうながすために散歩がてら歩いて帰ることが許されるのは、警視の役得のひとつだ。

「うちの署が扱ったなかでも、かなり奇妙な話だ。二日前、ウベール・ラフォンテーヌが失踪届を提出した。彼が何者かは知っているね。うかつにもわたしは知らなかったがフランスが誇る一流作曲家で、いまから五百年後も名声は衰えていないと目されている人物だ」

「ラフォンテーヌは、もう九十歳を超えているはず」

「九十二歳だ。まだまだとても元気だ。直接会ってきたよ。サン＝ルイ島の端に彼が所有しているアパルトマンを訪問した。セーヌ川をみおろすアンティークやらなにやらがたくさんあるすてきな住まいだった。誰もがあこがれる住まいだな。彼の話によると、同居している姪が四日間行方が知れないという」

「その姪がみつからないの？」

「ちがうんだ。その姪というのは三十六年前に亡くなっている。そこが問題だ。かつて、確かに姪がラフォンテーヌのアパルトマンにいた。サン＝ルイ島のその家に住んで、そこから大学に通っていた。一九六九年、彼女はソルボンヌ大学に入学したばかりだった。その母親――ラフォンテーヌの姉妹だ――は、地方からパリに出て暮らせば、地味な娘が堕落してしまうのではないかと心配し、おじのところに住まわせたんだ。ところが娘は長い週末を過ごすために帰郷した際に自動車事故で亡くなった。無灯火のコンバインが車線をまちがえて正面衝突したんだ」ラコンブが鼻を鳴らす。

「それなら老年性認知症ということね。九十二歳という年齢を考えれば、驚くほどのことではないでしょう」

「確かに認知症だな。そうとしかいいようがない。しかし、先週彼のところに何者かがいたのは事実なんだ。清掃をしている女性に事情聴取した。姿を見たわけではないが、あきらかに誰かが使用した形跡のあるベッドを整え、使用済みのタオルを交換したのだそうだ。管理人《コンシエルジュ》は、直前の日曜日にラフォンテーヌが女性とともに階段をのぼっていくのを見ている。相手は二十代前半で、ゆったりとした長いワンピースを着ていたそうだ、そして〝天使のような顔〟だったそうだ。ところがある日、この天使はいきなりいなくなった」ラコンブは自分のグラスとカプシーヌのグラスにタヴェルを注ぎ、ボトルを空にした。「どうだい、きみが扱っている市場《ベル・オ・マルシェ》の眠り姫を連想しないか？」

「アパルトマンからなにかなくなったものは？」

「なんともいえない。なにがなくなっているのか一つひとつ確認したわけではないし、ラフォンテーヌはさすがにピアノみたいなものがなくなっていれば気づくだろうが、それ以外であれば気づかないだろう」

「眠り姫かもしれない。彼女の手口によく似ている。でも、なぜあなたは彼女の手口を知っているの？　司法警察内の回覧文書を熟読しているの？」

「そんなもの読むか。眠り姫のことなら、連日報道されているじゃないか。さてはタヒチかどこかに休暇に出かけて、新聞に目を通していないんだな？　彼女は第一面を独占する女王だ」

警察署に戻ったカプシーヌはイザベルに、三十分以内にダヴィッドを連れて執務室に来るように指示した。眠り姫の件でなにか進展があったのならきかなくては。イザベルは威勢よくハミングしながら出ていった。

カプシーヌは執務室のドアをしめ、ジャックに電話した。意外にも、すぐに彼が出た。今夜いっしょに夕飯をとらないかと誘うと、ジャックが満足げに喉を鳴らす。

「遊興にふけるばかりの太っちょの年寄りにいい加減飽き飽きしたんだろう？　きみにぴったりのレストランがあるから、行こうじゃないか」電話越しに彼の甲高い笑い声が響いて頭痛がしそう。

とつぜんの誘いにジャックが応じてくれたので、ふたりで落ち着いて話ができるのはありがたい。果たしてジャックが落ち着いて話すことができるかどうかは別として。ともかくパリで一泊しなくてはならないだろう。アレクサンドルにはなんといいわけしたらいいのか。午前三時にモーレヴリエのシャトーに忍び込むわけにもいかない、アメリ伯父がブロケードのガウンを着て目をこすりながら寝室から出てくるところが目に浮かぶ。映画のエルキュール・ポワロは寝る時には髭にカバーするけれど、伯父さんもそうかしら。カプシーヌが想像してクスクス笑っていると、イザベルがダヴィッドを連れて入ってきた、カプシーヌに笑われたと勘違いして彼女が顔をしかめる。

「またしてもわたしたちのいとしい眠り姫の被害者が出たみたい。相手はウベール・ラフォンテーヌ」

「あの作曲家ですか？　まだ生きていたんですか？　一九七〇年代に亡くなったと思っていたわ」イザベルは意外に博識なので、カプシーヌは毎度ながら感心してしまう。握っている受話器から声がして、カプシーヌは電話をかけているとちゅうだったと思い出した。

「もしもし《アロー》？」老人の弱々しい声だ。

「ボンジュール、ムッシュ。司法警察のル・テリエ警視です。姪御さんの件でお電話しました」

「そうですか！　みつかったんですか？」声に張りが出た。小さなイヤホン越しでも、彼が笑顔になっているのがわかる。

「いいえ、まだです。でも時間の問題でしょう、ムッシュ・ラフォンテーヌ。もう少しくわしくお話をきかせてもらえれば、さらにスピードアップできると思います。さしつかえなければ、明日お邪魔したいのですが、いかがでしょう？」

「もちろん結構ですとも。姪が少しでも早くみつかるなら、なんなりと協力したい」

19

ラフォンテーヌの住まいはサン＝ルイ島の静かな側にある。両側をゆったりと流れるセーヌ川に抱かれるように、このあたりはアラゴンの詩にうたわれた頃の街の中心部の面影をそのまま残している。観光客目当ての店がひしめきあうこともなく。べらぼうな値段のアイスクリーム店や安くておしゃれな服を売るブティックもない。ショートパンツ姿の外国人が泣きわめくわが子を叱るような姿もまったく見られない。永遠の静けさに包まれたような別世界だ。ラフォンテーヌのアパルトマンはケ・ダンジューの高級住宅街の一画にあった。静かに流れるセーヌ川をみおろす美しい豪邸《ロテル・パルティキュリエ》だ。

アパルトマンのつややかな緑色のドアを前にして、カプシーヌは少し緊張しながら拳の形をした真鍮のドアノッカーにふれた。ラフォンテーヌは桁違いのセレブだ。五百年後にもまちがいなく、彼の名は残っているだろう。

ドアをあけたのは著名な作曲家本人だった。彼のＣＤには三十年も前の写真が使われているが、ひとめで同一人物だとわかった。が、伝説的な人物をあらためて見れば、等身大の弱々しい老人がそこにいた。

カプシーヌは相手を安心させるように笑顔で話しかけた。「昨日、電話でお話しした通り、姪御さんの行方をさがすお手伝いをするためにうかがいました。よろしいですか？」

雲の向こうから太陽があらわれたように、彼が晴れ晴れとした表情になった。

「ええ、もちろんですとも！　なにかわかりましたか？」彼は震える声でたずねた。

「今日はいくつか質問をさせていただいて、迅速な捜索に役立てたいと思ってうかがいました。お邪魔します」

アパルトマンは宝の山だった。主役は巨大なスタインウェイのピアノだ。ピアノの上に銀の写真立てがトウモロコシ畑のようにぎっしりと並んでいる。カプシーヌが視界の端でとらえたものだけでも、大統領三人、法王ふたり、サルトル、マハトマ・ガンジーの姿があった。ジャクリーン・オナシスが身をかがめ、座っているラフォンテーヌの額にキスしている微笑ましいスナップもある。ピアノの向こう側にも、あらゆるスペースに記念の品々が飾ってある。どれ一つとっても貴重なものばかりだ。

じろじろ見ないようにカプシーヌが気をつかっていると、イザベルがいつものずけずけとした口調でラフォンテーヌに話しかけた。

「三十五年前にここを出た姪御さんと市場でばったりでくわした。そうお考えなんですね？」

「とんでもない！　三十五年ではありませんよ。たったの四日だ」ラフォンテーヌは余裕たっぷりで微笑む。

「でもうちの署員はこちらのコンシェルジュから、あなたの姪御さんは一九六九年に亡くなったときいていますよ」

「イヴェットか。彼女はもうろくしているようだ。ようするに――」ラフォンテーヌは小さな子どもに語ってきかせるように、ゆっくり間を置いた。「ちょっとボケたんだな。記憶がごちゃごちゃになっている。長年親しんだ彼女がいなくなるのは寂しいから、ここの住人は辞めさせないんだ。じっさいの清掃作業はすべて外注している。少々費用はかかるが、われわれはそんなことは気にしない。朝、郵便を届けてくれるイヴェットとこの建物内の噂話に花を咲かせるのはとても楽しいからね」彼はそこで困惑の表情を浮かべた。「あなたはなにを質問したんだったかな、お嬢さん」

「この建物のコンシェルジュは、あなたの姪御さんが三十五年前に亡くなったと考えているようだと申し上げていたんです」

「彼女は気の毒だった」誰のことを指しているのかはわからない。「わたしの姉妹は確かに三十五年前に亡くなっている。だからそれ以来彼女の娘をここに住まわせている」

話が混沌としてきたところで、ダヴィッドは自分の出番とばかりに切り出した。

「それで、当時姪御さんは何歳でしたか？」

「そんなの決まっているじゃないか。二十一歳だよ」ラフォンテーヌはダヴィッドが愚かな質問をしたような口調でこたえる。

不毛なやりとりが延々と続くのをよそに、カプシーヌは室内の記念の品々に目を凝らす。そしてお目当てのものを発見した。学生時代に愛読していた不条理小説のような会話を遮るのは残念だったが、しかたない。

「すみません、ムッシュ・ラフォンテーヌ。これは立派ですね。どういうものか説明してもらえますか」暖炉の上に飾られた変わった形の額縁をカプシーヌが指さす。金箔を貼った凝った額縁は本が入るほど奥行きがある。が、空っぽだ。

「ああ、それか。わたしのいちばんの宝物だ。ベルリオーズがハリエット・スミスソンに宛てて書いた有名な手紙の原稿だよ。彼らの物語は有名だから知っているだろう。ベルリオーズはハリエットというアイルランド人女優に何年も恋い焦がれた」彼はテーブルから銀のフレームを取り上げてカプシーヌにわたす。「彼女の肖像画の複製だ。美しい。そうは思わないか？」

イザベルとダヴィッドが飛びつくようにして絵を見る。神経質そうな若い女性が描かれている。頭の形がいびつで、目鼻立ちのバランスが悪い。ベルベットのドレスの深い襟ぐりからは丸くて固そうな胸が飛び出しそうだ。髪は後ろでぎゅっとまとめ、こめかみの部分だけはカールさせて耳の前に流している。現代の基準に照らせば、恋い焦がれる対象になるような美しさとはいいがたい。

「ベルリオーズは何年も彼女に求愛を続けた。恋心を伝える手紙を山のように書き送ったんだ。しかし彼女は彼の愛にこたえようとしなかった。彼の情熱は衰えるどころかますます強まり、やがてその暴力的なまでの熱情は『幻想交響曲』という作品を生み出した。そうして、ようやく神様が彼に微笑んでくれる日が訪れた。まったくの偶然からハリエットがその初演の会場を訪れていたのだ。自分のためにつくられた交響曲と知った彼女は彼の愛にこたえ、後にふたりは結婚した」

「なんて美しい物語なんだ」ダヴィッドだ。

「ベルリオーズはハリエットに宛てた手紙の下書きを破棄してくれという遺言を残したが、残された家族は処分することができなかったんだ。そして彼らから数年前にわたしがこうして譲り受けた。大感激だった」

カプシーヌは空の額縁に目を凝らす。「ムッシュ、ここに来て教えていただけますか。ベルリオーズの下書きですが、〝きみがいなければ、わたしの人生は空虚な……〟に続く部分が線で消されています。そして走り書きがあるんですけれど、なんとも判読がつかなくて。なんて書いてあるんですか？」

ラフォンテーヌが額縁をしげしげと見る。その後ろからダヴィッドとイザベルが見つめている。ラフォンテーヌは目を凝らし、鋭い視線をちらっとカプシーヌに向けてから首を伸ばして額縁に顔をちかづけた。「夢《レヴ》です。『幻想交響曲』の説明になっている部分ですよ」彼がカプシーヌをまっすぐ見据えた。彼の思考能力にはまったく問題はなさそうだ。「ほんとうに姪を見つけ出せるんでしょうな？」

カプシーヌはやさしいしぐさで彼の腕に片手を置いた。「自信はあります。すぐに彼女と再会できますよ」

ラフォンテーヌはドアまで彼らを見送り、ダヴィッドに話しかけた。「ええ、美しい物語です。だが歴史家のなかには、スミスソンは『幻想交響曲』が原因で彼の愛にこたえたのではないとする意見もあるのです。初演に姿を見せた彼女はすでに女優としてのキャリアの下り坂にさしかかっていた。太り始めていたし、お金にも困っていた。いっぽうのベルリオーズは有名になり、ひじょうに裕福だった。しかし、そうだったとしてもどれほどのちがいがあるというのか。リストがいっているように、スミスソンという存在によってあの記念碑的な作品は誕生した。それですべては償われるのです」

クリオで警察署に戻る車内でイザベルは荒れていた。あまりに憤慨しているので顔から血の気が引いている。こらえきれず、怒りを吐き出した。「癪に障るったらないわ。警視《コミセール》、あの老人を徹底的に追及させてください。かならずあの娘についてきき出してやる。そして告発するように説得します。今回の盗みが眠り姫の起訴状にのらないなんて絶対に許せない」

彼女はカプシーヌをじっと見つめた。

「イザベル、あれほどはっきりとした意思表明はなかったわ。彼は思いがけず姪と数日間を過ごすことができた。それと引き換えに手紙を失うことなど、なにほどのことでもないとね。司法警察であっても、彼の思いを踏みにじる権利はないわ」

20

「アレクサンドルはここが大嫌いなの」カプシーヌはうれしそうに微笑む。「開業早々に酷評しているわ。彼らが提供しているのは蛍光色のおもちゃであって食べ物ではないって」

「ここならコニャック漬けの気難しい老いぼれの集団と隣り合わせになる可能性はない。だから選んだのさ。きみをうんざりさせたくないからね。彼らの好物は一週間ワインに浸したような茶色くて歯ごたえのないものばかりだ。どうせあのでぶっちょのダンナにそういうものばかり食べさせられているんだろう」ジャックが甲高い笑い声をあげる。

「ようやく彼と仲良くなったかと思ったのに」カプシーヌはわざと仏頂面をしてみせる。

確かにどこからどう見てもアレクサンドルの嗜好とはかけ離れたレストランだった。光沢のある白い素材で統一された内装で、大理石に似せた白いテーブルがたくさんある。天板の下から明かりに照らされて色鮮やかなプラスティック製の飾りがキラキラ輝いている。店内には鼓動のようなリズムを刻むテクノロックが鳴り響いている。音響システムは驚くほど高性能だ。ほっそりとした若者たちは気取ってポーズを取り、注目を浴びることを期待してそわそわと大きな目を動かしている。彼らにはこういう店がぴったりにちがいない。けれどカプシーヌが今日の目的を果たすには、最高のセッティングとはいいがたい。

すぐには本題に入れなかった。ジャックは店内の騒がしさに負けない声で冗談を飛ばし、皮肉をいっては甲高い声で笑う。もちろんファッションにも隙はない。薄いグレーのグレンチェックのスーツと明るい紫色のシルクのシャツは、いま着替えたばかりのように完璧にアイロンが当たっている——この魔法はカプシーヌもぜひ教わりたい。淡い黄色のネクタイはエルメス、小麦色のスエードのローファーはウエストン。ファッションへの過剰なこだわりは彼のキャリアに少しも不利にはたらいていないようだが、一族のなかでは確かに異端児の扱いだ。

ジャックが片方の眉をあげて通りすがりのウェイターに合図すると、ウェイターは鋲を打ち込まれたみたいに、ぱっと足を止めた——このテクニックもぜひ教わりたい。小声で指示されたウェイターはいったん去ってすぐに戻ってきた。運んできたマティーニグラスにいかにも身体に悪そうな緑色の液体が入っている。飲むとかすかにミントが香る、とんでもなく強いカクテルだった。

「さあきこうじゃないか、魅力的ないとこよ。とつぜん密会のお誘いをいただくとはうれしいね」ジャックはアニメの登場人物のような流し目をおくる。

そこへちょうどウェイターがメニューを持ってきたので、カプシーヌはあいまいな微笑みを浮かべたままメニューを仔細に検討した。鳥のように食が細いのかと思うような体型の常連客に合わせているのか、このレストランはおもに前菜とデザート、そのほかに、とても異様な料理がほんの数種類。

「〈鶏のコーラ蒸し〉を試してみるといい」ジャックが提案する。「すごくうまいから。コーラのシロップとバルサミコ酢が大差ないってことをきみのでぶっちょのダンナもきっと納得するはずだ」

メニューを検討しながらの長々としたやりとりはレストランではつきものだが、ほっそりしたウェイターにジャックが卑猥な軽口を叩くのでさらに長引いた。ようやくカプシーヌはサーモンのトルティーヤ、ジャックはコーラで鶏を蒸し煮にした料理に決めた。

ウェイターとメニューについてやり取りをしているうちに、カプシーヌはどんどん気持ちが落ち込んでいった。ジャックを夕食に誘ったのはやはりまちがいではなかったか。勘のいいジャックはすぐに彼女の様子に気づいて、たちまちいとこを気遣うやさしさをにじませる。

「心配事があるんだね？」

「それは——」

「一族に関係すること、そうだろう？」

「じつは——」

「わかっている、ちゃんとわかっているさ。きみが警察に入ると宣言した時の大騒ぎを忘れるものか。きみはすごく動揺していた」彼は兄弟のようなしぐさで彼女の手をぎゅっと握る。

「ちがうの——」

「いいか、すべてはきみの思い過ごしだ。ぼくのいうことを信じろ。当時は確かに彼らは腹を立てていた。しかし、いまじゃもうなんとも思っていない。すっかり忘れているさ。それに、意外としかいいようがないが、みんなアレクサンドルが大好きだ」

「ジャック――」

「いいから、きくんだ。つぎつぎに死者が出た件について、このあいだの週末きみの力を借りようとしていたじゃないか。すでにきみは捜査官として一目置かれる存在だ。親父はどうしてもきみに捜査してもらいたいらしい」ジャックが大声でバカ笑いをする。

「ジャック、そんなこととはまったく無関係なの」カプシーヌはいったん言葉を区切って息継ぎをした。「サン・ニコラの事件を捜査したいと本部に希望を出したら、却下されてしまったの」

「そりゃよかった！　きみが村をあっちこっち無神経に歩きまわって住民の秘密をほじくり出すなんてことは、歓迎されないに決まっている。誰もが絶対に望んでいない。第一きみにとってなによりだいじなのはキャリアのはずだ。いいかミス・マープルにきみのおっぱいがついていたとしても、司法警察のなかで出世するのは無理だったただろう」

「ジャック、いいからきいてちょうだい。あなたに助けてもらう必要があるの。あなたの手元にある糸をわたしのために一本引いてほしい。新しい二件はあきらかに殺人よ。そのまま放置するなんてゆるされないわ」カプシーヌは口をすぼめ、両方の眉根をV字形に寄せて怒りの表情を浮かべる。

「むろん、あれは殺人だ。しかし、問題はそこではない」

「じゃあ、どこが問題なの？」

「いとこよ《マ・クウズインヌ》、ぼくの職務上もっとも受け入れ難いのは、妥協に関する部分だ。たとえば、ぼくがささやかな糸を一本引いて本部がほんの少し、きみの視点に立つとしよう。そうしたらノルマンディの憲兵隊は司法警察に対し敵愾心を燃やすだろう。わかるか？　そこに亀裂が生じ、その隙間から多くの犯罪者を取り逃がすことになる。きみのピカピカの経歴に大きな汚点を残すのはもちろん、上の等級に昇格する望みも断たれるかもしれない」

こうなったら最後の切り札を使うしかない。

「アメリ伯父さんにどう説明すればいいの？　あなたのお父さんが捜査してくれとわたしにいったのよ。伯父さんは一連の死の真相を解明すると決めているわ」

「それはきみの表面的な解釈だ。確かに親父は自分自身の立場を昔の封建領主と重ねているところがある。〝自分の〟村という意識が強くて、村の人間が殺されるなどということは〝あってはならない〟と憤慨し、自分を責めている。事態を正さなくてはと考えている親父にとってきみはまさに救世主だ。しかし、じっさいにきみが片っ端から石をひっくり返して虫がずるずる出てきたら、きっと考えを変えるに決まっている」

ジャックはそこで言葉を区切り、上品な手つきで鶏を一切れスライスする。

「それからもうひとつ。前回きみを窮地から救った際、ぼくはべつに糸を引く必要などなかった。ただ自分が所属する機関の人間をちょっと刺激して、きみが扱っている事件が国益に関わるものだと気づかせただけだ。たったそれだけですんだ。しかし大牧場の従業員二名の死が国防を脅かすものだと局長が思うかといえば、むずかしいだろうな」

ジャックが鶏をひとくち食べる。「きみの場合は、十六区の高級住宅地が似合うお嬢さんが少々街の埃に触れてみたいという動機で警察に入ったんじゃなかったのか。きみにはそれくらいがぴったりなんだ。休暇でマラケシュに行ってコール（アラブ人の女性がアイシャドウに使う黒い粉末）を試すようにな。しかし、正義の聖杯を追い求めていくというのは、少々やり過ぎじゃないかな」

「ジャック、わたしは正義のために動いているわけではないの。それとはまったくべつなことなのだと思う。たぶん、ものごとの道理に関わる部分よ。とにかく組織的な怠慢が理由で殺人者が野放しになっているなんて、気が気じゃなくて夜も眠れないわ」

ジャックはヒステリックな甲高い笑い声をあげる。「臆面もなくそんなセリフを口にすることができるきみは、なんと魅力的なんだろう。〝夜も眠れない！〟ときたか。なぜ眠れないのかはわかっているさ。あのでぶっちょの老美食家のためだろう。彼からなにもかもきいているよ」ジャックは一段と耳障りな声で笑った。

カプシーヌは思春期の子のようにむっとして、ジャックの向こうずねを思い切り蹴った。彼女のセルリアンブルーの目には強情な色が浮かんでいたが、ジャックが見れば、彼女が必死に涙をこらえているのがありありとわかる。

彼はふいに子どもっぽいやりとりに飽きたように、遠くをみつめた。片方の肘をテーブルについて手首に顎をのせ、人さし指で頬を突く。たまたま彼の目線の先にブロンドの女性がいた。ジムで鍛えあげた身体をアピールするようにテーブルからぐっと身を乗り出し、今宵のデートの相手といちゃついている。が、ジャックの視線が自分のほうに向いているのを本能的に察知したらしく、彼に向かって一瞬微笑んだ。ジャックはそれにはまったく無頓着でカプシーヌに話しかけた。

「いってみれば官僚組織のブイヤベースから自分だけ抜けようってことか。まあ褒められたことじゃないだろうな。しかし一族のなかでひとりくらい志を高く掲げる人間も必要だ。数日以内に省庁間の合同委員会がひらかれる。諜報機関と警察が連動して活動しようというのが目的だ。そしてぼくはたまたまそこに出席する。この件を議題として提出するつもりはないが、トイレで用を足しているさいちゅうに安堵の吐息をもらす以外になにかひとことといってみよう」

カプシーヌは女学生のようにはしゃぎ、テーブルに大きく身を乗り出してジャックの額にキスした。周囲のテーブルの男性たちはうっとりとした表情でそれを見ている。

「しかし確約はできないぞ。よその役所のことに首を突っ込むのは、嚙みつかれるのを承知で虫の入った缶に首を突っ込むようなものなんだから」

「ジャック、ありがとう。あなたがいてくれなかったら、わたしは絶望するしかなかったと思う」

ジャックは独特の甲高い笑い声をあげる。「きみが唐突に電話で夕飯を誘ってきたから、てっきり昔の続きをしたいのかと思ったよ。ほら、あの雨の午後に牧草地でふたりきりで――」

とつぜんジャックが弾かれたようにビクッと動き、手をジャケットに差し込んだ。カプシーヌは反射的に――彼が銃に手を伸ばしたと思い――前傾姿勢をとって椅子をぐいと後ろに押し、あたりに目を配りながらピストルに手を伸ばした。そこでジャックがまたもや、けたたましい笑い声をあげた。周囲から厳しい視線が飛ぶ。彼が内ポケットから取り出してみせたのはポケベルだった。これ見よとばかりに親指と人さし指で挟んで掲げたポケベルは小刻みにふるえ、捕獲された昆虫のようにジーッと音を立てた。

彼が立ち上がり、詫びるように左右の眉をあげた。

「いそいで戻らなくては。せっかくなのにな」

いったん歩きだそうとして、ジャックがふりむいてカプシーヌの耳元でささやく。

「きみをほっぽり出していくのは良心の呵責を感じる。ぼくが提案しようとしていたことに応じる気が少しでも湧いているなら、急遽、代役として隣のテーブルの彼女を推薦するよ」

彼は、ふたりの会話に熱心に聞き耳をたてていたブロンド女性を示した。「彼女なら、とことんつきあってくれるだろう」

21

翌朝七時半、夜の力が抜けて徐々に暗さが薄れていく頃、カプシーヌは目をさました。一瞬頭が混乱してぞっとした。もしかしたら昔の失敗をくりかえしてしまったのか——パーティーで出会った初対面の男の子のベッドで目覚めた苦い経験がよみがえる。でもこれはまちがいなく自宅の自分のベッドだ。それがわかっても、がらんとしたアパルトマンのなかでぬくぬくと温かいアイダーダウンから出るにはかなりの勇気がいった。

起き出してキッチンにいき、パスキーニ社のコーヒーメーカーでカフェオレをつくり、窓の外を見つめた。夜明けの光がパリのトタン屋根に反射して万華鏡のように色を変えるのを眺めれば、少しは気が晴れるかもしれない。

コーヒーを二杯飲んですっかり目が覚めたが、頭はまだ重い。原因はふたつ思い当たる。自分自身の戦いをジャックに肩代わりさせた——じっさいは頼んだ、あるいは懇願した——情けない気持ち。そしてパリでどうしても一泊しなくてはならない理由について、アレクサンドルに軽い嘘をついたこと。その両方だ。

九時にモーレヴリエに電話をかけた。ゴーヴァンが出た。あいかわらず「伯爵夫人《マダム・ラ・コンテッス》」と呼ぶので、それがいっそういらだたしい。アレクサンドルともアメリ伯父とも話はできない――アレクサンドルはまだ寝ているし、伯父は庭師と打ち合わせ中だ。ゴーヴァンが今日の予定について事細かに話す。昼食後にヤマウズラの狩りに出かけるという。アレクサンドルも参加するときいてカプシーヌは驚き、そして彼に対する愛情が湧き上がるのを感じた。彼はよき配偶者でありたいと、懸命に努力しているのだ。夕食には間に合うようにいくと告げて、彼女は電話を切った。

アレクサンドルへの感謝と愛情をどうしてもなにかの形で伝えたい。具体的になにがいいのだろう。カプシーヌはあれこれ知恵をしぼりながら、のろのろと用事をこなした。たまった郵便物の仕分け、田舎に持っていく服の荷造り、入浴――フランス女性にとってたいせつなビューティーケアをしているうちに、なんと一時間も経っていた。しかしアレクサンドルへの完璧なプレゼントは思いつかない。

やむなく《フォー・ド・ミュー》、妥当なところで手を打つことにした。サンジェルマン大通りの英国ファッションの店にいって、目玉が飛び出るほど高価なセーターを買おう。理想的な贈り物とはいえないけれど、完璧な色をみつくろえば、きっと満足がいく。彼に思いが伝わるだろう。

大通りを歩いていると、傘を置いている店の前を通りかかった。ルイ・フィリップの時代からあったといわれても不思議ではない古めかしいたたずまいだ。その店を見たとたん、カプシーヌの頭のなかでレジの音が鳴った。ステッキにしよう！　ひとりよがりでもなく、押しつけがましくもない贈り物としてぴったりではないか。きっと生涯たいせつにしてくれるにちがいない。

　思ったとおり、その店は当たりだった。美しいステッキと傘がたくさんそろっている。ただし、どれも第一次世界大戦前に製作されたのではないかというものばかり。シャンゼリゼ大通り沿いに棟続きの民家が並んでいた時代、散歩の友として使われていたのだろうか。まず思いついたのは、端をひらくと腰掛けになる狩猟用のステッキ。が、このタイプは本来、狩りに同行した妻たちが優美に座って夫の腕前を称賛するためのものだ。だめだ、プレゼントとしてはふさわしくない。つぎに目についたのは頑健なマラッカ杖（籐製のステッキ）だった。半円形の大きな柄がついている。食後に田舎道を散歩するにはもってこいだ。雑草を叩いたり、黒板を指すようなジェスチャーつきでおしゃべりをするのもいい。しかも柄の部分をねじって外すと、銀色のスリムな容器があらわれる。ワインボトルの三分の一がここに入ると店員は請け合った。もちろんワインに限らず、なんでも入る。これこそ完璧ではないか。アレクサンドルは飛び上がってよろこぶだろう。

　カプシーヌはその足でマドレーヌ広場の〈エディアール〉に向かい、あきれるほど高価なグラン・バ・アルマニャックのフランシス・ダローズの十五年物を購入した。杖とともに贈ればアレクサンドルはすぐに中身をセッティングできる。それから思いついて、アメリ伯父のために美しい缶入りのブレックファスト・ティー二ポンド入りを買った。買い物がすんだところで、クリオでふたたびノルマンディをめざした。

夕食の席はヴィエノー夫妻とアンリ・ベランジェが加わってとてもにぎやかだった。ベランジェはあいかわらずヴィエノーの分身のようにぴたりとくっついて行動を共にしている。男性四人は昼間ヤマウズラを目当てに愛犬とともに歩き、まだその高揚した気分が続いている。九羽の収穫があった。六羽はベランジェが撃ち、アメリ伯父が二羽、ヴィエノーの戦果はゼロ。そして驚いたことにアレクサンドルが一羽撃ち落としたのだ。

「アレクサンドルには才能がありますよ」いまや散弾銃の名手としての地位を築いたベランジェがカプシーヌにいう。「定期的に連れ出せば、めきめき腕をあげるにちがいない」

ペットの犬の運動量についてアドバイスするような口調だったが、アレクサンドルはにこにこしてきいている。カプシーヌはあらためて夫を見直した。

ゴーヴァンがいつものしずしずとした足取りでメインディッシュを運んできた。クッキングシートの包みを糸でしっかりと縛ったものが整然と並んでいる。遠い土地で起きた大虐殺の後、埋葬布に包まれた小さな身体が並んでいるような不気味な印象だ。ゴーヴァンの後ろには厨房で働いている少年が金色のジロール茸の香り高い料理を運んできた。どうみても十三歳にもなっていない彼は神妙な顔つきだ。

「ヤマウズラだ」アメリ伯父がアレクサンドルのほうを見ながら誇らしげにいう。「むろん、今日の午後われわれがしとめたものではない。じゅうぶんな時間吊るしておいたものだ。これをしとめたのは二週間前の狩りで、あの時は、あ……」

アメリ伯父は失言した動揺から立ち直ろうと、ゴーヴァンに器を持ってくるようにきつい口調で命じた。そのアメリ伯父をマリー＝クリスティーヌがこわばった笑顔でじっと見ている。あきらかに恐怖と絶望に満ちたまなざしだ。

「このレシピは、代々わが家に受け継がれてきたものだ」アメリ伯父はことさら明るい声を出し、二本のフォークでヤマウズラをひとつ取り上げて一同に見せる。「ヤマウズラを脂でくるみ、それを紙で包んで紐でしばるのがうまさの秘訣だ。しっとりしておいしい仕上がりになる」

切れ味の悪いテーブルナイフで糸を切りフォークで紙の包みをひらくのは、厄介な作業だ。よく切れるナイフと器用な指先を駆使しても手を焼くだろう。それなのになぜかテーブルマナーはわざわざ食卓用のナイフとフォークだけでやれと強制するのだ。やっとのことで小さな包みをひらくと、金色のヤマウズラがあらわれる。タマネギの香ばしいにおいがする詰め物でぱんぱんにふくらんだその姿は、しっとりしてじつにおいしそうだ。

アレクサンドルが手であおいでヤマウズラのアロマを鼻孔へと導く。一流のシェフが好んでやりたがるしぐさだ。

「代々伝えられたレシピは、まさにデュマの父親由来の正統派ですな」アレクサンドルなりに、著名な料理評論家らしく見えるように重々しくコメントする。「細かく刻んだ背脂、エシャロット、パセリ、鳥自体の心臓と肝をミンチにしたものを詰めて、ごく薄くスライスした背脂でくるむ。そしてさらにベーキングシートで包む。この料理のすばらしい特徴は、鳥の自然の苦みを消そうとするのではなく、強調しているところだ。オディールの料理の腕は宝です」

アメリ伯父が顔を輝やかせて、デュマと自分たち一族の関係について滔々と語りだした。ベランジェが薄ら笑いを浮かべて隣のヴィエノーに耳打ちする。アメリ伯父が険しい表情になった。「そこ！　わしの食卓でひそひそ話はお断わりだ。なにを話しているのかね？」

「ちょっとお隣とね」ベランジェがにんまりと笑う。「よもや、こちらの一族がデュマの血を引いているなどといいだすのでは、と話していたんですよ」ディベートで相手をやりこめてポイントを稼いだようにむふふと含み笑いする。

　アメリ伯父の顔色が変わる。

「なるほど。あなたはつまり、不朽の名声を誇る偉大な作家の祖父、マルキ・ドゥ・ラ・パイユトリーの妻が植民地の奴隷の黒人の娘であるという事実をほのめかしているのか。そういうことだな？」アメリ伯父はたいへんな剣幕だ。

　ベランジェは二重に失言したのだった。アメリ伯父の一族とパイユトリー家との間には二度縁戚関係が結ばれており、彼らはそれをたいへんな誇りにしている。しかもデュマ家の〝混血《メティサージュ》〟はフランスの高校生なら誰でも知っているほど有名で、文学に造詣が深いというアピールにはならない。その意味でもベランジェの計算ちがいだった。デュマの遺灰がパンテオンに移された際、シラク大統領は演説のなかで、デュマの偉大さは貴族の血筋と黒人の血筋が混ぜ合わさった《メランジュ》ことから生まれたとも述べている。

　ディナーはそそくさとおひらきになった。ヤマウズラがたいへんにおいしかっただけに残念だった。礼儀をそこなわない範囲で手短にヴィエノーはいとまごいし、その後ろからベランジェがしょげた様子で、さらにマリー＝クリスティーヌがいかにも従順な妻という風情で小走りで追った。

カプシーヌは彼らの車まで見送り、とちゅうでマリー＝クリスティーヌだけにきこえるように話しかけた。

「明日、オンフルールに出てちょっと買い物をしたいと思っているの。もう長いこと行っていないし、どの店がいいのかも、さっぱりわからなくて。いっしょに行ってくださらない？」

マリー＝クリスティーヌはその提案に飛びついた。

カプシーヌからアレクサンドルへのサプライズのプレゼントは、夕食後に自室でふたりきりになったところでようやくわたすことができた。結果としてベストのタイミングだった。彼はステッキをたいへん気に入り、ポケットナイフのコルクスクリューでアルマニャックをあけて葉巻の形の銀の容器にぱしゃぱしゃと注いだ。

「これはすごい」さらに注ぎ足すしぐさは、ほろ酔い加減の酔っぱらいがこぼさないように慎重な手つきだ。「さあ試してみるぞ」容器をステッキに戻して元通りの姿にする。「ほんものの〝遊歩者《フラヌール》〟みたいにさりげなく大通りを散歩しよう」彼は部屋のなかをわざとらしく大股で歩き回る。「おっと！　とつぜん、生命維持に必要なものを摂取しなければという強い欲求に襲われたぞ」アレクサンドルは立ち止まり、ステッキの上の部分をはずしてぐびぐびと飲む。

「完璧だ。それにアルマニャックは申し分ない。きみもどうだ！」

カプシーヌもその気になり、ふたりそろって部屋をぐるぐる歩きまわった。アレクサンドルは新しいステッキをふってチャーリー・チャップリンを真似したりモーリス・シュヴァリエの歌の真似をしたりする。そのとちゅう、あちこちで小休止して小さな容器に注ぎ足す。

しばらくすると、アメリ伯父がふたりの部屋のドアを激しく叩いた。「おーい《オ・ラ・ラ》。ふざける《サ・ス》のもいい加減にしなさい《フイ・コム・サ》、子どもたち《レザンファン》！　もう寝なさい《オ・リ》！」ふたりは小学生のようにクスクス笑い、楽しげに小声でささやく。アメリ伯父の命令に従ってベッドのカバーにもぐりこみ、パジャマを省略し、その姿にふさわしいすばらしいことに取りかかろうとした。

とつぜん、アレクサンドルががばっと身を起こした。いきなりシカが飛び出してきた時と同じように愕然とした表情だ。

「明日、きみはマリー＝クリスティーヌ・ヴィエノーといっしょにオンフルールに行くのか？　わたしにもう一日、両脚の爪先のあいだで草が伸びるのを観察して過ごせってことか？　それもこれも捜査の一環と説明するつもりなんだな」

「まあね。わたしの勘なんだけど、見えていない部分にもう少しなにかがありそうな気がするの」

「見えている部分もすごいけどな」彼はカプシーヌに寄り添い、身体を起こしたまま肘をついた。「犯罪捜査で〝女性をさぐれ《シェルシエ・ラ・ファム》〟というアプローチはデュマとともに廃れたかと思っていたよ。偉大なアフリカ系フランス人の作家とともに」ふたりはクスクス笑う。

アレクサンドルがふたたびがばっと起きて座った。「夕食はどこでとったんだ。その……彼はなんて名前だったかな？」

「ダミアン・ペルティエよ。警察学校の警視《コミセール》の研修コースのクラスメート。修了後に彼は本部に配属されたの。彼は職場にとても満足しているわ」

「夕食はどこで？」

「〈グリーン・カウ〉。あなたのいった通り、ひどかったわ」じっさいには好印象を抱いていたが、アレクサンドルにはいわないでおこう。「わたしはサーモンのトルティーヤを。ダミアンは有名な〈鶏のコーラ蒸し〉よ。添えてあったフリット（フライドポテト）はとてもおいしかった」アレクサンドルがうめく。

「そりゃあそうだろうよ。あそこはベルギー流のやりかたで牛脂だけで揚げる。いつ顔からニキビが噴き出してもおかしくない。きみの心臓はトイレットペーパーを詰め込み過ぎたトイレみたいに働きが鈍っているはずだ。マクドナルドですら、そういう方法は何年も前にやめている」

カプシーヌは早く夕飯の話題を切り上げたいのに、アレクサンドルはベテランの警察官が尋問するみたいに執拗だ。「警察官ふたりが業務の話をするにしては、〈グリーン・カウ〉とはまた、奇妙な場所だ」

「警察は変わったの。もうメグレの時代ではないわ。革のジャケットを着て二日分の無精髭のある警察官がめずらしくない時代よ」

カプシーヌがカバーの下にもぐり、さきほどの続きをしようと誘うと、アレクサンドルもあっという間に夢中になった。その夜はふたたび架空のシカが部屋を飛び跳ねることはなかった。そして二十分もたたないうちに彼は小さなうめき声のようないびきを立てて深い眠りに落ちた。カプシーヌは彼にすり寄ってお腹のふくらみを撫でた。男というのはこうもたやすく騙されるものなのか。

22

「これはほんとうに警察車輛なの？」マリー＝クリスティーヌはカプシーヌの愛車クリオのなかを見回し、目をまるくしてたずねた。

「ええ、まちがいなく」カプシーヌがダッシュボードに置いてある青い点滅灯をつけ、サイレン用のスイッチをパチンと入れると、パンポンパンポンという耳障りな音が響いた。フランスのパトカーのしるしだ。百ヤード先のプジョーが路肩に寄って停車した。その横を通過する際、プジョーの運転席の人物がグローブボックスから車関係の書類を取ろうとするのが見えた。カプシーヌたちはクスクス笑いながら手を振った。

「大きな黒い銃も持っているの？　映画みたいに？」

「今日はハンドバッグに入る小さなかわいいのを持っているわ。勤務中は警察用の拳銃を携帯するのが決まり。ホルスターに入れて背中の下の方につけているわ。ちょうど窪みがあるあたり。だから腰かけると拷問みたいに苦しいの。それでもいざという時には頼りになるから、かならず携帯するのよ」

「なんてエキサイティングなの。あなたがとてもうらやましい。こんなわたしの気持ち、あなたにはわからないでしょうね。あなたには思い切ったことをする強さがあって……ね……」彼女がクスクス笑う。

カプシーヌが豪快に笑う。「わたしの両親はそんなふうには思ってくれなかったわ」

マリー＝クリスティーヌは幼い少女のように頬を紅潮させてはしゃいでいる。

「ほんとうにお出かけしているのね。わたし、これまでサン・ニコラから一歩も出ていなかったのよ。すごく楽しいわ！」あふれるよろこびを伝えるように、彼女がカプシーヌの腕をぎゅっとつかむ。

ふたりの乗った車はまぶしく輝く深緑色の田舎の風景を走っていく。あたりには白い牛の姿が点々と見える。節くれだったりんごの木々、茅葺き屋根の素朴な小さな家。煙突からは細い煙の筋が立ちのぼっている。カプシーヌがその風景を楽しんでいることにマリー＝クリスティーヌは気づいていない様子だ。四十五分でオンフルールに到着した。観光ガイドでは盛んに持ち上げられ、昔から日帰りの観光客が多い町だ。彼らが冷やかすのに手頃な店はあるが、時代から取り残されたようなわびしさが漂っている。それでもマリー＝クリスティーヌは有頂天で、ひなびた観光スポットを見て嬉々とした様子だ。サン・カトリーヌ教会は百年戦争の終わりを祝って十五世紀に再建された地味な建物だ。引き揚げられた船の木材を利用して船大工たちが再建を手がけた。そして港。いまでは漁船も少なく、すっかり減ってしまった魚を獲ってなんとか生計を立てている。最後に訪れたのは旧港《ヴュー・バッサン》だ。四角い内港に沿って細い家々が並び、粗末なヨットが浮かんでいる。

ショッピングといっても、ろくなものはなかった。夏はとうに終わり、冬の間は服を扱う店はみな閉じてしまう。あいているのは雑貨を商う店が数軒だけ。貝殻でつくったけばけばしい灰皿や、この地域を描いたコローやブーダンの有名な絵の複製がある程度だ。

「ランチで取り戻せばいいわね」マリー＝クリスティーヌがくすっと笑う。おそるおそる足を踏み入れたレストランは、内装の印象から判断して信頼が置けそうだ。なにより、ヴュー・バッサンの眺めがすばらしかった。

客はほとんどいない。待っていると、厨房から口論する大きな声がきこえた。その直後、ウェイターが出てきた。肩越しに厨房を見て腹立たしそうな表情を浮かべる。彼はひびの入ったプラスティック製のメニューをテーブルに叩きつけるように置き、手のひらでバンと押さえた。

「おすすめはカキです。一時間ほど前に入ったばかりの新しい平牡蛎《ブロン》です。真鯛《レッドスナッパー》もおすすめです、シェフが今朝、埠頭で仕入れたものにまちがいありません。新鮮なものがお好みでないというのならべつですが、これ以外のものは絶対におすすめしません」厨房にきこえるようにわざと大きな声を出している。

ウェイターのすすめにおとなしくしたがい、当然のようにサンセールのボトルを注文するだけだったのでかんたんだった。不穏な雲行きを心配していたが。運ばれてきたカキは新鮮で、豊かな潮の香りと味がすばらしい。萌葱色のサンセールはレモンの風味がさわやかで、歯にしみるほど冷たい。あまりのおいしさに、ふたりともクラクラする思いだった。

マリー＝クリスティーヌはあっという間にカキをふたつ食べた。一つ頬張るたびに頭を後ろに傾け、まだ動いているカキが喉を落ちていく感触を楽しむ。「ああ、最高！」彼女が叫ぶ。

「アレクサンドルによると、カキは強力な媚薬だそうよ。しかも、一つひとつが個々に効くんだといつもいい張るの。ある時、昼食に二ダース食べてハネムーンの初夜よりも燃えるつもりでいたわ」

どうやらカプシーヌはまずいことをいったらしい。とつぜんマリー＝クリスティーヌが痛みに襲われたように顔をゆがめ、グラスに半分入っていたサンセールをぐっと一口で飲み干した。小さなフォークで乱暴にカキを一つ刺し、小さなボウルに入ったミニョネットソースを乱暴にかき混ぜたものだから血が水と混ざったような色のソースが白いテーブルクロスに飛び散った。ふいに彼女がつくり笑いを浮かべて顔をあげ、気を取り直したように、他愛ないことをしゃべり始めた。ウェイターがやってきて皿を下げ、小さな金属製の深皿《クープ》を置く。

「つぎの料理の前にさっぱりしていただくためのカルヴァドスのソルベです。ノルマンディが誇る自慢の味です」皮肉っぽいいいかただ。

するとマリー＝クリスティーヌがわっと泣きだした。

「ノルマンディなんてもうたくさん。一秒だって耐えられない！」彼女が手のひらでテーブルを強く叩く。その音でウェイターがふりむいた。自分が呼ばれたのだろうかと確かめ、すみやかに状況を見極めて音を立てずに去っていった。朽ち果てる寸前のようなレストランでも、ウェイターの仕事には的確な判断能力がもとめられるものだ。

「フィリップ・ジェルリエのことね。そうでしょう？」カプシーヌがたずねる。

「どうしてわかるの？　ここにいなかったあなたに」

深みのある静かな口調でマリー＝クリスティーヌがこたえた。追いつめられた時、女性はこういう声を出すものだ。

「関係は長く続いていたの？」

「どうかしら。一年、もしかしたらもっと」

「わたしに話す気はある？」カプシーヌが確かめる。

「ええ。もちろん。きいてもらいたい。きいてもらえれば、それだけでいい。でもね、いったいどう説明したらいいのか。一種の中毒のようなものだったわ。フランスの女性は自分の身体で男性を魅了することがすべてだと信じこまされている。ビューティーケアでつねに自分を美しく磨け、寝室ではアーティストになれ、そうすれば男性を惹きつけておける、と。そうしなければ男たちはかんたんに浮気してしまうと思い込んでいる。そうでしょう？」彼女の目から涙があふれる。

「ええ」

「でも、わたしの場合はその正反対なの。夫はわたしがきれいかどうかなんてまったく気に留めない。運がよければ二カ月に一度、愛し合うわ。でも彼は自分が満足すればすぐにぐっすり眠り込んでしまう」彼女が身震いする。

「初めてフィリップに会った時、誰かに頭を殴られたみたいだった。くらくらしたわ。強い欲望なんていう、なまやさしいものではなかった。まるで麻薬を必要とするように彼の肉体が欲しかった。そんなふうに感じたことある？」彼女がカプシーヌの目を強く見据える。

「ええ。でもそういう感情が長く続くことはないわ」

「単にのぼせあがっているだけだって自分でもわかっている。彼との関係はけっきょくベッドのなかのことだけ。でも、それでもやはりすばらしかったの」

カプシーヌは無言のまま、両方の眉をあげて先をうながす。

「お願いだから誤解しないでね。あくまで身体だけの関係に過ぎなかったけれど、フィリップは深い思いやりを見せてくれた。たくさん贈り物をくれたわ。ランジェリーにこだわりがあって、いつもラ・ペルラのものとか、パリで買ってくれた。わたしにだけじゃなくて、彼はお母様にも尽くしていた。アメリカにいるお母様のところをよく訪れていたわ。重い病気で――アルツハイマーだったかガンだったか――中西部の病院で本格的な治療を受けていたの。フィリップはとてもやさしくて、アメリカに行くたびにお土産を買ってきてくれた。たいていはヴィクトリアシークレットという店のランジェリー。とてもセクシーなランジェリーをそろえている店よ」彼女が少女のようにクスクス笑う。

「彼が亡くなったショックは大きかったでしょうね」

「依存症の患者が依存する対象を奪われたみたいだった。とても苦しくて、おそろしかった。自分の人生の底が抜けてしまったようで」

「それで、いまは？」

「いまもつらい。どんどん悪くなっているかもしれない。薬の依存症は克服できるだろうけれど、わたしはだめなの」彼女の目から涙があふれる。「どんどんひどくなっていくのよ、日を追うごとに」

「ご主人は知っているの？」

「もちろんロイックは知らないわ！　彼はとてもたいせつな人だから、絶対に傷つけたくない。彼が知る必要などないの。あれは身体だけのこと、単なる肉体的な衝動よ。ロイックとは無関係。そういうこと、あなたに理解できる？」ヒステリックな口調になっている。

「理解できるかもしれない。ただ、彼はどうかしら」

「そういう人だから、夫はまったく気づかないのよ。それにロイックがいなければ、わたしは生きていけない。とてもやさしくてすてきな人なのよ。りっぱだと尊敬している。彼のお父様が亡くなった当時、〈エレヴァージュ〉は危ない状態だった。ロイックはそれを引き継いでみごとに再建したのよ。わたしも少々援助したわ。相続した財産を投資して――たいした金額ではなかったけれど。とにかく、すべてはロイックがやり遂げたこと。あたらしいマーケティングプランをつくり、あたらしい品種の畜牛を入れて、あたらしいアイデアを出したのもすべて彼。それでここまで事業を築きあげた。わたしたちはそれを共有しているの」

「つまりあなたは〈エレヴァージュ〉の共同所有者ということ？」

「いいえ。ロイックがすべてを所有しているわ。わたしの投資は継続的な短期融資という形でおこなわれた。理屈からいえば対等のパートナーということになるけれど、ロイックには事業をすべて自分が所有しているという安心感を持っていてほしいの。おかげでわたしたちは親密でいられる。フィリップに求めたのは肉体的なことだけ。不倫とすら思えない。たとえばロイックの知らないあいだにわたしがコカインかなにかの中毒になったとして、それをちゃんと克服したなら、裏切りとはいえないでしょう? ただの病気よ、そうよね?」

「あなたはちゃんと克服したの?」

マリー＝クリスティーヌがとつぜん泣きだす。「いいえ! そうよ、克服なんかしていない。どうしたらいいのか、わからないのよ」

そこでなにかを思いついたのか、彼女が急に晴れやかな表情になってにっこりした。まるでテレビのコメディドラマの登場人物みたいに表情が切り替わる。彼女が手を差し出して、カプシーヌの両手をつかんだ。

「いいことを思いついたわ! ぜひ協力してちょうだい。お願いよ! 明日の夜、ディナーに招待するわ——もちろんアレクサンドルもいっしょにね。四人だけで食事しましょう。あの不愉快なベランジェは絶対に同席させないわ。ロイックとわたしを見てちょうだい。そのうえであなたの考えをきかせて。ねえお願い、ぜひいらして!」

23

アレクサンドルはまさに至福を味わっていた。前回の訪問では、せっかく入った「アリババの大洞窟」をとちゅうで出るような後ろ髪を引かれる思いでヴィエノー家を後にした。その時の無念を今回晴らすことができる。ソファの後ろのテーブルを仔細に観察してじゅうぶんに堪能し、今度は広大な居間の空間全体を眺め渡している。さっそく目についたものがある。サイドテーブルには牛の蹄を利用した銀のインク入れ。その少し先には磁器製の牛の像の背中からランプが伸びている。アレクサンドルはおおよろこびだ。牛の尻尾をランプのスイッチの紐として使い、それをひっぱるとモーという鳴き声がする仕掛けだ。彼以外の三人が、その声でふり返る。カプシーヌはアレクサンドルをたしなめるように顔をしかめた。彼が笑いをこらえてパンパンになった風船みたいな顔をしている時は、とても危険なのだ。

「きみは家のなかでも牛の群れに囲まれているんだな、ロイック」アレクサンドルがいう。

相手が気を悪くしたのではないかとカプシーヌは心配したが、マリー＝クリスティーヌがうれしそうな笑いをもらした。

「これくらいで驚いちゃだめよ！　結婚してすぐの頃に、みごとな雄牛が亡くなったものだからそれを剝製にしてホワイエに置こうと提案したの」彼女は夫にぎゅっとつかまる。ヴィエノーはにこやかな表情で愛情のこもったまなざしを妻に向ける。

「いまでもあれは名案だったと思う」ヴィエノーがいう。「アメリカの有名なカウボーイは馬の剝製を自宅の居間に置き、みんながそれをかわいがったんだ」

「それに彼の犬も。暖炉のそばで番をするように永遠に座り続けているわ」カプシーヌがいう。

マリー＝クリスティーヌはそのやりとりをうれしそうに見守っている。まるでほんとうに幸福であるかのように、実体のある幸福であるかのように。

ちょうどその時、ヴィエノー家のコックが手旗信号のような動作で厨房のドアをあけるジェスチャーをした。ディナーのしたくが整ったという合図だ。四人はそのまま食堂に移動した。

最初の料理はおどろくほどシンプルだった。生の牛肉をごく薄くスライスしたカルパッチョ。向こうが透けて見えるほど薄いスライスに塩、コショウをして上等のオリーブオイルを垂らし、レモンの果汁も数滴。火を通していないビーフならではのまろやかさで、魚のポシェのスライスのようになめらかだ。ヴィエノーが無粋な解説を始めたのは残念だった。これが「〈モロク〉という、われわれが長年かけてつくり出した最高の肉牛」であると紹介し、〈モロク〉の血統について、それがシャロレー牛としての身体的な基準をパーフェクトに満たしていることについて長々と講釈を垂れたのだ。カプシーヌがちらっとアレクサンドルを見ると、彼は神妙な顔をしている。初心者のポーカープレイヤーがスリーカードがそろった際に、わざとこんな表情を装うにちがいない。

マリー＝クリスティーヌが厨房に入っていき、〈牛ヒレ肉のロッシーニ風《トゥルヌド・ロッシーニ》〉を運んできた。牛のヒレ肉にフォアグラとトリュフのスライスをのせ、マディラ酒とコニャックの濃厚なソースをかけたこの料理はあまりにも重厚で、いまや時代遅れとなってしまっている。

「やはり〈モロク〉ですか？」アレクサンドルはわざとらしく真面目そのものの表情でたずねる。

「もちろんですとも。この牛はとことん味わう価値がありますからね」ヴィエノーがこたえる。

カプシーヌがすかさず口を挟んだ。「それで、おふたりの出会いはいつなのかしら？」話題を変えるために如才なくふるまったつもりだ。

「わたしたちは学生時代から恋人同士だったのよ」こたえたのはマリー＝クリスティーヌだ。

「そう」ヴィエノーが続ける。うまいことと彼の関心を引いたようだ。「わたしがパリ経営大学院《HEC》を修了した後、夏に結婚しました」彼が一流のビジネススクールを出たとは意外だ。「そして、この先の小さな家で暮らし始め――当時はわたしの両親がここで暮らしていました――わたしは〈エレヴァージュ〉で働きだしたんです」

「わたしはパリ育ちだから田舎のことはなにもわからなかったの。でも、大好きになったわ」マリー＝クリスティーヌは絶妙のタイミングで合いの手を入れる。夜のテレビニュースのキャスターたちの掛け合いみたいだ。

「苦しい日々が待っていました」今度はヴィエノーが語る。

カプシーヌはアレクサンドルのほうをそわそわと見る。オーバーに脚色されがちなこの手の話が苦手なはずの彼だが、興味をそそられたようだ。

カプシーヌはほっとして笑顔になり、片方の眉をあげてヴィエノーに続きをうながした。

「そう」彼は続ける。「先日、片脚を失った曾々祖父のエピソードをお話ししましたが、あれはまあPR用の話ですね。確かにわたしたちは家族経営で何世代もこの〈エレヴァージュ〉をやってきましたが、決して規模は大きくはなかった。わたしが父親から事業を引き継いだ時には深刻な財政難に陥っていました。父の代で経営が悪化の一途をたどっていたのです。ですから品質と利益の両方を向上させることがわたしに託されたわけです」

「無理難題のようにきこえますな」アレクサンドルがいう。「卓越した品質を実現することとコストを抑えることは両立しがたい」

「ロイックは天才なんです。あっという間に事業を軌道に乗せたのよ」マリー＝クリスティーヌがテーブルの向こう側の夫に投げキスをした。「不可能を可能に変えてしまう人だから」

「〈エレヴァージュ〉の再建はさほどむずかしくはなかった。たいへんだったのは、軌道に乗ってからです。牛の頭数を増やさなくてはならなかったし、配送するための冷蔵トラックもたくさん購入する必要があった。そのためには銀行や金融界とのパイプを太くしておかなくてはならない。〈エレヴァージュ〉は未知の段階に突入したんです。マリー＝クリスティーヌがいなければ、ここまでこぎつけることはできなかった」ヴィエノーは妻を称えるようなまなざしで見つめ、投げキスのお返しをした。

甘い感傷にひたる二人に向かってアレクサンドルがなにをいい出すのか、カプシーヌはひやひやしたが、彼の関心は衰えていなかった。「急成長で品質が犠牲になるというリスクは？」

「さすがジャーナリストですな。確かに困難な挑戦でしたが、ほかに選択肢がなかった。よその一流の牧場がつぎつぎに事業を拡大して価格の引き下げをはかり、このままではわが社は競争から取り残されるという状況でした。生き延びるには事業の成長が欠かせなかった。そして品質面でもわたしたちは成果を出すことができたのです」ヴィエノーは誇らしげに〈モロク〉の大きな一切れをフォークで刺す。

アレクサンドルがにっこりした。「ヴィエノーのビーフといえば、まぎれもなくベンチマークです。フランスのトップクラスのレストランは軒並みおたくから購入しているでしょうな」

「お子さんのご予定は？」マリー＝クリスティーヌがカプシーヌにたずねた。

「先日、ニューヨークのシェフのジャン＝バジル・ラブルースと電話で話したばかりですが、おたくの牛肉が恋しいといっていましたよ」アレクサンドルが話を続けた。

「絶対に欲しいわ。ちかいうちに、とわたしは思っているんだけど」カプシーヌが内緒話をするように微笑む。「あなたは？」

「彼がパリで経営していた〈ディアパソン〉にはいまも引き続き納めていますよ」

「わたしはいますぐにでも欲しいくらい。でもね、それは無理なの。とても残念だけど」

「彼はニューヨークの水が合っているようですね。《ニューヨークタイムズ》紙が彼の新しいレストラン、〈オーバドゥ〉に四つ星をつけているのを見ましたよ」ヴィエノーがいう。「すっかり気に入っているようですよ。しかしパリを恋しがってもいる。おたくの牛肉が使えないので途方に暮れるとぼやいていた。アメリカの牛肉は味はいいが、なにか欠けていると――そうだ、〝官能的な食感〟と彼は表現していたな」

「ロイックは欲しがっていないの？」

「欲しがっているわ。でも無理なの。精子の数が少ないから」

「誤解を与えがちな表現ですが、この業界でよく使われています。アメリカのビーフの食感が物足りないのは、成長ホルモンの投与量に関係しています。少量であれば畜牛にはめざましい効果があるのですがね。ＥＵの規定により使用が認められていないので、われわれは使えないのです。うちの牛肉のやわらかさはノルマンディの牧草がつくり出すものであって、化学物質によるものではありません」

「そのことは触れてはならない秘密なの」マリー＝クリスティーヌはさらに続ける。「ロイックはひた隠しにしているわ。〈エレヴァージュ〉の評判に傷がつくと信じているの。雄牛の評価が下がることを心配している。男の人ってそんなものなのね」

「この件に関してはＥＵの措置は妥当だったな。ああいうホルモン剤の副作用を考えるとね」

「養子は考えていないの？」

「わたしは強く望んでいるわ。でもきっとロイックは賛成しないでしょうね。わたしがその話をしても全然きいていないもの。あなたは養子を迎えたい？」

「もちろんいいとも。きみが望むものならなんでもオーケーだ。請求書はわたしのところに送らせればいい」

　ヴィエノーは、ＥＵの食品規制についてアレクサンドルとの議論のペースをまったく崩すことなく妻に返事をした。

24

カプシーヌはいらだちをこらえきれず、テーブルにナプキンを叩きつけた。これはもう朝食をとるなということなのか。いっそ自室で板チョコでもかじっていればいいのだろうか。またもやゴーヴァンがやってきて、意味ありげに耳打ちしたのだ。

「伯爵夫人《マダム・ラ・コンテッス》、警察からです！」真に迫った口調だった。彼がシャトーの裏に青いロードスターを用意して、これで逃げろといいだしても疑わなかったかもしれない。

クロークルームでカプシーヌは受話器を取り上げた。イザベルが猛然と話しだすものと予想していたが、きこえてきたのは男性のきびきびした声だった。ル・テリエ警視ですかと確認し、こちらが肯定すると、しゃちほこばった口調でペルティエ警視と代わりますのでお待ちくださいと告げる。そのまま気配が途絶え、どんよりとした沈黙が続き、長く待たされそうだった。刑事司法警察局はこういう時に明るいメロディを流すような気配りは持ち合わせていないらしい。

おそらくいい知らせではないだろう。そんな直感がはたらいた。カプシーヌはクロークルームの懐かしいにおいに包まれながら、いつしか子ども時代へとタイムスリップしていった。

バブアーコートにかける甘いワックスのにおい、散弾銃の銃身の手入れに使うコンパウンドはさらに甘いバナナのようなにおい。濡れたウールと腐葉土のにおいが入り混じって生まれるにおい。熟成が少し進み過ぎたカマンベールのかすかなにおいの元を辿ると、壁に沿って堅苦しく並んだ古いウェリントンブーツに行き着く。いつしか十二、三歳の頃に戻っている。ジャックに追いかけられてクロークルームに駆け込んだ。彼が甲高い声をあげてカプシーヌのあばら骨をくすぐり、たくさんかかっているコートのほうにぎゅうぎゅう押し込んで……。

「もしもし《アロー》、もしもし《アロー》？　カプ！　きこえるかい？」

「ダミアン、ごめんなさい、受話器を置きっぱなしにしていたわ」

「いや、こちらこそ待たせてすまん。相変わらず取り込んでいてね。昨日の午後の人事委員会できみの要望について話してみたんだが、予想通りの反応だった。例のごとく、憲兵隊のやる気を引き出せ、部局間の摩擦を避けろ、といった調子だ」彼がそこで押し黙る。彼の背後で話し声がする。

「カプ、このまま切らずにいてくれ。こっちを片づけるから。ほんの数秒だ」またもや墓地のように静かになった。

　やっぱりね。カプシーヌはひとりごとをつぶやいた。ジャックの影響力は及ばなかったのだ。いったん電話を切り、ペルティエに余裕ができた時にかけ直してもらおうかと思った時、ローデンのマントが目に留まった。十代の頃に愛用していたものだ。すっぽりくるまって漫画のスーパーヒーロー気分になるのが好きだった。ハンガーからマントをするりと外し、肩にかけてみた。オークでできた古風なハンガーは、おそらく百年以上前から鋳鉄製のバーにこうしてかかっていたにちがいない。このままずっとクロークルームで過ごしたくなった。ゴーヴァンは折りたたみ式ベッドを運び込んでくれるだろうか。

「カプ、カプ！　いるのか！　くそ！　もしもし。もしもし！」

「ごめんなさい、いるわ」

「どこまで話したんだったかな？　そうだ。委員会はふたつの事件に関してきみが〝特別な見識〟を持ち合わせていると判断した――」彼は皮肉たっぷりにその言葉に力を込める。「だから憲兵隊から事件を取り上げて、きみを担当につけることにした。そういうことだ《ヴォワラ》」

彼がそこで間を置く。「まだなにかあったかな」彼が書類をめくる音がきこえる。「ああ、そうだった。地元の憲兵隊には、きみに全面的に協力せよという指示がいく。もちろんきみのほうも彼らと協力し連携する姿勢をとる必要がある」彼はそこでぐっと言葉に力を込める。「つまり、憲兵隊をあまり怒らせるなということだ、本部は苦情などききたくないからな。頼むよ。ええとそれから、ああそうだ、きみの休暇は取り消しとなった。遡って……」またもや書類がカサカサいう音がきこえた。「先週の月曜日付けで取り消しだ。以上だ」

「最初の事件については？」カプシーヌがたずねた。

「最初の事件？」ペルティエがきき返し、さらに書類をめくる音がした。「鳥猟で人が撃たれた件か？　単なる事故であるはずがない。したがって議題にするまでもなかった。カプ、ここからは完全にオフレコの話だ。きみにひとことといっておきたい。

〝特別な見識〟という言葉が本部においてどのような意味を持つのか、わたしなりに翻訳してみよう。それはつまり、きみが裏で糸を引いたということだ。きみが具体的にどういう方法をとったのかは知らないし、知りたくもない。ただ、わたしはひじょうにがっかりした。警視の研修でいっしょだったきみは真の警察官というにふさわしい高潔さを備え、わたしはたいへんに感銘を受けた。わたしだけではない。全員が同じ思いだった。そのきみがこのような愚かな手段をとるとは。なにをもくろんでいるのかは知らないが、警察官としてあるまじきふるまいだ。まるで腐敗した政治家じゃないか」

彼がいらだちをぶつける。ふいにクロークルームの空気が耐え難いほど暑く感じた。カプシーヌはマントをいきおいよく脱いで廊下に飛び出した。

25

ひびの入った大理石の冷たいタイルの上を滑りながら止まる。深いところまで潜りすぎたダイバーがやっと水面に浮上したように、カプシーヌは大きく息を吸い込んだ。人生とはなんとも皮肉で無情だ。疎遠となっていた一族がようやく受け入れてくれたと思ったら、新しい仲間から平手打ちを食らうとは。でも、めげたりするものか。くよくよしても始まらない。腹立ち紛れに地団駄を踏んでいると、廊下のテーブルに大きなピクニックバスケットが置いてあるのに気づいた。オディールが用意したランチだ。赤いチェックのナプキンをかぶせ、紐でしばってある。ナプキンの下からトゥーレーヌのボトルが二本、長い首を突き出しているさまは、荷馬車で市場に連れていかれるガチョウのように見える。すっかり忘れていた！そうだった。アレクサンドルといっしょにキノコ狩りに行く予定だった。沼から立ちのぼる有毒ガスが太陽の光に当たって溶けて消えるように、カプシーヌのふさいだ気持ちがすっと明るくなった。きっとすばらしい一日になる。前回よりも、もっとおもしろくなるにちがいない。

しかし同じキノコ狩りといっても、前回のようにはいかなかった。ヘラクレイトスもいっているではないか、同じ川に二度入ることはできない、と。

楽しむための準備は万端だった。アレクサンドルはアメリ伯父のリキュールがしまってある戸棚から発掘したシングルモルト・ウィスキーをステッキにたっぷり仕込んでいた。オディールのピクニックバスケットはいつもの通り気前良くたっぷり入っている。それでも前回遠出した時の楽しい気分が湧いてこないのだ。雄ジカが飛び跳ねて登場しても、それを追ってアンティークな格好で馬に乗った人々があらわれて邪魔されても、むしろ歓迎しただろう。

いっしょにコーヒーとカルヴァドスを飲んでいると、アレクサンドルがたずねた。

「だいじにしていた水飲み場を泥で濁すことを心配しているんだろう？」

「心配に決まっているわ。あなたとジャックは悲観的なことばかりいうし」どうしても言葉の端々にいらだちが出てしまう。ジャックといつの間にそんな話をしたのかとアレクサンドルが不思議がっている。でも彼をはぐらかす気力すら湧かない。いっそ喧嘩になってもかまわない。アレクサンドルは呑気な様子でバスケットのなかに残っていたランチを平らげてしまうと、空き地の周囲を丹念に調べ始めた。カプシーヌはなにかに没頭したくて彼について歩き、ディアハウンドの子犬があたらしいにおいを夢中になって辿るように動きまわった。ひとりで外れのほうまで移動し、平たいかさの美しいキノコの小さな塊を見つけた。ヨットマンが好んで穿くズボンのような色あせたれんが色をしている。

「カプシーヌ！　ちかづくな！」アレクサンドルの鋭い声が飛ぶ。

その声でカプシーヌはびくっとした。アレクサンドルは毒へびでも見つけたのだろうか。

こんな北には毒へびはいないはずだが、もしかしたらということもある。

「絶対にそれにさわるな」アレクサンドルが後ろからやってきて彼女の両腕を押さえた。

「あれはキノコの世界の大悪党ベニテングダケだ。危険で、予測不能な幻覚を引き起こす。ふつうは消防車みたいに真っ赤だが、これはおそらく雨で洗われたにちがいない」

十五分後、カプシーヌはベニテングダケとそっくりなキノコを見つけて用心深く後ずさりした。同じ形で、頂上部はくすんだオレンジ色だ。ベニテングダケのあせた赤とよく似ている。

「それはだいじょうぶだ」アレクサンドルが一本抜いてにおいをかぐ。「タマゴダケ。シーザーの好物だ。たぶんまちがいない。オディールに頼んで明日の朝食のオムレツに少し入れてもらおうじゃないか。ロシアンルーレットってやつを一度試してみたかった」


帰り道に最初に立ち寄ったのは、もちろん薬局だ。店頭には誰もいないが、奥の作業場で人の気配がする。おそらくオメーがいそぎの処方箋の薬を調合しているのだろう。数分待っても彼が顔を見せないので、アレクサンドルが大きな声で呼んだ。「奥にいるのかい？」オメーのせっかちな声がきこえた。「あと少しです《ミニュット》！　すぐ行きます」彼が悠然とあらわれたのは、さらに五分ほど経ってからだった。

「やあ《ヴォワラ》、どうも《ヴォワラ》！　どういったご用件ですかな？」

アレクサンドルがバスケットを差し出し、キノコを鑑定してもらいたいと頼んだ。オメーはピンセットで興味なさそうに突きまわし、タマゴダケをひとつを持ち上げて目を凝らした。

「ベニテングダケではない。あきらかにタマゴダケです、掘り出し物ですよ。ちゃんと見分けがついているようですな」彼が腕時計をこれ見よがしに確認した。重そうな金色のロレックスだ。「今日はこれで。もう店を閉めなくては。夕食に司祭《プレスビテル》を迎える予定なので」

「司祭と食事ですか」アレクサンドルは皮肉っぽい笑みを浮かべる。

「ええ、司祭といっしょに。決まっているじゃないですか。それからマダム、わたしの腕時計に興味がおありのようですが」彼はむっとした様子で片腕をあげてカプシーヌの目の前に腕時計を示す。「期待を裏切るようですが、これは本物ではない。リヨンで買ったイミテーションです。昨年セネガル人の露天商から手に入れました」彼が乾いた笑い声をあげた。

　店から出ると、カプシーヌはアレクサンドルにたずねた。

「いったいどういうこと？　あなたの質問の意味がわからないわ。このあいだは新聞のこと。今日は司祭がどうかしたの？」

　アレクサンドルが噴き出した。「やれやれ、しかたないな。すっかり現場の警察官として板についてきたようだ。そのうち、りりしい無精髭を見せびらかすようになるんだろうか。フローベールを忘れたか。『ボヴァリー夫人』の薬剤師だ。それまで村の医者みたいなことをしていたのに、本物の医師つまりエマの夫がやってきたのでおもしろくないと思っている人物だ。彼はインテリぶるのが好きで、《ルーアンの灯火》という新聞にだらだらと記事を書いた。その薬剤師の名前がオメーだ」

「それくらいおぼえているわ。ただ、そんなふうに見ていなかっただけ。じゃあ、司祭についてきいたのは？」

「おお、忘れてしまったか。フローベールが描いたオメーは過激な無神論者だった。村の司祭は最大の敵だ。たがいの存在が許せない彼らが夕食をともにするなんてありえない」

「腕時計はどういう意味なのかしら？」

「さあ、どうだろうな。確かにあれは奇妙だ。ともかく、フローベールのオメーがイミテーションの金のロレックスをしていなかったことは確かだ」

つぎに立ち寄ったのはパン屋《ブランジエリ》だった。お目当ては焼きたてのロールパンだ。田舎のパンといえば、まずは巨大なパン・ド・カンパーニュ。村人たちはこれを棚にしまっておいて食事のたびにポケットナイフでスライスして食べる。このサン・ニコラのパン屋では、グレーズのかかったおいしいロールパンもつくっていて、これはイーストの香りが高くやわらかくてひじょうにおいしい。

パン屋をいとなむ夫婦は昔ながらの職人《メティエ》のやりかただ。店を守るのは女房。亭主は夜じゅう起きてオーブンの番をしているので、昼は寝ている。それがこの夫婦にはぴったりだと口さがない村人たちは噂していた。女房はやせて人情味がなく、高飛車でかたくなだった。亭主はそんな女房が我慢ならない。彼女は髪をヘアスプレーでガチガチに固めたヘルメットのような髪型で横柄な態度でレジの前に陣取っている。雇われた村の娘が客のパンをトングでおずおずと持ち上げて白い紙袋に入れ、女主人が客からお金を受け取るまでしっかりと袋を押さえている。

カプシーヌは娘に感じよく微笑みかけながらロールパンを一ダース注文し、パン屋の女主人に支払いをしようとちかづいた。ちょうどその時、カウンターの奥のドアがあいて、起きたばかりと思われる亭主が顔をのぞかせた。眠そうな顔で店の様子と厚板ガラスの外の通りを見た後、彼は「ボンジュール、ムシュダム」とつぶやいて軽く会釈し、住居のほうに引っ込んだ。ドアはそのままあけっぱなしなので居間がまるみえだ。よくありがちな大き過ぎるテレビ、追いつめられた雄ジカを描いた絵の複製が数枚。これはすっかり褐色がかっている。さらにそびえるように高いがっしりしたマホガニーの本棚。安っぽいプラスティック製の写真立てに入った家族の写真がたくさん飾られている。本棚を意外に思ったカプシーヌは身を乗り出して本の背表紙を読もうとする。パン屋の女房はよほど気に障ったのか、ドアを荒々しく閉めてカプシーヌを睨んだ。

「マダム」きつい声だった。「そんなふうにじろじろのぞくのは失礼でしょう。いくら捜査する権利があるからって、うちの商売の邪魔をしてもらっちゃ困るよ。うちの持ち物を調べたいなら、ちゃんと約束してから来るのが筋だろうに」

店に入ってきたカップルがカプシーヌの背後でなにかつぶやく。おそらく女主人に加勢しているのだろう。

26

パン・ド・カンパーニュの厚切りをトーストしたものに農場で手作りされた塩のきいたバターをたっぷり塗り、オディールの手作りのほろ苦さのあるチェリー・ジャムをこれまたたっぷりのせる。カプシーヌは満足の小さな吐息をもらし、そっとあたりを見回し、邪魔が入らないのを確認した。

トーストの端から垂れるジャムをなめて、ひとくち目を食べようとしたちょうどその時、いまわしい言葉がきこえた。

「伯爵夫人《マダム・ラ・コンテッス》、お電話です」

「誰からなの、ゴーヴァン？」

「ムッシュ・ヴィエノーです。さしでがましいかもしれませんが、たいへんな剣幕です」

電話口に出ると、たしかにヒステリーといってもよさそうなヴィエノーの声だった。

「カプシーヌ、ロイックだ。とんでもないことが起きてしまった。そちらにいって話ができるだろうか？」

「ええもちろん。午前中はずっといるわ。それとも昼食をいっしょにいかが？」

「いや、昼食は結構。すぐにそちらに向かう」一呼吸置いて彼が続けた。「ありがとう」ぎこちないいいかただった。

カプシーヌが朝食に戻ったところで、正面玄関のドアノッカーの重々しい音がした。ゴーヴァンが廊下を小走りであけにいくと、戸口にヴィエノーが決まり悪そうに立っている。髭を剃っておらず、アルコールのにおいを漂わせて。シャトーの車寄せのあたりから携帯電話をかけていたにちがいない。

プティサロンに通されると彼はコーヒーを断わり、代わりにカルヴァドスをもらえるだろうかと恥ずかしそうにたずねた。ゴーヴァンが銀の皿に小さなクリスタル製のデカンタと指ぬきほどのサイズのワイングラスをのせて運んできた。デカンタには濃い茶色の液体がたっぷり入っている。ヴィエノーはグラスのサイズを見て顔をしかめ、続けざまに二杯飲み干した。深呼吸をして身震いし、自分でお代わりを注いで親指と人さし指でグラスを持つ。

「絶望している。マリー＝クリスティーヌが出て行った」

カプシーヌは彼を見つめ、続きを待つ。

「この数日、彼女はいつにも増してやさしかった。だから安心した矢先だった。ジェルリエの死後、わたしはそれまでより遅くまで〈エレヴァージュ〉にいるようになって、帰宅が遅いことがよくあったんだ。夕飯などすっかり忘れていることもあった。マリー＝クリスティーヌはそのことでとても腹を立てていた。当然だろうな。そして彼女は少しずつ――なんと表現したらいいのか――少しずつよそよそしくなっていった。しかし今週末、態度が変わったんだ。思いやりにあふれて、深い愛情を感じた。くっついて離れないといっていいような」

ヴィエノーはすがるようなまなざしでカプシーヌを見る。少年のような表情に、彼女は微笑んでうなずいた。

「ところが、昨夜帰宅したら彼女が涙を流していた。ずっと酒を飲んでいたらしい。どんな言葉をかけても慰めてやることができない。とにかく彼女を落ち着かせようと思った。それで何時間も話をした。手当たり次第になんでも。しかし、けっきょくはどうでもいいことを――自分たちのこと、彼女の両親のこと、そして子どもを持てなかったことについても。そうしたら彼女は手をつけられないほど泣きじゃくってしまった」彼は罪悪感に苦しんでいる表情だ。「その後、落ち着いたように見えた。嵐は過ぎ去ったと思った。彼女のためにハーブティーをいれ、昨年自分用にオメーからもらった睡眠薬を彼女に一錠呑ませ、ベッドに入れた。寝入るまでそばについていた。彼女はなかなか寝つけなかった。しきりに寝返りをうってずっとうめき声をもらしていた」ヴィエノーは小さなグラスでもう一杯カルヴァドスを飲んだ。

カプシーヌは無言のままだ。

「妻が眠った後、少し飲んだ。気持ちの動揺が収まらなかった。床についたのは、ずいぶん遅い時刻だった」

彼がカプシーヌを見つめた。ここからは、さぞかし話しづらいにちがいない。

「目が覚めると、妻の姿はなかった。枕にこの書き置きが残っていたんだ」

ヴィエノーが紙を一枚わたす。とても厚く、一番上は彼らの苗字を手彫りした版で印刷されている。フランス式のマナーに従って文字を外側に出して便せんを四つ折りにしている。

いとしいあなたへ

直接お話しするのではなくこういう形でお伝えするのは、わたしの臆病さゆえではありません。あなたを愛しているからです。あなたを前にすれば、やると決めたことを実行する勇気がきっと出ないでしょう。

わたしはパリに移ります。最初の数日間は姉のところに身を寄せ、その後は、一人で暮らす場所をさがします。あなたを一人にしたくてこんなことをしているのではないのです。わたしといたらあなたは駄目になってしまうから。わたしがしがみついたままでは、いくら力強いあなたの翼でも、ふたりいっしょに飛び立つことはできないでしょう。

どうかわたしをゆるしてください、悪く思わないで。

あなたを永遠に愛します。

愛を込めて

マリー゠クリスティーヌ

「どう思う？」ヴィエノーがたずねる。

「お姉さんに電話は？」

「もちろんかけた。起きてすぐに。マリー＝クリスティーヌはいた。しかし話せなかった。眠っているから、と義姉にいわれて。おそらく、あの睡眠薬を彼女は吐き出して、わたしが床につくのを待ってから車を運転してパリに行ったんだろう。驚いたことに、妻の服がごっそりなくなっていた。わたしが帰宅する前にすでに荷造りして車に積んであったにちがいない。周到に計画を練っていた、ということか」

「その可能性はあるわね」

「カプシーヌ、きいてほしい。警察官としてのきみに頼みたいんだ。こうなったら警察の力で連れ戻してもらうしかない。それにはどうすればいいのか教えてもらいたい」

「警察にはそういう権限はないのよ。ただ、友人としてならアドバイスできるわ――女性としてね。彼女がいま苦しんでいることに、一人きりで取り組ませてあげて。それが、あなたにできる最善のことよ。干渉すれば、よけいに追いつめる」

「きみはわかっていない」ヴィエノーの声がうわずっている。「妻は病人だ。この手紙からは自殺の意思がうかがえる。『わたしがしがみついたままでは、いくら力強いあなたの翼でも、ふたりいっしょに飛び立つことはできないでしょう』これを読めば不安でたまらなくなる」

「確かに、彼女はとても混乱しているわ」

「だから警察の介入を頼みたいんだ。きみから警察官に命じて、彼女に医療機関を受診させることはできないか？　妻の精神状態は極限にある。助けが必要なんだ。きみは警察内で強い権限を持っているときいている」

「ロイック、警察が関与するのは、法律違反があった場合だけよ。このケースはそれにはあてはまらないわ。こうした事態にはふさわしくないの。時間が解決するのに任せましょう」

「だめだ。それではだめなんだ。どうしてわかってくれない。わたしにはマリー＝クリスティーヌが必要なんだ。彼女がいなければなにもできやしない。どんなに順調な時でも、彼女がいなければわたしは役立たず同然だ。まして、いまはこんな時だというのに。ジェルリエが〈エレヴァージュ〉のためにどれほど貢献してくれていたのか、いまようやくわかった。終日〈エレヴァージュ〉で働いても、まだ仕事が終わらない。いいか、カプシーヌ。これは決しておおげさにいっているわけではない。父から事業を継いで以来、先月は最大の損失を記録した。さいわい金額はさほど大きくはなかったが。赤字にはちがいない」

彼がテーブルに両肘をつき、両手に顔をうずめる。

「どうしたらいいんだ？」まるでテーブルクロスに問いかけているようだ。頭をあげ、またもや小さなグラスでカルヴァドスを飲み干した。「もっと大きなグラスはないのかな？」

27

小さな家をひとめ見ただけで、未亡人となったリゼット・ベレクの穏やかな暮らしぶりが伝わってきた。湖のシカ狩りで彼女の夫ルシアンの命が暴力的に絶たれたのはわずか二週間ほど前だが、両隣と壁でつながった漆喰仕上げの細い家は、すがすがしいほどのこざっぱりした雰囲気だ。

ドアのノッカーは古い蹄鉄を溶接で鋳鉄の蝶番につないだもの。それを鳴らすとすぐにドアがあいた。ベレク未亡人――この先彼女は村でそう呼ばれるのだろう――は怯えたような表情を浮かべ、不安げに両手をこすりあわせ、エプロンでぬぐった。

「マドモワゼル」ほとんどため息のような声だ。「きっといらっしゃるだろうと思っていました」そこで一呼吸置いて、彼女が続けた「あら、いけない。いまは伯爵夫人《マダム・ラ・コンテッス》とお呼びしなくてはね。でもわたしにとってあなたはずっとマドモワゼルでしたから。憶えてはいないでしょうけれど、あなたがまだ小さかった頃、わたしはシャトーの厨房で働いていました」

カプシーヌは一瞬、うろたえた。「ええ、憶えています。食器洗いの合間にお菓子の焼き方を教えてもらったことも。いっしょに片っ端からケーキを焼いたわね。忘れたりしないわ」

カプシーヌは家のなかに招き入れられた。間口が狭く細長い家だ——そう遠くない昔、両側の家のあいだの小道にこうして家を建てたのだろう。とても狭い居間にはダイニングテーブルと椅子が六脚、背もたれの高い長椅子が空間を取り合うように置かれている。箱型のテレビが一台。大きな丸いダイヤル式のチャンネルに数字がふってある旧式のタイプだ。そのテレビがテーブルのいちばん端に居座っている。家族が肘と肘をくっつけるようにしてテーブルを囲み、チカチカするテレビの画面を視界でとらえながら食卓での会話も弾んでいる様子が想像できた。ひとつだけある窓からは、家の幅と同じ一ヤードの細長い庭先が見える。脚のついた台に置かれた金網の檻があり、肩ほどの高さのその檻のなかでたくさんのウサギがものうげに動きまわっている。その先は家庭菜園だが、冬を迎えるこの時期、すでに今年の収穫はすべて終わっているようだ。

「とても穏やかに暮らしていらっしゃるのね、ほっとしたわ」カプシーヌがいう。

「はい、マドモワゼル。夫のおかげです。神様に感謝しています」彼女はすばやく十字を切り、テレビの上の壁にかけた十字架を見上げた。「むずかしい人でしたけれど、甲斐性はありましたから」

「お気の毒だったわ。ご主人について少しきかせてもらいたいの。あんなふうに亡くなったので、いろいろ知っておきたいんです」

リゼットが鼻を鳴らす。「彼を気の毒だなんて思わないわ。〈エレヴァージュ〉でいいお給料をもらっていたけれど、わたしにも家にもびた一文使おうとはしなかった。見ればおわかりでしょう。郵便貯金の口座には思った以上に貯まっていたわ。だから同情なんか無用です。両肩から重しが取れてせいせいしているの。いちいち説明しなくても、よくおわかりですよね。だって結婚していらっしゃるんですもの。男というのがどんなものか、よくご存じでしょう」彼女はそこで一息ついて、続けた。「お茶でもいかがですか？　いまちょうどいれようとしていたところです」

花模様のついたティーポットはとっておきのものにちがいない。お茶を注いでもらったところで、カプシーヌはさりげなく彼女の夫へと話題を戻そうとした。

「あまり幸福な結婚生活ではなかったようね」

いったとたん、カプシーヌは悔やんだ。ここはサンジェルマンのパーティーではないのだから言葉に気をつけなくては。

リゼットは理解不能という表情で彼女を見つめている。

「わたしは女としての務めをちゃんと果たしましたよ。最初に結婚を申し込んできた男性と結婚したんです。結婚すれば家庭を持つことができるし、安いお手当で一日十時間働くこともない。狭くて凍える屋根裏部屋で寝なくてもすむ。どんな目にあうとわかっていたとしても、やはり結婚を選んだと思うわ」

「ご主人から暴力を？」

「いいえ、べつに。まあ、妻としていわれなき暴力は受けなかったわ」賢いいいまわしをしたと自慢するように彼女は笑った。「結婚なんて、そんなものですよね。夫は仕事が終わるとカフェに行ってすっかり酔っ払って帰ってくる。その時に熱々のおいしい夕飯ができていなければ怒鳴って悪態をついた。それからテレビの前に座り込んでビールを飲んでいるうちに眠り込んでしまう。だからベッドまで連れていくんだけれど、その時にも罵られる」彼女がそこで黙り込んだ。記憶をたぐり寄せているのだろう。

「まだ若かった頃はずいぶん夫としての権利を主張したものです。いくら男性でも、度が過ぎるのではないかと思うほどひんぱんにね。こちらの意思などおかまいなし。そしていつもとても乱暴だった。何度も出血したわ。やめてくれなんていおうものなら、思いきり殴られた。ちょっとなにかをまちがった時に軽い平手打ちをするのとはわけがちがう。彼が年を取って、もうそういうことが無理になったら、それはもううれしくてね」

彼女は十字を切り、十字架に視線をやり、それから声をあげて笑った。たっぷりと皮肉を込めた笑い声だ。

「彼の友人についてきかせて。どんな人たちとつきあっていたのか、彼らとどんなふうに過ごしていたのか」

「マドモワゼル、男ってものをあなたもご存じですよね。彼が友だちと会うのはカフェだけでした。だからわたしには知りようがないんですよ。まともな女性はカフェなんぞに行きませんからね。いまどきは、化粧をしてめかしこんだふしだらな若い女がぞろぞろ行くようだけど。いったい世のなかはどうなっているんだか。夫は冬には狩りに、夏には釣りに行ったわ、男たちはみんなそう。夫の友人を女房が詮索するなんて、いらぬことですよ。どうせ〈エレヴァージュ〉でいっしょに働いている人たちでしょう。決まっているわ。村の男の半分はあそこで働いているんですもの」

「ご主人に敵がいた、ご主人の死を望むような人物がいたという可能性は？」

「敵のひとりやふたりはいたでしょうね。男ってそういうものだから。でも死んでしまったらもう知りようがない。このわたしを除いてはね」愉快そうにクスクス笑っていた彼女が、いきなり険しい表情になった。よほど嫌なことを思い出したのだろうか。「ということは、ちがっていたんですね。ダルマーニュ憲兵隊長がいっていたことはほんとうではないということ？　税金のことではないのね」

「ダルマーニュ隊長がここにきたの？」

「ええ。つい先日。あなたと同じように夫について質問されました。そして帰りぎわに、あなたが税務署の仕事をしにきていると説明したんです。わたしが相続した遺産を取り上げようとしているとね。でもそんなはずないと思っていました。あのダルマーニュ隊長は嫉妬しているのよ。まったく警察官ときたら、あきれてしまう。あらごめんなさいね、マドモワゼル。あなたも警察官だそうね。それはほんとうなの？　わたしはもうなにを信じていいやら、わからないわ」彼女はまた十字を切り、さきほどよりもうやうやしいまなざしで十字架を見た。

「わたしはパリの司法警察の警視《コミセール》なの。さいわい税金とはいっさい関係ないわ」

なにげなく十字を切ろうとしている自分に気づいてカプシーヌはあわてて手をおろした。こういう習慣は人から人にうつるものらしい。〝しっかりしなさい〟と自分自身にいいきかせた。

28

年を取るにつれて本質が顔にあらわれるように、いつしかクロークルームはちがう表情を見せるようになった。コントの舞台といってもいいようなこの空間を、幼い日々と十代前半の思い出に浸れる場所くらいにしか思っていなかった。でもいまはちがう。現在という時間からの避難場所だ。なくてはならない空間だった。

カプシーヌがクロークルームのドアを閉ざしていれば、決して邪魔をしてはならないという暗黙の約束は、いまやモーレヴリエじゅうに知れわたっているにちがいない。この閉ざされた空間でカプシーヌはあまりにもレトロなダイヤル式の電話の受話器を握り、ロイック・ヴィエノーの自宅の番号を難儀してまわした。

「もしもし」ヴィエノーの不安げな声だ。

「もしもし、ロイック。わたしよ、カプシーヌ。おはよう」電話線を通して温かい微笑みが伝わることを願った。

「なにか情報でも?」ヴィエノーが必死に声を抑えているのがわかる。

「いいえ。残念ながらいまのところはまだ。ほかのことで電話したの」

「じつはようやく彼女に連絡がついた。苦労したが、うまくいったんだ！　昨日は義姉のところに電話をかけ続けた。いっこうに取り次いでくれないし、しだいに邪険な応対をするようになった。だから今朝、ちょっとばかり策を弄したんだ。義姉が出勤するのはわかっているので、それまで待って、うちの経理部長の携帯電話を借りた。携帯電話ならどれも同じ局番だからね――ゼロ、六だったかな？」同意を求めるように彼がそこで一呼吸置く。

「ええ、そうね」

「そう。それで妻がいるアパルトマンに電話してみた。そうしたら彼女が出た。こちらが誰かも知らずに」なんと子どもじみた真似をしたものだろうと、カプシーヌはあきれた。

「マリー＝クリスティーヌはなにかを話そうとしましたか？」

「そこなんだが、彼女はわたしとは話したがらなかった。時間が必要なんだそうだ。あぜんとした」

「それで？」カプシーヌは気持ちが重たくなる。ディナーに招待した客がすっかり酔っ払ってしまい、午前三時にタクシーに乗せようとしているような気分だ。

「わが家のかかりつけのルーアンの医師に電話して、マリー＝クリスティーヌの状態について相談してみた。がっかりしたよ。きみとまったく同じことをいうんだ、彼女をひとりにして、自分で自分の問題に取り組ませてやれと。まったく理解できないよ。誰も彼も、どうしてわかろうとしないんだ。マリー＝クリスティーヌにたいへんなことが起きているというのに。彼女はあきらかに病気だ――」

カプシーヌが口を挟んだ。「ロイック、あなたにアドバイスをもらいたくて電話したのよ」

「アドバイス？」

「ええ、ルシアン・ベレクが〈エレヴァージュ〉で親しくしていた人を知りたいの」

「ルシアン・ベレク……ああ、撃たれた人物か。気の毒だったな。彼について知りたいなら、主任がいいだろう。ピエール・マルテルという男だ。まえにきみを案内した人物だ、憶えているかな？ 彼ならここの人間のことをよく知っているし、牧場についてもくわしい。正面のゲートで彼に取り次がせればいい。わたしも立ち会おう。ただ、今朝はルーアンで銀行との会議があるんだ。それで、ものは相談だが、きみから医者に電話して話してもらうことは――」

カプシーヌは電話を切った。おそらくヴィエノーはおかまいなしに延々と話を続けているにちがいない。


警備員に取り次ぎを求めると、すぐにマルテルがやってきた。相手がカプシーヌと気づいたとたん、男性優位を示す古典的な威嚇のポーズをとった。両脚を広げ、両手の親指をベルトにひっかけて股間を手のひらで囲んで誇示している。そのまま彼女を睨みつけ、話しかけようともしない。

「ムッシュ・マルテル、ルシアン・ベレクについていくつかおたずねしたいことがあります」

「応じる義務はないはずです。もう警察の事情聴取は受けていますから。とっとと帰ってください」

「もう事情聴取を受けた？」

「きこえなかったのかな。いまそういったでしょう。このあいだ憲兵隊がやってきて、いうべきことはすべていいましたよ。だからこちらとしてはもう義務は果たした」

「憲兵隊が、シカ狩りで亡くなったルシアン・ベレクについて事情聴取？」

「そうです。わざわざダルマーニュ憲兵隊長がきましたよ。きかれたことはすべて話した。これでもういっさいなんの質問にもこたえなくていいといわれたんだ。彼はボスなのだから、ほかの誰がきてもこたえる必要はないとね」

「ダルマーニュ隊長はデモで亡くなったクレマン・ドヴェールについてもきいたのかしら？」

「きかれた内容をいうつもりはありません。ただ、隊長はこういっていましたよ。あなたがコソコソかぎ回っているのは、パリの警察官で、ここではなんの権限もないのだと。あなたは納税申告をごまかしている人間をつきとめるのが目的で、〈エレヴァージュ〉にトラブルを起こそうとしているそうじゃないですか。べつに口止めされたわけではないが、こう見えてもそのくらいの判断はつくんでね」彼はさらに足の間隔を広げ、ベルトにひっかけた親指をさらに食い込ませる。「さっさとこの敷地から出ていったほうがいい。さもなければ、憲兵隊を呼びますよ」彼が蔑むように笑う。主導権は自分にあるのだといわんばかりの表情だ。

そこでようやく合点がいった。人事委員会の直後に刑事司法警察局の有能な誰かがさっそく憲兵隊に連絡を入れて、カプシーヌがサン・ニコラの事件の担当になったと伝えたにちがいない。そしてダルマーニュ隊長にも正式にその旨伝えられたのだろう。そこで彼は即刻行動を開始して、二日間のうちに手を打ってカプシーヌの機先を制したのだ。考えようによっては、彼が腰を上げるきっかけにはなったということか。

29

モーレヴリエでは、朝食にかならず邪魔が入ることになっているのだろうか。カプシーヌがカフェオレに角砂糖を落としたとたん、ゴーヴァンがそっとちかづいてきた。そしていつものように、興奮を押し殺した慇懃な口調で「警察からお電話です」とささやく。こうなったら最初からゴーヴァンに朝食をクロークルームに運んでもらって、そこで済ますしかない。

　電話をかけてきたのは警察署の受付係だった。イザベルがカプシーヌと話したがっている、いまダヴィッドとともにカプシーヌの執務室に向かい、そこでカプシーヌのスピーカーフォンを使うという。カプシーヌは待っているあいだ、テーブルに足をのせて椅子を後ろに傾けた。彼女のふくらはぎをイザベルが惚れ惚れと眺め、靴をダヴィッドがうっとりと見つめていた日々がたまらなく懐かしい。といっても今朝は彼らが見とれるような要素などない。ツイードの古いズボン、淡褐色のカシミアのカーディガンはベルトつきのロング丈。そして角ばったヒールの無骨なウォーキングシューズという出で立ちだ。どれひとつとってもパリには似つかわしくない。司法警察らしくもない。このカーディガンでは、仕事用のピストルを装着することもできない。

いきなりイザベルの耳障りな声がカプシーヌの物思いを破った。

「警視《コミセール》、警視！　きこえますか？」さらに「まったくもう《メルド》。ダヴィッド、この機械、使えないわよ」という声。

「だいじょうぶよ、イザベル。よくきこえているわ。叫ぶ必要はないわよ。ダヴィッド！　元気でやっている？」

「もう一件起きたんです」

「もう一件？　眠り姫の件？」

「その通りです。今回彼女の餌食になったのはジャン＝マリー・ラヴァルです」

「映画俳優の？　六〇年代と七〇年代に剣士のアクション映画に軒並み出たあの人？　まだ生きていたとはね」

「生きてます。ぴんぴんしてますよ。まだ七十代ですからね。健康そのものですよ。昔ほど金持ちではなくなっているかもしれないけど」電話の雑音のようにきこえるのはふたりがクスクス笑う声だ。

カプシーヌも執務室にいたかった。パリが恋しくてたまらない。

「彼はケ・ド・モンテベロにとびきりのアパルトマンを所有しているんです」イザベルが続ける。「ノートルダムの対岸の、ちょうど向かい側あたりです。アパルトマンには長いテラスがあって、どの部屋もノートルダム寺院の方を向いているんです――」

「ちょっと補足説明して。眠り姫はどこで彼を引っ掛けたの？」

「それはもういいました」

「いってないよ、イザベル」ダヴィッドだ。

「わかったわよ、ふん。花市と鳥市をやっているところです、シテ島の。警視庁で勤務していた時に、いつもサンドイッチを買っていたところですよ。わたし知らなかったんですけど、日曜日にはあそこは花がなくて、鳥だけを売っているんですよ」

「パリじゅうの人がそんなことは知っている」ダヴィッドがバカにしたような口調でいう。

「それで、彼女はいつものように気絶したふりをしたんです。市場のいちばん端っこの、あたらしくできた市の自転車スタンドがあるあたりです。一日自転車をレンタルして、どこでも好きなところで返せるってやつですよ」

「あのかわい子ちゃんはたいした度胸の持主にちがいない」ダヴィッドがいう。「あの地点はオルフェーヴル河岸三十六番地（警視庁の所在地）の窓からみおろせる。つまり刑事部《クリム》全体が彼女を見ている可能性だってあったってことです。きっと、われわれが躍起になって彼女を追っているのを知っているんですよ。でもそんなの平気なんだろうな」

「そこへ」イザベルがいう。「ジャン＝マリー・ラヴァルが通りかかったんです。彼はスリムで元気そのもの。髪をジェルで後ろになでつけて、オープンカラーのシャツを着て、いま流行のフレームのない知的なメガネをかけて、そのままテレビ番組に出られるような姿でした。品がよくて、年齢を感じさせなくて――」

「イザベル、その先を話してちょうだい」

「彼は眠り姫が歩道に倒れているのに気づいたんです。どうやら市場で鳥を買った帰りがけだったようです。ミュールという鳥だそうで、ゴシキヒワとカナリアをかけ合わせたものだそうです。どんな鳥よりも美しくさえずるんだと彼はいってました。しかもですよ、この鳥は違法なんだそうです。ラヴァルはこの鳥をキッチンに置いて、さえずりをききながら料理をするのが夢だったんですって」

「その通り、それが彼の夢だったんです」ダヴィッドが口を挟む。イザベルが彼を憎々しげに睨みつけている様子がカプシーヌには見えるようだ。

「その小さな鳥を小さな鳥かごにいれて、さえずりをききながら歩いていたら、眠り姫がぐっすり眠っているところに通りかかったんです。『おやおや、なんとかわいらしいんだろう。このかわいらしい子を連れて帰って元気になるまで面倒をみよう。これはなかなかの名案だ。きっとわたしの小さな鳥と友だちになれるぞ』と彼はひとりごとをいったわけです」

カプシーヌは続きを待っていられなくなった。「それで彼女は三日か四日滞在した後、後ろ足で砂をかけるようにして出ていったのね。なにを持ち出したの？」

「小さなチェストです。真鍮と鼈甲の繊細な象嵌細工がほどこされています。彼はよほど絶滅危惧種に目がないんでしょうね」ダヴィッドがいう。

「ブール・マルケトリーというのよ」イザベルが割り込む。「アンドレ＝シャルル・ブールという人物が始めた技術。彼が活躍したのは十八世紀前半」

「まさかブールのオリジナル作品じゃないでしょうね。本物であればルーヴルに所蔵されるはず。眠り姫の戦果としてはこれまでで最大のヒットね」カプシーヌがいう。

「じつは、そこのところがどうも妙で」ダヴィッドが紙をガサガサさせる音がきこえた。「彼が最初に盗難を申し立てた時に制服警察官が作成した調書《プロセ・ヴェルバル》では、チェストの価値は二万五千ユーロだと彼はいっています。が、彼が契約している保険会社に電話して確認したところ、契約の際に模造品として登録してあるんです。価値は三千ユーロと記載されています。思うに、チェストのなかに金目のものが入っていて、彼はそのぶんだけ価値を吊り上げて保険金を手に入れようとしているんでしょう」

「たとえば、いざという時に備えて大量の札束をしまっていた。なにかおもしろいものがあれば即座にその現金で手に入れて、鼻高々の気分を味わいたいのかもしれないわ」イザベルがいう。

「しかし、当然というかなんというか、彼は告発するつもりはいっさいないんですよね。まいりましたよ。盗難にあったことを証明するための警察の調書さえあればいいらしい。保険会社との交渉用にね」ダヴィッドだ。

「ほんとうに現金が入っていたのなら、なぜ眠り姫がチェストごと盗ったのか興味があるわ。あなたたちはラヴァルからくわしく事情をきいて供述調書を作成してちょうだい。彼女の外見や容貌の特徴について、できるかぎり細かくきき出してね。特に、出会った時にどんなものを身につけていたのか、アパルトマンに残していったものはないか。彼女がどういう内容の話をしたのか、身の上話はしたのか、とにかく捜査に役立つものはなんでも。なるべくはやく逮捕にこぎつけなくては。マスコミが放ってはおかないでしょうからね。つづけざまにふたりも有名人を手玉にとったのだから。さっさと逮捕しなければ、わたしたちがボロクソにいわれる」

これに対してイザベルが猛然と反論した。事件の担当者としての能力を批判されたと受け止めたらしい。

「〝さっさと逮捕しなければ〟ですって。ご冗談でしょう。あの子はまるで怪盗ファントマですよ。いっさい痕跡を残さずにいなくなるんだから。煙のように消えてしまうんですよ。詐欺の腕も完璧で、被害者は告発すらしようとしない」

「あ、いいわね」カプシーヌがいう。「ラヴァルにアドバイスをもらったらいいじゃない。彼は怪盗ファントマを演じて大成功をおさめたのよ。だからきっとすべてお見通し」

受話器を叩きつけるような音とともにスピーカーフォンの通話が切れた。今回はカプシーヌが少々やり過ぎたようだ。

30

子ども心にもカプシーヌは憲兵隊の建物を悪趣味だと思っていた。せっかくの田舎の風景が台無しだ、と。いまでは、あれは小郡の憲兵隊の本部であるとわかっているが、だからといって建物に対する評価は変わらない。サン・ニコラと隣の村の中間にある森のかなりの面積をつぶしてブルドーザーで整地し、コンクリート製の殺風景な塀——七〇年代にほんのいっとき流行った——が続く。壁の向こう側では、コンクリートを打った広大な敷地のまんなかに、ガラスの薬瓶のような奇抜な建物がそびえている。

内部には憲兵隊員たちがひしめきあい、ミツバチの巣箱のようだ。どこをとっても軍の施設にしか見えない。パリッとした青い制服に身を包んだ憲兵隊員たちがさっそうと歩き回っている姿は、毎朝厳しい服装検査を義務づけられているといわれても疑わないだろう。パリの彼女の警察署の様子とは正反対といっていい。癖の強い刑事たちが背中をまるくしてカオスのようになにもかも山積みのデスクに向かっているところをカプシーヌは思い浮かべ、またしても、こんなところでいったい自分はなにをしているのかと嘆いた。

受付のカウンターで警察の身分証を提示し、ダルマーニュ隊長に取り次ぐように告げた。

受付の担当者は椅子に座ったまま気をつけの姿勢をとり、きびきびとした口調でこたえ、カプシーヌにはきこえないように電話で連絡をとった。数秒のうちに、隊長の執務室に案内された。先導する隊員の歩調はあまりにも堅苦しく、まるで行進しているような姿となった。

隊長の執務室は前回訪れた時よりもいっそう整理整頓が行き届いている。デスクの右側には輝く銀の線が何本も入ったケピ帽が置かれ、つばの先端とデスクの端はぴったりそろっている。その隣には茶色の手袋。子ヤギの革でできた手袋はきれいにしわを伸ばし、これまたデスクと正確に平行に置いてある。デスクには薄い公式の青いファイルが一冊のっているだけで、あとはなにもない。

カプシーヌは、『カサブランカ』のルノー警察署長の執務室を連想した。しかしこれが映画のような美しい友情の始まりだとは、どうしても思えない。

ダルマーニュ隊長はこわばった表情で、官給の回転椅子に半ば腰を浮かせるように浅く腰かけている。立ち上がらないまま、デスクの前に二脚ある金属椅子のひとつをカプシーヌにすすめる。

「マダム、わたしに謝罪するためにいらしたんですね」

「なんですって」

「当然でしょうな。先日話し合った二件について、わたしの捜査に不服があるとしてあなたは正式な苦情を申し立てた。それも、陰でこそこそと。そして」彼は一呼吸置き、敵意むきだしの目でカプシーヌを見た。「信頼できる筋からの情報では、公式に却下された後、厚かましくも身内のコネを行使したそうじゃないですか。そんなことをすればわたしのキャリアにどれだけ傷をつけることになるのか、まるで考慮していない。警察官としてあるまじきふるまいです。マダム、あなたが男であったなら、下劣と呼び外に出て腕力に訴えて説明をもとめるでしょう。しかしそうもいかない状況では、ただただ茫然とするばかりです」

茫然とするどころか、彼はすぐさま行動に移している。カプシーヌが銃を構えもしないうちに一斉射撃を二度までも実行した。それでもこんな強気な発言をするとは。どうやら思ったよりも手ごわい相手らしい。

「これはキャリアとは切り離して考えるべきです。確実に正義がおこなわれるように――」

「そう、まさにそうなのです。しかしあなたの干渉によって、この小郡の憲兵隊の信頼性と権威はひどく損なわれてしまった。正義の追求にどれほどマイナスの影響をもたらしたのか、わかっていますか。どう釈明するおつもりですか?」

「そんな受け止め方をされてしまうのは、とても残念ですね。ともかく、わたしは本部からの正式な指示によりふたつの事件の責任者となりました。こちらの憲兵隊の全面的なバックアップを得て活動するという内容の指示です」

ダルマーニュ隊長は無言のまま表情を変えず、しばらく彼女を見つめた。思ったよりもずっとしたたかで抜け目のない人物であるのは確かだ。ようやく彼がデスクの上のファイルをとりあげてひらき、親指と人さし指でぱらぱらとめくっていく。

ひとめ見て、それが関係者の話を記録した正式の調書《プロセ・ヴェルブル》であるとわかる。

「この数日間でわたしと部下が作成した十一通の調書です。リゼット・ベレク、ピエール・マルテル、〈エレヴァージュ〉の七人の従業員、そしてクレマン・ドヴェールの両親」ファイルを閉じてカプシーヌのほうへと押しやる。どの調書もせいぜい一段落程度の長さだ。どれも紋切り型の文章で受け身の表現が並び、聴取された人々はとくに報告することはないと伝えている。つまり捜査にはまったく役に立たない代物だ。

この数日間の経験をもとに考えると、ダルマーニュ憲兵隊長が精力的に噂をひろめたのはまちがいない。カプシーヌが税務署の手先としてひそかにかぎまわっているというデマを、関係者もふくめ広範囲に流したのだ。それに彼のことだから、すでにこの調書のコピーを憲兵隊の上層部に送り、司法警察に熱心に協力していることをじゅうぶんにアピールしているのだろう。じつにうまい身の処し方ではないか。カプシーヌの捜査をたくみに妨害し、彼自身は組織のなかで上からの覚えがめでたくなるという一石二鳥だ。これで彼女がみごと捜査につまずけば、彼の思う壺だ。

ダルマーニュ隊長は堅苦しく慇懃な態度をくずさないまま、建物の玄関までカプシーヌを見送った。「司法警察のお役に立つのは光栄です。わたしでさらにお力になれるようでしたら、どうぞ遠慮なくおっしゃってください」

カプシーヌはゆっくりとした足取りでクリオに向かいながら、胸のなかで確信を強めた。事件解決の希望があるとしたら、それはこの建物から遠く離れたところにあるにちがいない。

31

パリにいったん戻り、デスクにうずたかく積んでいるはずの書類を片づけ、部下に任せている事件の捜査の進捗状況を確かめる必要がある。周囲にそう告げた時点では、パリに戻るべきかどうかカプシーヌにはまだ迷いがあった。

　パリでは長い一日が待っていた。デスクの上には予想以上に書類が山積みされ、眠り姫の捜査は突破口をみつけることができないままだ。〝留守中《ダン・ヴォトル・アブサン》〟に入った電話のメッセージのメモはトランプ一組ほどの厚さになる。やるべきことはまだまだあった。午後一時、制服姿の巡査長が角のカフェからとった〈クロック・ムッシュ〉とコート・デュ・ローヌが四分の一リットル入ったカラフを運んできた。カプシーヌは〈クロック・ムッシュ〉を半分食べてワインを少し飲みながら、少しも手を止めずに翌週の作業スケジュールの変更をおこなった。午後はどんどん過ぎていく。気がつけば午後五時四十五分。今を逃したら、もうチャンスはない。

　彼女は電話を取り上げて、短縮ダイヤルでモモ巡査部長にかけた。

「ちょっといいかしら、モモ？」

「はいもちろんです、警視《コミセール》」

　刑事部《クリム》から連れてきた三人の部下のうちダヴィッドとイザベルは順調に力をつけて警察官としてレベルアップを果たしている。モモだけは近隣の軽犯罪や家庭内のもめごとばかり担当して、深刻な犯罪には関わらないまますっかり精彩を欠いていた。北アフリカ系の彼は底知れない力を感じさせる巨体の持ち主で、ダヴィッドとイザベルをあわせてもとうてい敵わないほど大きい。モモは警察用のシグ・ザウエルのピストルによく似ているとカプシーヌは思っている。大きくて重くて角張っていて、破壊的な威力がある。三人の部下のなかでいちばん心をゆるせる相手といえばモモだ。カプシーヌが初めて大きな事件を担当した時、身体を張って守ってくれたのがモモだった。彼がいなければ命が危なかった。モモの言葉を借りればカプシーヌを「無事に帰す」ことだけに愚直なまでに徹したのだ。

　カプシーヌがファイルから顔をあげた。モモの巨体が廊下からの光を遮っている。見るからに無骨でモロッコのストリートファイターという表現がぴったりの彼が、その風貌からは考えられない笑顔を浮かべている。

「お呼びで?」これでも彼としては精一杯、丁寧なあいさつをしているつもりだ。

「いろいろと説明しなくてはならないわ。ドアを閉めてちょうだい。おみやげのカルヴァドスがあるから一杯やりながら話をしましょう」モモが足でドアをぽんと弾くと、ピストルの銃声のような音とともに閉まった。

　モモはイスラム教を信奉しているが、アルコールを断つほど敬虔ではない。アルコールには目がないといってもいい。パリのバルベスのアラブ人街で張り込みをした際、彼はカフェでビールを注文しそうになった。危うく覆面捜査が台無しになるところだったといまだにカプシーヌにからかわれている。

彼女はデスクの引き出しからカルヴァドスのボトルと小さなタンブラー二つを取り出し、それぞれのタンブラーに半インチずつ注ぐ。ペイドージュ地区でつくられて十年以上熟成されたものだ。カプシーヌがひとくち飲むあいだにモモはひとくちで飲み干し、絶品だとばかりに眉根を寄せて口をすぼめた。

「こんなすごいのは、いつも通っているカフェじゃお目にかかれない」

カプシーヌは彼のグラスにたっぷり二インチ注いだ。お行儀よく飲むのはここまでだ。

「奇妙な事件に取り組んでいるの。ノルマンディでね。ほんとうは手を出すべきではなかったと思う。でもプライドがそれをゆるさなかったのよ。けっきょく正式に捜査を任されたわけなのだけど、いわば孤立無援の状態。わかるかしら？」

「ええ。そんなことじゃないかと思っていましたよ。このところ始終ノルマンディに行きっぱなしだったし。アップルパイばっかりそんなに食えるもんじゃないですからね」モモはカルヴァドスの三杯目を自分で注いだ。このボトルはまるまる自分のものであると、ちゃんと理解している。

「ねえモモ、できればあなたに引き受けてもらいたいことがあるの。おそらく危険がともなうと思う。あなたに頼める筋合いではないし、あなたは気が乗らなければ断わってくれてかまわない」カプシーヌは自分でも気づかないうちに、甲高い声でさえずるようにしゃべっていた。見ればモモはおおらかな笑みを浮かべてこちらを見ている。とっとと話を先に進めてくれといいたいのをこらえているふうだ。

「わかったわ。説明する」

「警視《コミセール》、いつもいっているように、俺は頭を使うためにここにいるんじゃないんです。右の方向を指さして、あれをやれっていってくれりゃいいんです。説明なんてするだけ無駄ですって」

けれど彼女は詳細に説明し、モモにやってもらいたいことを正確に彼に伝え、どんなリスクがあるのかを話した。話し終えるとモモはうなずき、カルヴァドスをさらに一杯飲み干し、立ち上がった。

「任せてください」

中身がまだ四分の三は残っているボトルを持ち上げてジャケットのポケットに滑り込ませると、彼はのしのしと歩いて執務室から出ていった。

32

それはモモが生まれて初めて目にする景色だった。牧草地は一面緑で、高級なスーパーマーケットで水を噴霧されたレタスのようにみずみずしい。そして牛！　小さな子ども向けの本に出てくるように真っ白な身体にピンク色の鼻の牛たち。ヨーグルトのテレビのコマーシャルでも見ているかのような眺めだ。ほんとうにこれからここで汗水垂らし、爪に泥が入るような労働をするのか。ル・テリエ警視は今回いったいなにをしようとしているのだろう。

果てしなく続くエメラルドグリーンの丘陵を見ているうちに、彼は眠気に襲われた。顎を胸につけてがっくりと頭を垂れる。ひそひそとつぶやく声で目がさめた。着いた。しゃれた石のアーチが見えた。アーチの上部には鉄でできた大きな文字で牧場の名前――『エレヴァージュ・ヴィエノー』――がついている。しかしバスはそのまま走り続け、半マイルほど過ぎたところで曲がって、汚らしいコンクリートの壁沿いの狭い道に入った。道には深い穴がたくさんあいてでこぼこしている。いまにも崩れそうなコンクリートの壁の黒い染みは、長年のあいだに車の排出ガスでついたものだろう。やがて出入り口があらわれ、バスはエアブレーキの大きなプシューッという音とともに停まった。色あせた板が掲げられ、はげかかったペンキで『シテ・ウヴリエル』——作業員宿舎と書かれている。その下には黒いペンキを塗った鉄製のドア。ドアに赤い錆が筋状に浮いて、血が流れて乾いたようにも見える。

バスに乗っていた全員が降りて、狭い入り口から身をかがめてなかに入る。そこはもう、よく見慣れた風景だった。薄汚れた化粧漆喰の長い建物二棟が睨み合うように建ち、それぞれの小さな窓もストリートファイトで身構えるギャングよろしく睨み合っている。甲高いアラブ調のポップスが複数のラジカセから鳴り響き、アラブ系フランス人が早口で盛んにしゃべる声がそれに混じる。抑揚のない独特の言葉遣いだ。刑務所の中庭をほうふつとさせるどんよりした雰囲気をのぞけば、モモが子ども時代を過ごしたパリのスラム街と大差ない。

彼はのしのしと三階まで階段をあがり、自室に指定された部屋のドアをあけた。ベッドが二台あり、そのひとつに男が寝そべってアラビア文字の新聞を読んでいたが、いきなり跳ね起きて身構えた。が、上司の白人《ブラン》ではなく自分と同じマグレブ人とわかり、緊張をほどいてふたたび寝そべった。

「こんにちは《サラーム・アライクム》」モモは敬意を込めて挨拶した。

「よう《ラバース》」相手は余裕のあるところを示そうと、わざとらしくゆっくりとした口調で返事をした。そして寝たまま手足を伸ばしながら、モモを頭のてっぺんから爪先までしっかりと観察する。「で、お前さんが見つけた最高の仕事がこれか？」

たがいに名前を名乗り、ムスタファという名のルームメイトにモモは用意してきた身の上話を披露した。パリで失業していたところ、友人のいとこの義理の兄弟が昔この〈エレヴァージュ〉で働いたことがあるときき、連絡先を教えてもらった。ためしに電話したら、さいわいにも雇ってもらえることになり、いわれた通り電車に乗った。パリで働いていた時より給料はずっと低いけれど、仕事に就けるだけでもありがたい。屋根のあるところで寝泊まりできて腹を満たすこともできるし、アルジェリアの故郷の小さな村《ブレド》に少しでも送金できるのだから、いい話だろう？　モモの狙いは、賢くはないが気のいい人物という印象を与えることだった。

ムスタファが鼻を鳴らす。「まあ、自分の目で確かめることだな」皮肉屋で保身が第一という冷めたタイプらしい。モモが荷物をほどいて中古のよれよれの作業着を取り出していくのをしげしげと見ている。前の日に蚤の市《カバヌ》の陰気な裏通りで買ったものだ。「重労働なんかとは縁のなさそうな手だな。しかし刑務所の格子の向こう側にいたにしては、ずいぶん顔が日焼けしているじゃないか。友だちのいとこの義理の兄弟の天才的なひらめきでここに来る前はなにをやってたんだ、兄弟よ《モン・フレール》？」

モモはもうひとつ仕込んできた身の上話を語る。いとこが二十区でひらいている小さなコンビニエンス・ストアで働いていたと。「とにかく最高の仕事だったさ、友よ《モン・ポトウ》」モモは役になりきって熱心に語る。「フランス語ができるからレジを任されたんだ。だから楽なもんだった。一日じゅう椅子に座っていればよかったからね。できることなら、またあの仕事がしたい」

「よほど向いていたんだろう」ルームメイトが皮肉っぽく口を歪めながらいう。

モモがさらに脚色を加えようとした時、甲高く物悲しげな音がした。第二次世界大戦を描く白黒映画できく空襲警報のサイレンみたいな音だ。

「夕メシ《ラ・ブフ》だ！　とんでもなくまずいが、好きなだけ食える。それだけの体格で食ったら、つくるほうは赤字だな」ムスタファが感嘆するようにいう。

　食事をとりながら観察していると、作業員はマグレブ系とトルコ人のふたつの集団にはっきり分かれている。トルコ人は圧倒的に少数派で、食堂の長いテーブルの隅でぎゅっと固まっている。マグレブ系の作業員が多数派を占めている証拠に、食事内容はクスクスにラムの薄いタジンをかけた北アフリカ系のものだ。夕飯が終わる時には、モモはすっかり子ども時代を過ごした世界に復帰していた。いつしかアラビア語でものを考え、絶えずさわられたり突かれたりすることが気にならなくなった。植民地を思わせるフランス人の傲慢さに憤りすら感じていた。ここは牛を飼う牧場だというのに、かつての植民地出身でそこで働く者たちは羊を食べさせられている。それもこれも、アラブの人間は羊を食べるものと決めてかかっているからだ。

　食後、ムスタファはすっかり兄貴風を吹かせて、作業員の通用門を出て何本か先の通りにあるアラブのカフェに仲間といっしょに行かないかと誘ってきた。が、モモは丁重に断わった。さすがに今夜はみすぼらしいカフェでミントティーを飲む気にはなれない。ひたすら巻きタバコと酒が欲しかった。どちらも、ここの作業員たちは受けつけないだろう。

　モモは部屋に戻り、小さな窓から肩をひねり出すようにして身を乗り出した。少なくともあと二時間は邪魔が入らないと踏んだ。部屋の明かりを消し、中庭から見られないようにする。巻きタバコに火をつけて手で覆い、息を吸い込む。煙が肺の奥深くに入っていく時のクラクラする恍惚感を味わう。人にみつからないようにタバコを吸うテクニックは、張り込みの際に身につけた。巻きたばこを窓の桟に置き、身をよじるようにしていったん部屋のなかに入る。鞄のなかからカルヴァドスのボトルを取り出す。ル・テリエ警視からもらったボトルの中身は半分ほどに減っている。それを壁の小さな棚にのせて、ふたたび身体をひねって窓から上半身を乗り出す。まったく、こんな上等な酒を一本まるごとくれる人間など、ほかにはいない。

警視なんて偉い役職に就いているのに、ちっともいばらない。今回はいったいどういう作戦を考えているのだろう。不寝《ねず》の番をするのも、銃で狙われるのも苦にはならないが、話をする相手がいないのはたまらない。コルクを抜いてボトルを持ち上げ、ぐいぐいと二口飲んだ。顔を歪め、アルコールとニコチンがしなやかなベリーダンスを踊る感覚を味わう。冷たい空気が心地よい。世界がクルクルと踊りだす。とても心地いい。いま自分はやるべきことをやっている。価値あることを。安らぎが温かい毛布のように彼を包む。

これで眠れる。

ただ、眠るとなると少々厄介な問題がある。ル・テリエ警視からはトリコロールの警察の身分証は置いていけといわれた。それはもっともだ。誰かに荷物をいじられる可能性はじゅうぶんにある。しかし彼女は拳銃の携帯も禁じた。自分の分身を家に置きっぱなしにしろと。

モモはカルヴァドスを最後にもうひとくち飲んで左足を軽く揺らした。くるぶしに装着しているホルスターの感触を確かめる。ホルスターに収まっているのは自腹を切って購入したスミス・アンド・ウェッソン３４０ＰＤ。一カ月分の給料をはたいた。さらに照準器《レーザーサイト》つきのラバーグリップも張り込んだ。グリップをぎゅっと握れば赤いレーザーの点で狙いを定めることができる。一発しかチャンスはないのだから、これは重要だ。こいつはとんでもない銃だ。弾は三五七マグナム。フレームはスカンジウム合金で銃身はチタンと、とても軽い。撃った際の反動はトラックが手に激突してきたような威力だ。

たっぷり飲んだせいか、ムスタファと並んで朝の祈りを捧げるところが頭に浮かぶ。靴をぬいで膝をつき、コーランの定めにしたがって頭を床につける。くるぶしに３４０ＰＤをつけたまま。なんておかしな光景なんだ。

モモはベッドにどさっとうつぶせになり、マジックテープをバリバリという大きな音とともにはがして、くるぶしからホルスターをはずした。それを枕の下に置き、空のカルヴァドスのボトルを鞄にしまってカチャリと閉めてからベッドの下に放り入れ、眠りに落ちた。

33

朝食も基本的にマグレブ風だが、さいわいにもコーヒーは食堂の目立つ場所にあった。モモはほかのものはすべてパスして——ミントティー、酸っぱいホエーが浮かぶ白いヨーグルト、パン・ド・カンパーニュのスライス、かすかにくさいバター、水っぽい赤いジャム——砂糖だけをいれたブラックコーヒーを大量に飲み、できるだけ速く身体全体に行き渡らせようとした。が、頭痛にはあまり効かない。こういう時、自分のアパルトマンにいたならコニャックを一ショット、そして巻きタバコを二本吸えばすぐに効く。しかし、いまはコーヒーに頼るしかない。

少し気分がよくなってきたかと思った時、食堂に大柄な白人《ブラン》が入ってきてあたりに風を起こした。モモほどの巨体ではないが、似たような体格だ。彼は食堂をみまわし、モモに目を留め、テーブルのほうに大股で歩いてきた。

「ブナルーシュ」とどろくような声でモモに呼びかける。小さな町の政治家がスーパーマーケットで有権者に愛嬌をふりまくような調子だ。「よく休めたか？　ベッドは硬くなかったか？　きつい仕事だが、準備はいいか？　大丈夫そうだな」彼が親しげにモモの背中を叩く。

さらに彼は足で椅子を引き出してくるりと向きを変えて腰をおろし、椅子の背に両腕をかけて交差させる。ふたりを中心に半径二十フィート内の会話が止んだ。

「主任のマルテルだ」

モモはおどおどとつぶやくように「ウィ、ムッシュ」とこたえる。こういう場合には相手に服従すると見せておくに限る。

マルテルがうなずき、モモを査定するように冷ややかなまなざしを向ける。

「解体のフロアに配属しよう。これだけの体格なら、あそこがいい。最初の一週間はルームメイトの助手だ。要領を呑み込んだら独り立ちだ。どうだ、やれそうか？」

モモがふたたびもごもごと「ウィ、ムッシュ」とつぶやいた瞬間、マルテルが耳をつんざくような大声で「ムスタファ！」とどなった。おかげでモモの頭痛がぶり返して、激しくズキズキと痛む。

ムスタファがいそいそとやってきた。昨夜のクールな態度が嘘のようだ。

「ムスタファ、このモハメドはおまえの持ち場に入れる。コツを教えてやってくれ。はやいところ仕込んでもらいたい。このくらいの体格ならちょうどいい。臆病な牛のせいで列が滞るのに手を焼いていたからな。使えるかどうか、金曜日に報告してくれ。わかったな？」

ムスタファが「ウィ、ムッシュ」の半分までいったところでマルテルはせわしげな足取りで出ていった。右も左にもいっさい視線をそらさずに。

十分後、ムスタファはモモを連れて金網で仕切られた大きな囲いのほうへと向かった。さきほどの一件で饒舌になっている。「おれが解体の仕事をおぼえたのは、ここよりずっと小規模なところだ。そこでは毎日失敗ばかりだった。囲いはあまりにも小さくて、シュート（家畜を並ばせるための囲い）はお粗末なものさ。牛はいつでも抵抗して逃げ出そうとした。ここじゃあ、眠ったまま仕事ができる。きっと気に入るさ」

果てしなく長く感じる一日だった。モモはミスを連発したが、どれも大事にはいたらずにすんだ。作業が半分ほど進んだ頃に主任が顔を出し、モモが順調に作業をマスターしているのを見て、さらにスピードアップしろと大声ではっぱをかけた。外にいた牛がすべて通過した時には、すでに終業時間ちかくなっていた。とにかく酒が飲みたい。ル・テリエ警視のカルヴァドスは昨夜全部飲んでしまった。それを激しく悔やんだ。作業員宿舎からこっそり抜け出して上等のスコッチのボトルを手に入れよう。そのことだけに意識を集中してなんとか持ちこたえることができた。

34

警察署に戻って一週間が過ぎたというのに、カプシーヌのデスクに積み上がった書類はほとんど減っていないように見える。重要なことは手つかずのまま、書類の山を六インチも掘らなくては出てこない。とにかく、ひとつまちがえば大惨事を引き起こしそうなこの山を切り崩していかなければ。

仕事に没頭していると電話が鳴った。しかし受話器に手を伸ばそうともしないで、警部補からあがってきた報告書を読み続ける。夫から家庭内暴力を受けたという訴えだ。暴力は数針縫う必要のある深刻なものだが、単純な家庭内暴力では片づけられないケースだった。妻は男性関係が乱れ「素人の娼婦」といってもいいような状態だった。矛盾した表現はカプシーヌをいらだたせるが、もっとぴったりの表現を思いつかない。妻の裏切りを知るたびに夫は暴力をふるうのだと当の妻は訴えている。さらに、夫は察しが悪いからこの程度ですんでいるが、そうでなければ毎日暴力をふるっているはずだと主張しているのだ。夫は過去に深刻な暴力をふるったことはなかった。そこから、女性に対する真の加害者は夫ではなく彼女と関係をもった多数の男たちと考えることが妥当だと、担当の警部補は指摘している。しかしそれを立証できる証拠を捜査によって発掘しない限り、判事が夫を数カ月間服役させる可能性はひじょうに高い。そうなれば彼は既決重罪犯として制裁を受けることになる。警部補は盗聴器の設置を望んでいた。

　カプシーヌは傷のある金色のウォーターマンのキャップを外した。十七歳でバカロレアに合格した時に祖父から贈られたものだ。以来、大学時代はウォーターマンの〈フロリダブルー〉のインク一辺倒だった。サルトルとボーヴォワールは絶対にこれを使っていたという揺るぎない信念があったからだ。警部補の報告書を読みながら、カプシーヌはところどころチェックをつけていく。いまわしい内容に満ちた報告書のなかで、重要なポイントだけを拾いあげる。そして最後に、予審判事に盗聴の承認を依頼する旨を記入した。おそらく確実に許可はおりるだろう。

　いったん鳴り止んだ電話が、すぐにまた鳴りだした。カプシーヌは「まったくもう《オ・ラ・ラ》」といらだたしげにつぶやきながら受話器を取り上げる。

「いらっしゃるのはわかっていますよ、警視《コミセール》」受付の巡査は見透かしたような口調だ。「女性がお目にかかりたいといってこちらにきています――ご婦人が」すぐに丁寧ないいかたに切り替える。「いらしています。約束はしていないそうです。どうします、断わりますか？」

「その女性の名前は？」

「マダム・ヴィエノーです」

「すぐに行くと伝えて」

とはいったものの、警察署内でマリー＝クリスティーヌに会うのは気が進まない。職場に個人的な知り合いを迎えたことはいままで一度もない。アレクサンドルですら。公私の切り替えは、やはりむずかしそうだ。とっさに、近所のカフェにマリー＝クリスティーヌを連れていこうかと思った。部下に個人的な問題を相談されたら、きっとそうするだろう。しかしコーヒーを飲みながらできるような話ではなさそうだ。かといって彼女を取調室に通すわけにもいかない。情報提供者や警察の「お友だち」であれば社交上の儀礼として自動販売機のエスプレッソを薄っぺらな紙コップで出してもてなすのだが。しかたない、執務室に招き入れてデスクで向かい合わせに座って話をきこう。ようやく決心がついた。

マリー＝クリスティーヌもカプシーヌと同様、落ち着かない様子だ。

「いきなり押し掛けてきてごめんなさい。昼食に誘いたかったのだけれど、なんだかばつが悪くて」彼女はそこで少女のようにクスッと笑う。「じつはね、じっさいに警察署であなたが大きな銃を携帯して采配をふるっているところを見たかったの」

カプシーヌは期待にこたえて立ちあがり、つまさき立ちでくるりと回って腰の窪みに装着したスピードホルスターを見せる。ホルスターにはシグ・ザウエルが収まり、その隣にはスカートのベルトにかけた手錠が並んでいる。

「オンフルールに車で行った時に話したけど、見るからにSM趣味でしょう。このまま車に乗って座るとほんとうに拷問よ」ふたりは声をあげて笑い、気まずい雰囲気がすっかり吹き飛んだ。

「ほんとうはね、どうしてこんな行動に出たのかをあなたに会って説明したかったの。サン・ニコラの人たちは、ヒステリックで性悪な女だとかホルモンのバランスが崩れて暴走したとか噂しているんでしょうね。なんといわれてもかまわないわ。ただ、あなたには、そんなふうに思われたくない。それはわたしにとってはだいじなことなの」

カプシーヌはデスクに身を乗り出し、マリー＝クリスティーヌの手にそっとふれた。女の秘密に警察署は似合わない。

「いっしょにランチでもどう？　じつはちょっとお腹がすいちゃって」

「そんな時間、あるの？」

カプシーヌはうなずいて微笑んだ。すでに受付に電話をかけている。

「〈ブノワ〉に電話して、二人分の席をなんとか取ってもらって」

どうせ本題に入るのはランチの終わりちかくになってからだろう。カプシーヌにはそれがわかっていた。

ふたりが向かったのは、昔ながらの近所のビストロだ。なぜか、こうした店はパリから絶滅したと誤解され、いまや幻扱いされている。ナプキンはもちろん格子柄——一週間に一度交換される——で、メニューの品数は少ない。壁の黒板に書かれているものだけ。そして店内はなじみ客ばかり。ウェイトレスはひとり。丸々と太っていて、妊婦顔負けの大きなお腹に巻きつけたエプロンのひもはウエストの肉のあいだに食い込んで見えない。彼女はメニューなど無視して、ふたつの料理しか注文を受けつけない。男性は〈ソシス・ドゥ・モルトー〉。これは薫製にした太いソーセージで、端に小さな枝がついているのが特徴だ。クリーミーなル・ピュイ産レンズ豆を敷いた上にそれがのっている。女性はオヒョウ《フレタン》の切り身。ウエイトレスはこれ以外いっさい受けつけない。カプシーヌはソーセージも味わってみたかったけれど、実物の料理を見たらフロイトのいう代償行動が頭に浮かび、おとなしく魚を食べることにした。

　コーヒーが登場する頃になってようやく——チーズは勧められもせず、渋々ながらデザートをシェアしてはどうかと提案されたが、それは却下した——マリー＝クリスティーヌが胸にしまった思いを熱心な口調で語り始めた。

「ロイックはほんとうにだいじな人なの。心から彼を愛している。わたしたちは人生を分かち合ってきたの。信じてもらえないかもしれないけど、彼とは〈カステル〉で出会ったの。ディスコで本物の恋に落ちるなんて思いもよらなかった。彼には連れがいたわ。でもその人のことを嫌っていたの。わたしは女友だちといっしょだった。ふられたばかりで、そのことを忘れたくて酔っ払いたかった。いつのまにか彼と踊っていたわ。翌朝、彼といっしょに目覚めてよくわかったの。自分がどれほど幸運なのかって。それまでつきあっていた男の子たちよりも年上で、強くて、ふらふらしていたわたしの人生に方向と目的を与えてくれた。

　彼は〈エレヴァージュ〉を継いだばかりで、とても大変な状況だったわ。彼のお父さんはすっかり年を取ってしまって、わけのわからない繁殖の理論を編み出してそれに執着していた。売り上げは大幅に落ちて〈エレヴァージュ〉の損失は大きくなるばかり。ロイックにとっては悪夢だった。懸命に働いて、週末はパリに出てきたの。離れた場所に身を置いてストレスを解消する必要があったのよ。

わたしたちはたちまち恋人同士になって、彼は毎週末にパリに来てわたしのアパルトマンに泊まるようになったの。わたしはサン・ニコラには行けなかった。あそこにはホテルがないし、彼の家に泊まるなんて考えられなかったもの。無理に決まっているわよね？」マリー＝クリスティーヌがしのび笑いをもらす。

「でも、車での日帰りはよくするようになったわ。〈エレヴァージュ〉についてもすっかりくわしくなった。ロイックはじきにパリに飽きてしまったの。やはり彼は心の底から田舎を愛しているから。彼からプロポーズされて、すぐに承諾したわ」

彼女はそこでいったん話を止めて、大きく息を吸って吐き出した。

「どうか誤解しないでほしいのだけど。前にお話しした通り、数年前に亡くなった父の遺産をわたしは〈エレヴァージュ〉に投資しているわ。かなりまとまった資産を相続していたの。正確には、信託財産を管理している担当者に投資をさせたわけだけど、まあ同じことね」彼女がさも愉快そうに笑い声を立てる。

「交際を始めた時には、ロイックはわたしがそんなお金を持っているなんて全然知らなかったわ。それははっきりさせておきたいの。〈カステル〉で初めて会った夜に彼はわたしに恋した。そう信じている。投資した甲斐はあったわ。〈エレヴァージュ〉はふたたび軌道に乗った。それはもう見事にね。軌道に乗せたのはロイックだから、わたしにはさっぱりわからないけれど。彼は資金で雄牛をあらたに購入し――お父さんの実験で牧場の牛はとても弱ってしまっていたから――建物を拡張し、大々的に宣伝をして、気がついたらフランスの農業専門家の新世代リーダーの一人として期待される存在になっていた。そしてとても儲かるようになっていた……」マリー＝クリスティーヌの声はしだいに小さくなった。

「それで？」カプシーヌがたずねる。ビストロはもうがらがらで、厨房のスタッフがディナータイムのためのテーブルセッティングに取りかかっている。けれど話を切り上げろなどと無粋なことをいわれる心配はないとカプシーヌにはわかっていた。

マリー＝クリスティーヌがいきなり話を再開する。「なにが起きたのか、ちゃんというわ。でもその前にお金のことについてお話ししておきたいの。わたしがいま窮地に立たされているのは、お金のことが原因なの。

信託財産の管理はずっとラザール・フレル社にまかせているのよ。彼らはひじょうに厳密でね、結婚の時も、たがいの財産の所有権について婚姻契約に明記しろといってラザール側の弁護士が出てきたの。そうすることで結婚前のそれぞれの財産はそのまま各自のもの、結婚以後に得た財産だけが共有のものとみなされるのよ。その仕組みについてはご存じ？」

カプシーヌがにっこりする。「警察に入って最初に配属されたのは、不正会計の捜査をする部門よ。だからそういう知識は嫌でも身についてしまったわ」

「それでね、わたしが出したお金は〈エレヴァージュ〉の価値以上だとラザールの人にいわれたの。いまいったように、当時〈エレヴァージュ〉は破産の瀬戸際にあったのよ。ラザールの人はね、もし離婚してロイックが全額返してくれたとしても、わたしは〈エレヴァージュ〉の半分以上を所有することになるといったわ。離婚を想定するなんて腹が立ったけれど、それもあの人たちの仕事なんでしょうね。

わたしとしては、それで困ってしまって。ラザールを止めることはわたしにはできないの。ロイックと離婚したら、彼はあの牧場を失うわ。そうでしょう？　あなたにはわかるでしょう」

「数字を見て判断しなくてはならないけれど、その可能性はあるわね」

「それは彼の右腕を切り落とすようなものよ。そんな残酷なことなんてできるはずがない。絶対にできないわ」

「でも離婚したいと望んでいい、いるのね？」

「自分がなにを望んでいるのか、わからないのよ。ロイックはすばらしい人。やさしくて思いやりがある、ずっと夢に描いていた父親みたいな人よ。彼を愛している。あなたにはわかってもらえると思う。だってアレクサンドルもあなたよりずっと年上ですものね。ただ、ロイックといても、ほんとうに夫といるようには思えないのよ。ベッドでのことは、しかたなくという感じ」彼女が身を乗り出し、カプシーヌの手に自分の手を重ね、口早にいう。「彼は全然興味がないの。そのくせ三カ月か四カ月に一度、とつぜんパニックになってあわてるのよ。そうしてあのおぞましい青い錠剤を呑むの。錠剤が効き始めるまで一時間くらい待っている時の気まずさときたら。しかも効けばいいけれど、効かないことだってある。もうほんとうにたいへん。悲惨よ。あなたもたいへんね。どうせ同じだろうから」

そんなことはないといいそうになるのをカプシーヌは懸命にこらえた。アレクサンドルは正反対なのよ、といいたい。けれどここはひとまず、相手を安心させるためにうなずいた。

「どうするつもり？」カプシーヌがたずねる。

「どうしたらいいのかしらね」マリー＝クリスティーヌがため息をつく。「フィリップとのことはオンフルールであなたにきいてもらったわね。ずっと、相手が彼だからと思い込んでいた。でも気づいてしまったの。わたしの肉体的な欲求は思ったよりもずっと重要なものだった」彼女がそこで間を置き、カプシーヌをうかがうように見る。つぎなる秘密を明かしたものかどうかと考えているのだ。

「いい人がみつかったの。学校時代の友人よ。あくまでもプラトニックな関係――愛し合っているとか、そういうような関係ではないということ。でも長い時間いっしょにベッドにいるわ。肌がとにかく気持ちよくて。もう一度女性になれたみたいな気持ち。娘ではなくてね。ベッドのなかで彼がわたしに求めることがなにもかも好き。フィリップよりも冒険好きなのよ――」

「ロイックはどうするの？」

カプシーヌがたずねる。性的な打ち明け話をするのは本人の勝手だが、それをきくために警察官としての勤務時間を割くつもりはなかった。

「わたしはどうしたらいいの？　ロイックのもとにもどって、ひそかに浮気を重ねるの？

そんなの耐えられないわ。じゃあ離婚？　それにも耐えられない。あなたならきっと正しい方向を示してくれると思って」彼女はひと目もはばからず、さめざめと泣きだした。

ウェイトレスはこちらを見ているが、とくに関心はなさそうだ。もしもさめざめと泣いているのがカプシーヌなら、ソーセージとレンズ豆の盛り合わせくらい運んできてくれただろうか。

35

金曜日の晩、カプシーヌは重い気持ちを抱えてモーレヴリエに戻った。警察署のデスクにはまだ仕事がやりっ放しで溜まっていることを思うと、同じ村にいるモモに対する責任を放棄したような後ろめたさがあった。

アメリ伯父はひどくはしゃいでいる。それがまたカプシーヌの後ろめたさをあおった。翌朝、フェレットを使ったおおがかりなウサギ狩りをする予定だという。彼女はどうしてもそういう狩りをスポーツの一種と考えることができない。村人たちは無害でかわいらしいウサギたちを仮想の敵にして戦いを仕掛け、ひじょうに残酷でアンフェアな戦略を実行するのだ。

じっさいの活動はとてもシンプルだ。ウサギの大きな巣穴にフェレットを送り込み、かわいいウサギがあちこちの穴から飛び出してきたところを、あらかじめ仕掛けておいた巾着網でとらえる。あるいはウサギの背後からハンターが散弾銃で撃つ。もしかしたらこの作戦のいちばんのポイントは、村独特の共生的な社会構造を確認し保っていくことにあるのかもしれない。フェレットを飼うのは労働者階級、散弾銃をふりまわすのは有閑階級と、棲み分けができている。この作戦で農民たちは、このごろ数が目立って減っているウサギをたっぷり手に入れられる。いっぽう「旦那衆」は今日ばかりは思う存分、狩りという名目でたっぷり銃で撃ちまくることができる。両者の絆はいっそう強まるというわけだ。南京袋に入れてそれぞれが持ち帰るウサギは、しかるべき手順でシチューやパテなどありとあらゆる形に姿を変える。

今回襲撃するのは、〈司教のオーク〉《ル・シエヌ・レヴエック》といつからか呼ばれている由緒ある木の根本にある巣穴で、これは毎年恒例の行事となっている。いわば年に一度の全仏オープンの会場のようなものだ。巣穴の形状はひじょうに広範囲に及んでいる。そこにふわふわしたまるっこいウサギがたくさんいるはずなのだ。

アメリ伯父の影響を受けてアレクサンドルもすっかり昂揚しているのを見て、カプシーヌはうろたえた。そしてふたりの興奮はもろにジャックにも伝わり、ふだんに輪をかけて絶好調。

翌朝早く、カプシーヌはアレクサンドルに起こされた。父親のおさがりのだぶだぶのプラスフォーズを穿いた彼はP・G・ウッドハウスのユーモア小説に登場してもおかしくない。

「コーヒーを持ってきたよ。九時ぴったりに現地に集合だ。その時までにはやんちゃなウサギちゃんたちが朝帰りして、昼寝に入る前にトンネルをちょこちょこ走り回っているだろう。フェレットを使ったウサギ狩りはタイミングがすべてなんだ」

「ずいぶんくわしいこと」カプシーヌは寝ぼけまなこでキッチン・ボウルからカフェオレをすする。

「かつて野生のウサギといえばフレンチ・キュイジーヌの中心的な食材だった。それがいつしか登場しなくなったのは、あのいまいましいディズニーのせいだ。今日パリでは、まず出てこないだろう――おまえは人でなしの鬼かという目で周囲から見られるからな。しかし白身肉の王様であるのはまちがいない。狩りから戻ったら、夕飯にそなえて午後はジャックといっしょに各種パテと〈ウサギ《ラパン》の煮込みマスタード風味《ア・ラ・ムタルド》〉づくりに取りかかる。さあ、どんどん支度を始めてくれ。一分でも遅刻したくない」カプシーヌは、あわててパリから駆けつけたことをぼやいた。

一時間後、カプシーヌとアレクサンドルは徒歩で〈司教のオーク〉に到着した。それぞれ腕に銃を抱えている。アレクサンドルは高級なスコッチの一九二〇年代の広告モデルになったつもりなのか、輝くばかりの笑みを浮かべている。いつ森からカメラマンがあらわれても、ポーズを決めるにちがいない。こういう鼻持ちならない態度はジャックの影響にちがいない。

古いオークの木のまわりにはすでにおおぜい人が集まっている。カプシーヌにとってはこの木もモーレヴリエの思い出に欠かせない存在だ。どこからともなくジャックがあらわれた。挨拶の言葉もなしに、いきなり話しかけてきた。

「節くれだったこのオーク、おぼえているか。木登りにはもってこいの枝ぶりで、ぼくらはここで誰にもみつからずに暗くなるまで――」

その時、村人がふたりカプシーヌのところにちかづいてきた。どちらもだいじそうに木箱を抱えている。木箱には大きな穴があけてある。ふたりがにこにこと微笑み、ふぞろいの歯がのぞいた。

「伯爵から、猟が始まる前にわたしどものフェレットをお見せするようにいわれました」そして肩から吊った箱に手を伸ばして、誇らしげに白と茶色のフェレットを一匹取り出した。ヘビのように細長い身体つきだ。ぱっと見たところ、やわらかそうで人畜無害といった感じで、アレクサンドルが忌み嫌うディズニーアニメのキャラクターのよう。「一昨日から絶食させているから、いますぐにでも穴に突進したがっているってわけです」

男が歯をむき出しにして笑う。無情な笑いだ。フェレットの真っ黒な瞳がカプシーヌをみつめている。瞳孔の見分けがつかないほど黒い目は、とても冷静に見える。なまめかしい動きであくびをし、その拍子に針のように尖った長い犬歯が見えた。

負けじともうひとりも自分の箱をひらく。なかには仕切りがあり、六匹のフェレットが収まっている。そのうちの一匹がおずおずと頭をのぞかせる。硬い爪を仕切りにひっかけ、目の焦点をあわせるようにパチパチとまばたきする——一刻も早く無防備な獲物に飛びかかりたいのだろう。

アメリ伯父が副司令官役のエミリアンをしたがえ、人々を整列させた。ヴィエノーと、ヴィエノーの腰巾着のようなベランジェがいる。いつもの撃ち手が一ダース、そして何ダースもの村人。ヴィエノーは目をしょぼしょぼさせて、足取りもおぼつかない。一晩じゅう酒瓶を抱えて飲み明かしたのだろうか。二日酔いでもうろうとした状態で、ベランジェには目もくれない。

アメリ伯父は一同の注目をあつめるために大きな咳払いをして、大きな声で話しだす。「さて、みなさん。巾着網はすでに仕掛けられた」カプシーヌが周囲を見回すと、ウサギの巣穴の入り口に緑色の網が少なくとも四十、短い棒を支えとして置いてある。いちばん遠い網と木の距離は百五十フィートほどだ。彼女が子どもだった時よりも、巣穴の周囲の長さは伸びている。この間、ウサギたちは勤勉に穴をひろげ続けたのだ。「さて、いま一度くりかえす」アメリ伯父の声がとどろく。「銃を担当する者は決して気を抜くことのないように。自分の持ち場に集中してもらいたい。すでにわかっている穴から出てきたウサギは網に入るだろうが、大半はわれわれが発見していない小さな穴から出てくるだろう。だから銃の役割は重要だ。エミリアンの指示に従って持ち場についてくれたまえ。フェレットが穴に下りていったら、持ち場から目を離さないように。さもなければ獲物を逃がしてしまう。よろしく頼む」

エミリアンが「猟銃隊」の二十人ほどを配置していく。ごく単純な散弾銃を持参してきた村人も数人含まれている。木から約五十フィートの距離に円形に配置されると、村人ふたりが木のそばの穴にフェレットをおろし、激励の呪文をぶつぶつ唱える。期待感と興奮が高まる。銃を構える者たちは自分の持ち場に目を凝らし、集中する。なにも動きはない。数分間、しんとしたままだ。

興奮がじょじょに冷めてくる。しんとしている理由もなさそうだという空気がひろがる。しかし会話するにはたがいの持ち場が離れ過ぎている。ひとり、またひとり、前方を向いてかがんだまま銃を構える姿勢をやめて、リラックスする。退屈な時間がだらだらと過ぎる。カプシーヌは空想に耽った。フェレットが長いトンネルを這って進み、ウサギが冷静な判断でひそやかに逃げ出すところを。枝分かれしたトンネルに音もなく駆け込み、知恵の限りを尽くして相手の裏をかこうとするところを。が、事態が動く気配はまったくない。

カプシーヌの隣に配置されているジャックが歩いてきた。

「なにを考えているのか当ててやろうか、かわいい雌ギツネちゃん。長くてずんぐりしたフェレットたちが狭いトンネルを無理矢理通ってふわふわしたウサギちゃんのお尻にかみつこうとハアハアしているところを想像しているんだろう。このスポーツは男のファンタジーを刺激してぞくぞくさせるのが醍醐味だが、きみも堪能できているようでうれしいよ」彼はいつもの甲高い笑いかたをするが、さすがにボリュームを抑えているので誰にも気づかれない。

「自分の持ち場にもどってちょうだい。いつウサギが出てくるかわからないわよ！」カプシーヌがきつい口調でささやく。

銃声が一発とどろいた。カプシーヌの視界の端で、なにかが撃たれて宙に舞い上がり、地面に落ちて転がった。ベランジェがふたつ隣の持ち場のウサギを撃ったのだった。彼はにやにやと満足げな表情で銃をおろす。持ち場で居眠りしていたから撃ったまでだといいたげだ。しかし周囲からは嫌悪に満ちたまなざしがベランジェにあつまる。まるでSFの殺人光線のように不気味な波動をカプシーヌは感じ取った。

つぎつぎに銃声が起きた。戦争映画のような激しさで全員が発砲し、指揮者が指揮棒を下げたようにとつぜん銃声が鳴り止んだ。アメリ伯父が叫ぶ。「おめでとう。銃で百羽以上、巾着網で五十羽以上しとめた。みごとな成果だ！」

全員が出てきて持ち場のウサギを拾い集める。

当然ながら、いちばんたくさんウサギが積まれたのはベランジェの前だ。意外にもヴィエノーはわずか一羽。アレクサンドルですら六羽しとめたというのに。ヴィエノーはマリー＝クリスティーヌのことで頭がいっぱいで、ほかのことは手につかないのだろう。カプシーヌは心底気の毒に思った。

ゲームキーパーを務めるアメリ伯父を手伝ってアレクサンドルがいそいそとリーダーシップをとっている。獲物を整然と並べて数を数え写真を撮り、配分する作業が進む。アレクサンドルがあっという間にモーレヴリエの暮らしに溶け込んでいる様子にカプシーヌは驚き、疎外感をおぼえた。一族との和解を果たしてうれしいはずなのに、自分の場所を横取りされたような気分だ。

アレクサンドルが彼女のところにやってきた。「どうだい、やんちゃなおちびちゃんを全部で百六十二羽しとめた。そのうち六羽はこの手でしとめた」彼は子どものようによろこんでいる。スペルのコンテストでいちばん長い単語を正しくつづって勝ち抜いた子どもみたい。

「これをスポーツととらえれば、称賛に値するわ」皮肉を込めたつもりだったが、どうやらアレクサンドルには通じなかったらしく、彼はアメリ伯父のところに歩いていき、なにやら打ち合わせをしている。おそらく、今朝の戦果をどう料理しようか話しているにちがいない。

絶妙のタイミングでジャックがちかづいてきた。

「かわいいとこよ、結婚は楽なことばかりじゃない、そう思わないか?」まじめな顔をしていうので、うっかりほろっとしてしまいそうになった。カプシーヌがジャックと腕を組む。

「カルヴァドスが到着したわ。飲みたいと思っていたところ」

「同感だね、メグレ警視」ジャックが彼女をルノー・エスタフェットへとエスコートする。エスタフェットは村人たちの昼食をのせて、シャトーから到着したところだった。

昔と変わらぬぎくしゃくした瞬間を迎えた。ネクタイ着用組が作業服の村人たちと懸命に会話をしようと試みる。村人たちはパン・ド・カンパーニュを胸に抱え、年季の入ったナイフでカットし、ソーセージとバイヨンヌの生ハムをスライスし、エミリアンが赤ワインが入ったラベルのないボトルのコルクを手際よくあけていく。ワインの色は凝固した血のように濃い——村人はこういうワインを「染みがつくいい赤ワイン」と呼ぶ。カルヴァドスが入った大きな瓶も半ダース用意されており、ワインのボトルはその隣に並べられた。村人たちはアルコールの酔いがまわる前からすでに昂揚している。首尾よく任務を果たしたよろこびに酔いしれているのだ。

階級のちがう者同士のあいだには、やはり沈黙が流れるだけだ。ウサギの巣穴からフェレットを誘導して出すのは手間がかかるとわかっているので、アメリ伯父一行はシャトーに引きあげて昼食をとることになった。オディールが大胆に腕をふるってつくったのは、豚の挽き肉を詰めたローストチキン。その下にはズッキーニの薄いスライスが敷いてある。カプシーヌは鶏を見てほっとしたが、詰め物を見たら食欲が減退してしまった。

陽気でにぎやかな昼食となった。早朝からの昂揚した気分は、空っぽのお腹にカルヴァドスがたっぷり入ってさらに盛り上がった。アレクサンドルとジャックが興奮した女子生徒のように早口でしゃべっているのは、りんごをごろごろ使ったウサギのパテのレシピについて。それをきいただけでカプシーヌは鶏への食欲も失せた。ベランジェだけが浮いていた。ヴィエノーにたびたび話しかけてみるものの、会話が成立しない。アメリ伯父はどの話題にもとくに関心を示さず、領主然として微笑み、みんなのグラスがつねに満たされているか、みんながバラ色に輝く笑顔でいるかどうかを気にかけている。

ヴィエノーがなにかを決意したらしく、興奮した様子でしきりに左右を見る。そして自分のスプーンでグラスを叩いた。はっとしたように食卓が静かになる。

「わたしは、ええと、その、わたしは……みなさんを明日の昼食に招待しようと決めました。少々唐突であり、常識に反することは承知しておりますが、極上の〈牛肉のロティ〉をご馳走させてください。いかがでしょう?」

大量に飲んだワインのせいとはいえ、とんでもない失態だ。相手に逃げ場を与えない状況で藪から棒に社交を強要するのはあきらかに無作法である。ヴィエノーがつらい立場に置かれていることは、誰もがじゅうぶんに理解している。しかし困惑は隠せない。気まずそうにもぞもぞと身動きし、視線をそらす者もいる。

しかしヴィエノーはあきらめない。「唐突に驚かせてしまいました。ただ、日曜日に空っぽのあの家で悶々とするのは、考えるだけで耐えられません。あまりにもつらすぎます。どうか、みなさんそろっていらしてください」

アメリ伯父が完璧な気配りで事態を救った。

「奇遇ですな、わが友ロイック。ちょうど提案しようと思ったら、そちらから招待をいただくとは。ひさしぶりに〈エレヴァージュ〉を訪れてみたくなったものでね。日曜日に〝申し分のない《コム・イル・フォ》〟ビーフを食べたくてしかたなかった。もちろん、みんなでそろってお邪魔しよう」

36

申し分のない昼食だった。料理に関していえば、確かにそうだった。ヴィエノー家のコックは——いまやロイック専用のコックだ——主婦として采配をふるっていたマリー＝クリスティーヌから解放されてのびのびと才能を発揮しているようだ。ヴィエノーは伝統的な日曜日の昼食をつくるようにと厳しく指示していたが、退屈とはほど遠い料理が出てきた。

主菜はローストビーフ。それはまさにローストビーフの傑作だった。大きな塊のまま食卓に運ばれ、ヴィエノーがスライスする。円柱形の肉の表面は焦げ目がついて限りなく黒にちかく、光沢がある。タコ糸で美しく縛られ、糸に挟んであるタイムの小枝もすっかり焦げている。切り分けられた肉はパレットのような美しい色合いだ。カリッと焼けた表面はほぼ黒い。そのすぐ下は明るい褐色、それが華やかなピンク色に変わり、中心部はしっとりしたエロティックな朱色。

噛む必要などあるのだろうか。そう思ってカプシーヌは鮮やかな赤い中心部をカットして舌にのせ、そのままとろけてしまうかどうか確認してみた。思わず小さな声でハミングしてしまったかもしれない。もちろん、誰にもきこえなかったはずなのに、アレクサンドルが無言でたしなめるように口をすぼめ眉根を寄せている。それを見てカプシーヌはあわてて表情をとりつくろったが、よく見ればアレクサンドルも舌で霊的体験をしているのだった。彼がいま口にしているのはポテトだ。運ばれてきた時には、ありきたりな日曜日のグラタンにしか見えなかった、どうせまずいグリュイエール・チーズとやわらかすぎるジャガイモのドロドロした塊なのだろうと期待していなかった。しかし、このグラタンはちがった。決して堕落せず、神々のごちそうへの細道をまっしぐらに進んでいる。透き通るほど薄くスライスされたジャガイモに削ったトリュフとパルメザン・チーズの薄片を散らし、酸味のあるサワークリームを軽く調味してトッピングし、オーブンで焼いたもの。アレクサンドルが荘厳な面持ちになるのも無理はない。

そう、料理はまったく問題なかった。問題は会話だった。どの話題も湿気った花火のように尻すぼみに終わった。どれほど熱心に話し始めても、つぎつぎに展開して盛り上がることはなく、湿って地面に落ちてしまう。マリー＝クリスティーヌについては誰も口にしなかったが、彼女の気配は室内に濃厚に漂っていた。誰かが政治の話題を持ち出せば、大臣が不倫相手とのスキャンダルを暴かれた話に、有名人のゴシップの話題では人気俳優がごく最近離婚した件になる。天候の話も失言を引き出した。マリー＝クリスティーヌが今週は恋人とカリブ海で過ごしているのはその場の全員が知っており、そろそろカリブ海のシーズンだなどと誰かが口を滑らすのだ。

ヴィエノーはいらいらとした様子を隠せず、言葉や態度に余裕を失っていた。ベランジェが食卓の雰囲気を変えようとして、金曜日の株価指数はほぼ一パーセント上昇して終了したとコメントすると、ヴィエノーが冷たく言い放った。「アンリ、いまいましい株式市場など人生でどれほどの意味があるというんだ」

食事が終わると一同はため息をついた。ヴィエノーは腹ごなしに〈エレヴァージュ〉の散歩をすすめた。食後の葉巻の一服とともに歓談しながらみんなで歩きだす。ちょうど学校の生徒たちが、つまらない授業の後の休憩時間にくつろいでいるのに似ている。

しかし、なごやかなムードは続かなかった。ヴィエノー家の昼食の食卓と同様、〈エレヴァージュ〉全体が重い空気に包まれていた。塗ったばかりの白いペンキがまぶしいほどだった場所が、いまは薄暗く見える。どこもかしこも手を入れる必要がありそうだ。働いている者たちの動きは鈍く、雄牛たちはむっつりとして見えた。なにかが変わってしまったのだろうか。それとも、今日に限って重苦しくどんよりしているだけなのか？

さらに柵のところまで歩いていくと、向こう側に白墨のようにまっしろな雄牛の小さな群れがいる。牛たちは興味をそそられたのか、ぶらぶらとこちらにやってきた。弾力性のある鼻をみんなで撫でてやり、よしよしと声をかけているところへ作業員がひとり、ちかづいて声をかけた。

「ムッシュ・ヴィエノー、ちょっとお話が。じつはこの柵のことで。ペンキの下で手すりが腐っているんです」みんながもたれていた手すりを彼がぐっと引っ張ると、手すりの端が杭からはずれた。「昨夜、隣の仕切りの手すりに牛が体重をかけて、手すりがふたつとも完全にはずれてしまいました。今朝、手すりをハンマーで打ち込んでひもでぐるぐる巻きにして直しておきましたが、なにしろ道路がこんなにちかいから、夜間に牛が出て事故にあったらと思うと心配で」

ヴィエノーは気を悪くしたようだ。作業員を無視して荒っぽい手つきで柵を調べている。

「直接話しかけるなんて失礼だと思ったんですが、このままにしておいたら大変なことになりそうだったので」

「そうだな、そうだとも」ヴィエノーは神経質そうにあたりを見まわす。一刻も早く話を切り上げてしまいたいというそぶりだ。「こういうことはちゃんと知っておかないとな。主任のマルテルに伝えておこう」

「しかし、ムッシュ――」

作業員はまだなにかいいたげだが、ヴィエノーは客を引き連れてさっさとその場を後にした。

アレクサンドル、ジャック、アメリ伯父はカプシーヌが贈ったステッキについてああだこうだと小さな声でしきりにしゃべっているので、だらだらと遅れて歩いている。カプシーヌは嫌な予感がした。

少し歩いて角を曲がると、ピエール・マルテルが北アフリカ系の作業員ふたりを前に長々と説教しているところに出くわした。男たちは怯えた様子でうなだれている。またもやヴィエノーにとって気詰まりな瞬間だ。ゲストを率いてUターンすることもできず、かといって作業員を叱責している場面を見られるのは避けたい。

やむなくヴィエノーはできるだけゆっくりと歩を進めた。ちかづくにつれてマルテルの怒声がはっきりききとれるようになってきた。

「ふざけるんじゃない」片方の作業員のシャツをつかんでゆさぶり、もういっぽうの手をふりあげて威嚇する。「ふたりともさっさとおれの視界から消えろ。おれが本気で怒る前に仕事に戻るんだ」作業員たちは目を伏せたまま、おどおどした様子で去っていく。

マルテルはあきれ果てたというそぶりで首を横に振りながらヴィエノーに歩み寄る。ふたりはいかにも事務的な動作で握手をしてすばやく上下に振る。「ムッシュ、あんなふうにやる気のないやつらに一日まっとうに仕事をさせるのは、こっちが疲れるばかりです」

「そうだろうな。まったくその通りだ。しかし、きみはよくやってくれている」

ヴィエノーはぎこちなく微笑む。彼の胸のうちをカプシーヌはたやすく読むことができた。昼食の後は家から出ないで、暖炉を囲んでカルヴァドスをすすっていればよかったと悔やんでいるにちがいない。

「ムッシュ、ちょうどこれを届けにいこうとしたところでした」マルテルがコンピューターのプリントアウトの薄い束をさしだす。

ヴィエノーはすぐにはぴんとこないようだ。

「今週の実績の数字です」

ヴィエノーは興味なさそうにぱらぱらとめくり、そのまま脇に挟もうとした。

「失礼《パルドン》、ムッシュ。ここを見ましたか？」マルテルが指したのは一ページ目のいちばん下の行だ。カプシーヌは彼の肩越しにそっとのぞき込む。

「ああ、そうか。なるほどね。今週解体された雄牛の平均体重は少々低いということか」ヴィエノーが肩をすくめる。「季節的な要因だな。毎年のことだ。冬がちかづいているのを牛はわかっている。この世界で長くやっていると、驚かなくなる。月曜日に経理にいっておこう。この数字に注意するようにな。それでいいだろう《ヴォワラ》！」

さっさと話を切り上げられて、マルテルは憤りを隠せない表情だ。そのまま回れ右をして足を踏み鳴らして去っていった。

ジャック、アレクサンドル、アメリ伯父の姿が見えないと思ったら、はしゃぎながら駆けてきた。案の定、アレクサンドルのステッキの効能を試していたらしい。

「とても充実した短い散歩をしてきた」ジャックがいばってみせる。「みごとな雄牛がいた。アレクサンドルがステッキでそいつのだいじなところを突いたら、三人そろって叱られちゃった」三人は愉快でたまらないという表情で小さな笑い声をあげる。

「それでステッキのもうひとつの使い道を思いついた、というわけね」

カプシーヌに反論しようとしたアレクサンドルが、遠くにいるモモに気づいた。モモは北アフリカ系の作業員ふたりとうなだれた様子で歩いている。道の小石を蹴りながら時間をつぶしているように見える。アレクサンドルはモモと何度も会ったことがあり、油と酢の相性がいいようにすっかりモモのファンになっていた。

アレクサンドルは顔を輝かせ、呼びかけようと息を大きく吸った瞬間、なにか変だと気づき、「おーい!」の「お」だけで止めた。

カプシーヌもモモの姿を見てほっとしたのもつかの間、あまりにも憔悴している様子に気が気ではなくなった。

アメリ伯父はアレクサンドルのステッキからよほどたっぷり飲んだらしく、往年のスター、モーリス・シュヴァリエばりの陽気な声を出している。

「来たまえ、そこの三人。家でお茶にしようじゃないか」三人とは、カプシーヌ、アレクサンドル、ジャックのことだ。「心配するな。〝お茶〟というのは、単なる修辞的表現《シネクドキ》だ」シネクドキの発音に手こずりながらもアレクサンドルに向かっていう。さらにジャックにもひとことつけ加える。「物書きと話をする時には、おまえもこういう単語を使うように心がけなくてはならないぞ」カプシーヌをのぞく三人がゲラゲラと騒々しく笑った。

アレクサンドルがカプシーヌの身内とこれほど急接近するとはうれしい驚きだ。が、きっとアレクサンドルは、モモが〈エレヴァージュ〉の敷地をうろうろしている理由を知りたがるだろう。それをどう説明したものか。予審判事の承認を受けないままモモを潜入させている事実を明かさなければならないと思うと、なんとも気が重い。

37

ルーアンの大聖堂――フランスのもうひとつのノートルダム大聖堂――のファサードをカプシーヌは一度としてすてきだと思ったことはない。子どもの頃の記憶が関係しているのかもしれない。モネはこの大聖堂をうまく描いている。巨大な建築物が光を発しながらどろどろと溶けていくような姿で、彼が描く干し草の山と同じく、光の変化を映し出すためだけに存在している。巨大な建物は威圧するようにそびえ立ち、カロンド広場の中央にあるカフェテラスはすっぽりと影に入ってしまっている。人気《ひとけ》のないカフェでカプシーヌはふるえながら、しまったと悔やんでいた。

モモとは午後二時半に、大聖堂の前の広場に面した〈ブラッスリー・ラ・フレシュ〉で待ち合わせていた。今日はモモの仕事が休みなので、昼食後すぐにバスに乗ってやってくる。そのバスに牧場の同僚が乗り合わせてモモにくっついてきたら厄介なことになる。万が一の場合に備えてカプシーヌは約束の三十分前に到着して屋外の席に着いた。これならモモがやってくるのが見えるし、必要に応じて計画を変更できる。しかし日の光が遮られてこんなに寒いとは、予想外だった。

寒くてこれ以上がまんできない。カプシーヌはバブアーコートの前をひらいたままでいた。いつでも拳銃を取り出せるように警察の規程でそう定められている。思い切ってコートのファスナーを上まできっちりあげて襟元のホックをパチンと留め、鮮やかな色合いのストライプのスカーフを首にもうひと巻きした。それでもまだ寒い。そして手持ち無沙汰だ。

男がひとり、大型のバセットハウンドを連れてやってきた。綱でつながれたバセットハウンドはゆっくりとした歩みだ。男はカプシーヌから三つ離れたテーブルに着いた。ウェイターがトレーにビールの瓶を一本のせて運んでくると、その三分の二をグラスに注ぎ、残りをボウルに注いでバセットハウンドの前に置く。バセットハウンドは夢中でぴちゃぴちゃと飲んでいる。どうやら彼らの日課らしい。

ビールをすっかり飲んでしまうと、犬が顔をあげてカプシーヌを見た。顎から垂れている肉に泡の筋が二本ついている。下瞼は大きく垂れ下がり、そのためか、なにもかも見通しているような哀愁を帯びた表情に見える。カプシーヌが窮地に立たされていることを、きっとこの犬はわかっているにちがいない。男性が立ち上がり、テーブルにユーロ硬貨を数枚放るように置いて「じゃあな《サリュ》、ジャン」と言い残して犬を連れて去っていった。ウェイターは気だるそうに手を振って見送っている。

カプシーヌは鼻を鳴らし、頭を左右に振る。また過剰反応してしまっている。とにかくリスクを少しでも減らしたいのだ。たったひとつの可能性にすべてを懸けること自体、そもそも彼女のスタイルではない。それなのに、今回まさにその通りのことをしている。もしもモモがなんの成果もあげられなければ事件は解決できない。騒々しく走り回ったあげく、身内のなかでも警察のなかでも物笑いの種となるだけ。しかしモモひとりに無理難題を押しつけたのはこの自分だ。彼といったいどんな顔をして会えばいいのか。

　彼女は男性と犬を目で追った。彼らが〈テ・マジャスキュール〉——T《ティー》というしゃれた名前の店の前にさしかかった。ティーサロンと古本屋を兼ねたかわいい店だ。そこにモモがあらわれた。かがんで犬をなでてやり、そのすきに広場を見回す。彼を追ってくる者は誰もいない。カプシーヌはようやく、いまいましい寒さから解放された。

　立ち上がってお茶代の五ユーロ札をたたんでソーサーの下に置いて、モモの後からブラッスリーに入った。モモがいるテーブルに着くと、すでに彼の前にはスコッチのダブルが置かれている。彼が口に運ぶと、小さなタンブラーのなかでキューブ型の氷が音を立てた。モモの表情がようやくやわらいだ。

「田舎暮らしはつらい？」カプシーヌがたずねる。

「楽しんでますとも。タバコとも酒とも無縁の人生を謳歌してますよ。カフェに座ってタバコ《クロップ》を吹かし、赤ワイン《バーロン》を飲みながらウェイトレスの脚を見て、あれこれいう日々が懐かしい。おっと《パルドン》、警視《コミセール》。気を悪くしないでください。それにしても、今回の任務にはまいったな。相部屋になったのはマグレブ系のコテコテの原理主義者だから、酒を飲んだりタバコを吸ったりなんて夢のまた夢。ラム肉のタジンしか腹に入ってない状態でたっぷり九時間は重労働をさせられるし」うんざりだとばかりにモモが首を横に振る。

「仕事の内容は？」

「すばらしいのひとことですよ。配属されたのは解体の部署です。なかなかエキサイティングです」彼はウェイターに合図し、自分の空のグラスを指さしてお代わりを頼む。カプシーヌの飲み物の注文もとってウェイターが行ってしまうと、カプシーヌはメニューを取り上げた。「〈カモ肉のルーアン風〉があるわ。ルーアンの名物よ。この店がベストの選択かどうかはアレクサンドルにきかなくてはならないけど——」

「カモ？　いいな。それにしよう」

「あなたの正体は気づかれていない？」

「ええ。まあ苦労はしましたけどね。農場の仕事なんてまるっきり素人ですからね。ふだんよりさらに輪をかけて無能ぶりをさらしてしまった。結果としてはそれがよかったんですかね。頭は悪いけど力仕事をさせるにはもってこいだと評価されたようで。警察とおんなじですよ」モモは笑い、あたりを見回して誰にもきかれていないことを確認した。「最初はからかわれましたよ。手のひらにタコがなくて硬くもなっていない。手袋を使うのもおれだけだったしね。でももう誰もそんなことはいわない」彼が両手をあげて降伏するようなポーズをとり、左右の手のひらをカプシーヌに向ける。「ほらね」誇らしげに、真新しいオレンジ色のタコを見せびらかす。「牛のことに関しては、あいかわらずなんにもわかりません」

「あそこにいる牛はかわいそうな気がするわ」

「それはちがいますね。畜牛は殺される運命にあるんです。あそこの牛たちは、とにかくめぐまれている。十六区の白いふわふわした犬たちみたいにだいじにされています」

カモ料理が二人分、そしてカプシーヌが選んだヴォルネイのボトルが運ばれてきた。ウェイターは当然のようにモモのグラスに一インチ、テイスティングのために注ぐ。モモはいらついた様子でグラスをカプシーヌのほうに押し、ウェイターに向かって四杯目のスコッチを注文する。モモはめずらしくいらだっている。

「ほかにはなにかわかった？」

「いや、たいしたことは。あそこの業績は停滞していますが、急落ってほどではないし」モモがフォークでカモを乱暴に突く。

「停滞？」

「あの農場の牛ときたら、パッシー（十六区の高級住宅街）のアパルトマンでぜいたくに暮らしているみたいな感じで扱われているんですが、これまでのようには成長していないというのがひとつ。それに加えて、いまの農場にはハンドルを握る人間がいない」カモを食べる踏ん切りがついたらしく、モモが猛然と食べ始めた。

カプシーヌはしばらくモモの旺盛な食欲を見守っていたが、とうとう我慢できなくなった。

「もういいでしょう。くわしく話してちょうだい！」

「わかりました」彼は口いっぱいに頬張ったままこたえる。「亡くなった牧場長のフィリップ・ジェルリエはとても尊敬されていて、聖人フィリップと呼ばれていました。全員が口をそろえて、農場を切りまわしていたのは彼だったといいますよ。警視《コミセール》のお友だちのヴィエノーはたまに歩きまわる程度です。先日も警視たちといっしょに散歩していたでしょう。あんな具合で、現場のことはいっさい理解していないんです。

ジェルリエというのはまさに聖人だったらしく、来る日も来る日も身を粉にして働いたそうですよ。母親がアメリカにいて、アルツハイマーで中西部のどこかの病院に入り明日をも知れぬ命だった。父親はフランス人で、母親が去った後に彼をフランスで育てたそうです。だから彼は半分アメリカ人だったんです」

「ジェルリエが亡くなった後は、ヴィエノーがひとりで指揮をとっているのだと思っていたわ」

「おれにはそうは見えませんね。主任のピエール・マルテルが一手に引き受けているようです。ただ、彼にはなにをどうしたらいいのかまるでわかっていない。やみくもに怒鳴り散らして作業員を脅しているだけだ」

カプシーヌがモモを見つめ、話の続きを待つ。

彼はカモの大きな塊を口に入れて、四杯目のウィスキーとともに飲み込む。

「牛の成長のスピードが落ちているんです。これは大きな問題です。解体場には週ごとのデータが掲示されていますから、出荷予定量をこなすために以前よりもたくさんの牛を処理しているのは一目瞭然なんです」

「その理由はつきとめられたの？」

「ええ。聖人フィリップがいなくなって、誰も牛を祝福してやれなくなったからです」モモは笑い、スコッチをごくりと飲み干し、空いている片手でウェイターにお代わりを頼む。

「誰にも理由はさっぱりわからない。だから大混乱だ。マルテルは作業員たちをふりまわすばっかりだ。飼料の配合を変えろと指示したかと思うと、翌日はあたらしいビタミンのサプリメントをどっさり投入する。その翌日は抗生物質を替える。かと思うと、すべてをやめて牛を片っ端からシュートに追い込んで新種のビタミンの注射をする。どれもまったく効果がない。ようするに、あたらしい聖人をみつけるしかないってことです」モモがうれしそうに笑う。スコッチがみごとに効いている。

「日曜日に出たあのローストビーフは――」

「どうして知っているの？」カプシーヌは驚いてたずねた。

「ヴィエノー家のことなら、なにもかも情報が伝わるんです。内緒で屁もできやしないですよ。あの時の塊肉は、聖人を失って牛たちがやつれてしまう前のものです。あれが最後の良質な肉だった」

カモはすっかり骨だけになり、モモはお代わりを手に椅子の背にもたれた。「それで、なにかあたらしい指示があるんですね？」

「農場の記録を探ってもらいたいの。経理部みたいなものがあるでしょう？」

「経理部では三人が働いています。なにか理由をみつけては、みんなあそこに出入りしてますよ。ひとりすごくいい女がいるもんでね。事務所は夜はカギがかかってますが、安全錠でもなんでもないからプラスティックのカードでわけなく入れます。なにを探ればいいですか？」

「おかしいと思ったものはなんでも。なにかみつけたら知らせてね。そこからどう動くかはいっしょに考えましょう」

モモがうなずく。

「覆面捜査官であるとは気づかれていないわね？」

「だいじょうぶです。図体ばかりでかくて頭がいまいちだと思われてます。さて、もう戻らなくては。今夜、同僚が町まで夕飯を食べに来るんです。彼らの行きつけのカフェがあるんですよ。冴えないマグレブ系のカフェですがね。もう少しクスクスを食っていきますよ。それに安酒を買って持って帰りたいし」

「モモ、警察の身分証は農場に持ってきてないでしょうね？　ちゃんと置いてきたのね？」

「落ち着いてください、警視《コミセール》。おれは警察学校を出たてのガキじゃない。自分の身の安全がかかっているのだから、そこはちゃんとやってますって」

モモが少し気色ばんでいるように見えたのは、いらだっているからだろうとカプシーヌは受け止めた。彼女がもう少し観察力をはたらかせていたなら、気づいたかもしれない。モモが両脚のかかとをぎゅっと押しつけて、左足のくるぶしにスミス・アンド・ウェッソンがしっかりと固定されているのを再確認したのを。

38

「いま、どこだ」

詰問するような厳しい声だ。カプシーヌは落ち着いた笑みを浮かべ、クロークルームを見まわす。彼女の避難場所はゴーヴァンのおかげで格段に整ってきた。欠けた縞瑪瑙《オニックス》のペンスタンド――すばやく前屈みになるとペンが目に突き刺さってしまいそうな古いタイプのもの――は、おそらく屋根裏部屋から発掘されたのだろう。ゴーヴァンはそこに安いビックの赤と黒のボールペンを一本ずつ立てている。

カプシーヌが警察学校の警視の研修コースを受講していた時に、ゲストの講師として登場したのが警視監《コントロルル・ジェネラル》ギー・サッカールだった。以来、彼はカプシーヌの指導者となった。警視監という高い地位――パリ司法警察の半分を統括し、カプシーヌの上司の上司にあたる――に就いている彼は、いつもわざと偉そうにふるまって彼女をからかう。今回も、彼女が元気でやっているかという用件なのだろうとカプシーヌは思った。彼がそういう電話をかけてくるのはめずらしくない。

「サン・ニコラというところです。ノルマンディの」

「サン・ニコラ・ド・ブリケテュイのシャトー・ド・モーレヴリエか？　それでまちがいはないか？」紙をバサバサと荒っぽく叩く音がする。

いつもとは様子がちがう。彼の言葉には皮肉が感じられるけれど、あえて気づかないふりをしているほうが利口だろうとカプシーヌは判断した。

「そこでなにをしている？」

「休暇で来ていたら事件が起きたんです。その事件を捜査する非常勤の担当者として本部に任命されました」

「彼らが命じた、そういうことか？　きみはいっさいなにも手をまわしていないんだな」そこで言葉が切れる。彼が眉をひそめて首を横にふっているところが目に浮かぶ。「ささやかなコネをちょっと使うだけで、本部が事件の担当者に任命すると本気で思ったのか。この耳にそのことが入らないわけがないだろう。承認をとらずにそんなことが決まるはずがない。それくらいきみだってわかっているだろうに。なぜ最初からわたしにじかに頼んでこなかった？」

「却下されるだろうと思ったからです」カプシーヌは従順な口調でこたえる。

「少しでもわたしに感謝する気があるなら、こそこそクロゼットに隠れたりするな。大騒動のさなかに自分の警察署を放り出すのは、きみなりの感謝の示し方か？」

カプシーヌはうろたえてあたりを見まわした。隠しカメラでもあるのだろうか。どうして彼はそんなことをお見通しなのだろう。とにかく、懸命に気を取り直した。

「大騒動とはどういうことでしょう？」

「今朝の新聞を読んでいるだろう。それともそこには新聞が届いていないのかな。サン・ニコラ・ド」――彼はそこでわざとらしく間をあける――「ブリケテュイには」ことさらゆっくりと嫌味たらしく発音する。偉そうにふるまっているのではない。彼は本気で怒っているのだ。

「届くのは午後です。三時か四時頃に」

「なるほど、ちょうど食前酒の時刻か。リレの白のよく冷えたのを飲んだりするんだろう？　ちがうか？　結構なことだ。いつかぜひ招いてもらおう。きみの管轄がらみのゴタゴタがすべて片づいたあかつきには、シャトーでさぞやリラックスできることだろう」

「わたしにはなにがなんだか、さっぱりです」

「おや、それでピンとこなかったかな。残念ながら今日のリレは《ル・フィガロ》紙のせいでろくに味わえないだろう。きみの〝市場の眠り姫《ベル・オ・マルシェ》〟について特集記事が掲載されている。地図に被害者全員の住居、それに彼らの小さな写真も添えられている。犯人の手口について事細かく記され、奪ったものの詳細なリストもある。さらに犯人の身体的な特徴もな――それがまた、記者が勝手にのぼせあがって好き放題に書いている。どうだ。ここまでの感想はなにかあるかな？」

カプシーヌは茫然としている。「何週間か前に、確かに記者が警察署にやってきました。でも、とうに忘れられているものだとばかり」

「もちろん、忘れていたんだろう。その眠り姫とやらがそこらのブルジョワ階級の金持ちだけを狙っていたのならな。そのなかには作曲家もいたが、いまどきウベール・ラフォンテーヌなどたいした知名度はない。しかし映画スターとなると、そうはいかない。マスコミが本格的に食いついてくる。ちゃんときいているかね、警視《コミセール》？」

「はい」

「さて、ここからがおもしろい。記事は眠り姫を現代のアルセーヌ・ルパンになぞらえている。ルパンといえば怪盗紳士だが、このルパンは三十七サイズのDカップのブラジャーに黒いストッキングとガーターベルトをつけている」

「まあ」

「そしてもちろん、愚かな警察官が笑い物にされている。ルブランの小説のガニマール警部のようにな。今回の間抜けな警察官はル・テリエ警視という名だ」

カプシーヌはジャーナリズムの世界をよく知っている。だから、これが悪い冗談ではないと理解できた。

「さて、カプシーヌ」ファーストネームを呼ばれる時は要注意だ。「話はここからだ。今回のことはふたつの理由からひじょうに腹立たしい。第一に、こう見えてもわたしはきみのキャリアにおおいに期待している。しかし、このままマスコミが愚か者のイメージをつくりあげてしまうと、街での——そして警察内での——評価に著しく関わってくるにちがいない。となると今後キャリアを積んでいくことの大きな妨げとなる。そしてもうひとつの理由は、愚か者呼ばわりされて信用を落とすのがきみだけではないということだ。司法警察全体のイメージダウンにつながり、影響力の低下は否めない」

「どうしたらいいんでしょう？」

「主導権を握るんだ。記者会見をひらく。そこで地図、証拠、犯人の心理についての考察などをすべて開示する。われわれが事態を掌握していると強く印象づけるためだ。記者会見ではわたしが口火を切る。きみも壇上にあがって協力してもらいたい。彼らがいかに誤ったイメージをつくろうとしているのかを見せつけてやれ。前面に出てどんどん写真を撮らせるんだ。そのバストの威力は新聞の売り上げに貢献するはずだ」

カプシーヌはぐっと顎に力を入れる。

「いまきみにジャーナリストのリストを電子メールで送っている。われわれに好意的なジャーナリストを広報部がピックアップした。それを見てきみが直接連絡をとるといい。広報部を通さないことで、相手に誠意が伝わる。どうだ、パリに戻って準備に取りかかれるか？むろんいますぐにとはいわない。リレを飲んだ後でかまわん」

相手が偉い警視監でもかまうものか、いますぐ電話を切ってしまえ。そんな衝動に襲われてカプシーヌはわれながら驚いた。

記者会見に備えてカプシーヌはイザベルに猛特訓した。執務室で五回も念入りな打ち合わせを重ね、イザベルは今度こそマスコミを相手にみごとに仕切るはずだった。前回、記者の前で失態を演じたことなど、いまさらどうということもない。記者会見開始から三十分、カプシーヌは手応えを感じていた。サッカールの存在感は、司法警察への信頼性をじゅうぶんに高める効果がある。マスコミ各社に対し地図、写真、各種情報を豊富に提供するために、広報部はパワーポイントを使ったプレゼンテーションの準備を整えていた。カプシーヌがまずマイクを握り、説明にあわせてダヴィッドがノートパソコンのキーを操作してスクリーンを切り替えていく。カプシーヌが身体にぴったりした白いシルクのブラウスを着ているのは、もちろんサッカールの言葉を意識してのこと。深く呼吸すると第一ボタンの部分がピンと張る。腰に装着したピストルは嫌でも目を引き、視線はそのまま彼女のお尻《フェス》へ。日頃からアレクサンドルが太鼓判をおしているように、確実に相手を魅了するはず。

しかしこれはあくまでもショーウィンドーの飾りつけ。勝負は記者会見の第二部だ。捜査チームのスキルを強調し、事件は確実に解明されようとしていること、逮捕はまぢかであるという印象を与えてマスコミを黙らせる。

カプシーヌは話を終えるとイザベルに微笑みかけ、壇上に招いた。イザベルは洗練された動きで立ち上がり、みなぎるバイタリティと妖艶な魅力をふりまきながらスクリーンに向かって歩いていく。カプシーヌは内心、ほっとしていた。ところがイザベルは聴衆の前に立った瞬間、かあっと頭に血が上ってしまい、しどろもどろになってしまった。でくの坊のように突っ立って目を大きくあけ、口は渇き、喉が締めつけられるイザベル。あれほどカプシーヌと熱心に打ち合わせたことがすべて水の泡と消えた。ぶつぶつとつぶやくようにしゃべり、早口で原稿を読み上げ、そのくせ肝心なところを飛ばした。彼女が話し終えるとジャーナリストから質問が出た。「では、いっさいなんの手がかりもないということですね。そして事件が自然に解決することを期待していると。いまのお話からそう理解してよろしいんですね」

イザベルはいらだち、質問をした記者に迫っていく。さいわい記者は三列目に座っている。「よくききなさいよ。わたしたちはちゃんとやっているわ。いい加減なことをいわないで、そこの――」

彼女が罵詈雑言を浴びせる前にダヴィッドが立ち上がり、紙の束を掲げて話しだした。「会見終了の前に」深夜のテレビの通販番組でミラクルスポンジを売っているような愛想のよさだ。「ただいま発表した内容をプリントアウトしたものを配付したいと思います。プレスリリースと、いまごらんいただいた写真です。便利にお使いいただけるように光沢仕上げにしました。捜査官の略歴と写真も用意しています。もちろんこちらも光沢仕上げです」なんとも誇らしげなダヴィッドの笑顔は部屋をなごませた。われさきにプレスキットを求める記者たちに取り囲まれて、彼はさらに大きな声で呼びかけた。

「みなさん今日はご足労いただき感謝します。今後わたしが連絡窓口を務めます。フォルダーに名刺を入れておきました。電話番号ものっていますので、昼夜を問わずいつでもお気軽にご連絡ください」

サッカールが感心している。ダヴィッドの笑顔はほんとうに魅惑的だとカプシーヌもつくづく感心した。これならあっという間に頭角をあらわすだろう。

サッカールと報道記者がいなくなると、カプシーヌは部下とともに執務室へと引きあげた。イザベルはドアを力任せに閉めてダヴィッドのほうにくるりと向いた。

「よけいなことをしてくれたわね。おかげでわたしは面目丸つぶれよ」

ダヴィッドはなにもきこえないそぶりで、たったいま昼寝からめざめたように伸びをすると、さわやかな口調でカプシーヌに話しかけた。

「大成功でしたね。そう思いませんか、警視《コミセール》？」

「ええそうね、あとは眠り姫を突き止めるだけ」

「それは少々むずかしい」ダヴィッドがいう。「手がかりと呼べるようものはいまだにみつかってないし」

「だからあなたたちでみつけ出すのよ。やるべきことはふたつ。まず、出発点に戻って被害者一人ひとりに再度事情聴取してちょうだい。他の五件を考え合わせてもう一度くわしく話をきくの。糸口を見つけるつもりでね。眠り姫の好物、特定の地域に関することを口にしていないか、被害者たちに何度も語っている身の上話。たとえそれが偽装だとしてもね。金品を巻き上げる以外に彼女がなにをしているのかを知る手がかりになるわ。もちろん作曲家のラフォンテーヌのところにも行ってね。あくまでも彼のストーリーに沿って話をきくように。姫が姿を消すまでの数日間にどんなことを話したのかをきき出すのよ。きっと彼はある時点で気づくでしょう。ようするになにが起きたのかをね。雑誌のイラストレーターふたりにはスケッチを頼んでみましょう。最初からそれを思いつくべきだったわ。警察の似顔絵合成装置《アイデンティキット》の絵は妙にデフォルメされているから役に立たないもの。イラストレーターなら芸術性の高い絵を描いてくれるでしょう。ほんものの眠り姫にちかい絵をね」

「わかりました。そうします」イザベルがきっぱりという。「もうひとつは、なんですか？」

「事情聴取をすませたら取調室のひとつを作戦司令本部にするの。ドアを閉めてメモを全部ひろげてみて。そして彼女のこれまでの犯行に共通する点をすべて洗い出すの。場所、被害者のタイプ、盗まれたものなどをね。なにかパターンがみつかると思うわ。ただし、よく注意しなければ見えてこない。だから想像力をはたらかせてね。その成果を報告してちょうだい」

「また田舎に戻るんですか？」ダヴィッドがたずねる。

「ええ、でもそう長くはいないわ。ここであなたたちといっしょに仕事をしたいから」

ダヴィッドがカプシーヌの執務室を出たあとイザベルは残った。

「ちょっといいですか？」

「もちろんよ、どうしたの？」

カプシーヌはお腹の筋肉がきゅっと引きつるのを感じる。

「このあいだも話した通り、昇進にふさわしいのはわたしではありません。記者会見でわかったはずです。何時間も特訓してもらったあげく、あんなふうに失敗してしまって」

「前にもいったはずよ。わたしがあなたの昇進の後押しをしているのは、おしゃべりをする才能を買っているのではなくて、警察官としての能力を評価しているからなの。あなたはよく考えて行動しているし、忠誠心もある。その確信は強まるばかりよ。さあ行ってとりかかりなさい、あなたの事件にね。一刻も早く逮捕にこぎつけること、それがいちばんだいじなことよ」

39

つぎにカプシーヌがモモと待ち合わせたのは〈ル・アーヴル〉だった。灰色で陰気な街は五〇年代の白黒のフィルム・ノワールを思わせる荒涼とした気配を漂わせている。天候もそれにふさわしく、ひたすら陰鬱だ。ボードレールが詠んだように、重く低い空が蓋のようにのしかかる。農家のキャセロール鍋の蓋のような重さだ。

モモにはバスステーションから徒歩で、車通りの多い道沿いに来るように指示しておいた。彼は予定の五分前にドアから出て、重たい足取りで歩道を歩き出した。無表情で、どこにでもいそうな移民の労働者といった風情だ。カプシーヌはそれがうらやましい。あんなふうに完璧に景色に溶け込んでしまう技は、そうかんたんには身につかない。

モモの歩調に合わせてじりじりとクリオを進める。後続車のドライバーがいらだってしきりにライトを点滅させるが、お構いなしだ。彼らはローギアで轟音をあげてつぎつぎに横をすり抜けていく。二区画進んだところで、モモの横で車を停めてドアをひらいた。同僚の作業員にはつけられていないと判断したのだ。

カプシーヌが微笑む。「ランチにする？　それとも飲んでから？」

「警視《コミセール》、おれはもうそんな些細なことは超越しましたよ。どうぞお気のすむようにやってください」

すっかり覇気がなくなったモモの様子を見て、これはただごとではないと感じたカプシーヌはカフェの前の狭い駐車スペースにクリオを押し込んだ。くたびれてこれといった特徴のないカフェだ。こういう店はフランスの景色からどんどん姿を消している。パリに降る薄汚れた雪がみるみるうちに溶けてなくなるように。

モモの異変はあきらかだ。ウェイターが注文を取りにきても、いつものようにウィスキーを数杯飲んでから昼食をたらふく食べようなどと意欲を燃やさない。カプシーヌはとまどうばかりだ。「どうぞ注文してください。警視の好きなものをなんでも。おれはそれで結構です」

それぞれに〈ステック・フリット（ステーキとフライドポテト）〉、ハウスワインの赤が一リットル入ったカラフを注文してから、しまったと思った。ウェイターはすでにいってしまった。

「ステーキなんて、よくなかったわね」そっとたずねてみる。

「おれのことならご心配なく。ちょうどステーキが食べたかったところです。この二週間というもの、マトンのまずいタジンしか食ってませんしね。フライドポテトもついていないし」彼が弱々しく微笑む。

モモのすさんだ心をなんとかしようという気持ちが知らず知らずのうちにはたらき、カプシーヌはおもしろおかしく警察署の様子を語った。新しい事件について、過去の事件の捜査の進捗状況について、誰が休暇でどこにいったのか、誰が誰とつきあっているのか。しかしモモはいっこうに話に乗ってこない。まるで、とうに別の仕事に転職して、過去の知人の近況に礼儀からつきあっているだけのようだ。じっさい、彼の心境としてはそれにちかいのだろうとカプシーヌは察した。

〈ステック・フリット〉が運ばれてきた。リブロースは四分の一インチと悲しくなるほど薄く、脂肪が固まって濁った色を見せている。肉の上に薄い小さな円盤状の合わせバター《ブール・コンポーゼ》が凍った状態で数枚のっている。これは業務用に乾燥させたタラゴンの粉と人工的な色をつけた業務用バターをあわせたもの。ビーフのお粗末さを埋め合わせるように、揚げ過ぎたフライドポテトが大皿に山のように盛ってある。

「ポテトの追加はどうぞご遠慮なく」ウェイターがいう。「厨房にまだまだたくさん用意してありますので」

バターが溶け始め、肉がぎらついて見える。が、カプシーヌとモモはすばやく円盤状の塊をフォークで持ち上げてフライドポテトの山へと移した。ここならいくらバターが溶けてもかまわない。おそらく昼食時に同じことをしているフランス人は無数にいるはず。でもいまのカプシーヌはそれを想像しておもしろがったり、フランス料理の未来に思いをはせる気にはなれない。

あれこれ試してもモモの気持ちに添うことは無理とあきらめ、カプシーヌは率直にたずねた。

「どうなの？」

「すっかり雄牛のエキスパートになりました。いままで想像もしなかったことをたくさん学びましたよ。ひと通りすべての仕事を経験して、どの持ち場もこなせるようになったんです。その点では満足してますよ。もちろんパリとはちがうけれど、あそこはあそこなりのリズムがある。ようするに慣れたってことですかね」

「解体の部署にはもういないの？」

「それが主な業務です。ただ、そこでうまく務まるならほかの業務もかんたんにこなせるだろうと思われているんです」モモは皮肉をこめてにやりとした。カラフが空になったのでウエイターに合図して追加を頼み、話を続ける。「おかげさまで、すごく重宝されてますよ。おれみたいに不平もいわずにがんがん仕事を片づけるような人間は、あそこにはいませんからね」牧場の仕事で頭角をあらわしている自分をおもしろがっているようだ。「でもご心配なく。たぶん司法警察の仕事のほうが飽きずにできると思いますから」彼はその日初めて、心からの笑い声をあげた。

「経理部には侵入できたの？」

「ええ、かんたんにね。あのカギなら三歳児だって外せる。クレジットカードさえ持っていたらね。カードでかんぬきを押し戻せばあきますから。ファイル用のキャビネットにもカギがかかっていましたが、そっちはもっとかんたんだった。キャビネットを持ち上げて、かんぬきを下に押して外したんです」

「そっちは並みの三歳児には無理そうね。並みの警察官にもたぶん無理ね。なにか見つかった？」

「特殊部隊《RAID》を呼び出すほどのものは。彼らがヘリコプターからロープでするするとおりて〈エレヴァージュ〉を包囲するほどのものはなかったですね。ただ、経費勘定の重大な不正をみつけました。それで刑務所にぶちこめますかね？」

「経費勘定の不正？」

「ええ。旅行代理店のファイルを見たんです。たくさんはありませんでしたが、フィリップ・ジェルリエ、ほら、殺された牧場長ですよ。彼は三カ月ごとにアメリカに行っていたんです。ミネソタ州ロチェスターという場所に」

「きっと行き先はメイヨー・クリニックよ。彼の母親が重いアルツハイマーだったと、確かあなたからきいたわね」

「ええ。しかしおかしなことに、その旅費はすべて〈エレヴァージュ〉から支払われています。おまけに彼は高級ホテルのスウィートに滞在し、やたらにでかい車を〈エイヴィス〉でレンタルして、二名分の飛び切り高価なディナーを予約してます。その費用はすべて牧場の払いなんです」

「給料から差し引かれていただけのことかも」

「そうかもしれませんね。で、どうしますか？」

「もう少し経理部に注目していて。〈エレヴァージュ〉になにか秘密があるとしたら、それをたぐりよせる糸口があそこにあるはずだから」

「具体的になにをさがせばいいんですかね。……ああ、そういうことか、わかりましたよ。見つけた時に、わかるってやつですね？」

カプシーヌが笑う。「あなたがこっそりかぎ回っていること、誰にも見られていない？」

「まあね。夜になるとタバコを吸いに抜け出すやつらが多いんです。信仰は名ばかりってやつですね。先日、経理部に忍び込んだ帰りに主任にでくわしましたよ。彼がやってくるのを見て、とっさにゴロワーズを一本取り出して火をつけて、あわてて踏みつぶして隠すふりをしましたよ。きっとおれの演技に彼はころりとだまされたと思います」

「その調子でがんばってね。あなたにどうしても手がかりを見つけてもらう必要があるの」

ウェイターがやってきた。とくにデザートをすすめることもなく、コーヒーと請求書を置いた。モモが先に店を出た。そのまま通りの向かいのコンビニエンス・ストアに寄る。きっと一パイント入りのスコッチのボトルを買うにちがいない。その姿をカプシーヌは微笑ましい気持ちで見送った。

40

イザベルがうまい方法を思いついた。ようやく調子が出てきたようだ。執務室にあったコルクの掲示板から掲示物をすべて取り払い――「どれもくだらない通知ばかり。誰も見やしないわ！」――作戦司令本部となった取調室の壁に釘で打ちつけた。その掲示板を四分割し、眠り姫の犯行一件ずつに割り当てた。ここに事件を集約しようというわけだ。一件ごとに盗まれた品の写真などありとあらゆるものを画鋲で留めた。ネットで検索した資料や被害者の事情聴取から得た重要な情報も、なにもかも。

署内では口の悪い連中にさっそく目をつけられて、物笑いの種にされた。「これなら、夜わざわざ家に帰ってアメリカの警察ドラマなんか見ることないな。こっちで見物するほうがおもしろい」「このぶんなら、おれたちにもフェラーリ、デザイナーズスーツ、トランシーバーつき時計が支給されるかもな」

ダヴィッドはそういう冗談によろこんで乗るので標的にはされなかった。イザベルはいうまでもなく周囲からの揶揄に過剰反応した。が、嵐がおさまれば作業は順調に進み、満足のいく仕上がりとなった。

アメリカ人の教授夫妻が盗まれた装飾写本のコピーがみつからないので、代わりとして同時代のオイル語の装飾写本を貼った。これは絞首刑にかけられた男を貴族のカップルが眺めているという図案だ。

元公務員が盗まれたドーミエの風刺画もみつからなかったので、ドーミエのほかの風刺画をいくつか選んで貼った。カプシーヌがとくに興味を引かれたのは、退廃的なブルジョワ階級のハンターふたりが、狩りの獲物がなかったからといっておたがいの犬を撃っている絵だった。

多様な参考資料のなかでなんといっても光っているのは、雑誌のイラストレーターふたりが合作した眠り姫の肖像画だ。イザベルはダヴィッド抜きで彼女たちと午後いっぱいかけて打ち合わせをしながら眠り姫の絵を描かせた。彼女たちの深い思いが投影され、それでいて身分証明書にも使えるほどリアルな絵だった。鉛筆で描かれた若い女性は二十代後半、豊かな髪は淡褐色に彩られている。高い頬骨、ふっくらとしたくちびる、かすかに憂いを帯びた表情で少し離れたところを見つめるまなざし。むずかしい問題の意味を懸命に理解しようとしているようにも見える。完成した絵を見てイザベルは感動のあまり涙ぐんだ。この肖像画は絶対に自分がもらうと主張して、そのためにわざわざ覚え書きまで作成した。

魅力的な掲示板ができあがった。が、イザベルがそこからなにかを読み取るには、しばらく時間がかかった。カプシーヌにプレッシャーをかけられた末にようやく彼女はある発見をした。ベルリオーズの手紙をのぞけば、眠り姫が盗んだものはすべて美術品といっていいものだ。

「ということはつまり？」カプシーヌがたずねる。

「美術品の愛好家は面倒見がいい人々、かな？」ダヴィッドは無邪気なふりをしてこたえる。

「そんなこと関係ないわよ。画家と詩人は銀行家より親切に決まってるでしょ」イザベルは宙を睨みつけて正解をさがしている。

「眠り姫に焦点を当てて考えてみて」カプシーヌがいう。「彼女は毎回、美術品の愛好家と出会って犯行に及んでいる。それはどういうことかしら？」

イザベルのこたえは速かった。「彼女はアートについて相当の知識があり、それで相手の関心を引く。そういうことですね？」

「ええ。わたしもそう思うわ。消防署に連絡して救急車を呼べばすむものを、わざわざ自宅に連れて帰りたいと思わせるものが彼女にはあるのよ」

「被害者たちは眠り姫に相通じるものを感じ、理解者になれるのは自分だけだと思っている」イザベルがいう。

「逆にいうと、それ以外の憐れみ深い人々がいくら手を差し伸べてもつっぱねる」ダヴィッドだ。

「たぶんそうでしょうね。芸術に造詣が深くない被害者からの届け出はいまのところないから」

「地面にぶっ倒れている彼女を見て、どうしたことかと心配して寄ってくる人はたくさんいるけれど、彼女は負け犬を寄せつけず、高額な美術品を所有していそうな人物をひたすら待つ。そういうことですか？」イザベルがたずねる。

「立ち上がるのはかんたんだからね。相手に興味がなければ立ち上がり、埃を払い、〝もう大丈夫です、どうもありがとう〟というだけ。そしてまた地面に横たわり、勝ち組のサマリア人があらわれたらかわいいうめき声をもらす」カプシーヌがいう。

「カギは芸術？」イザベルがたずねる。

「同じ世界を共有している人々の結びつきは強いからね。医師、画家、警察官だってそう。そのためには、それなりの知識が身についている必要がある」

「じゃあ、彼女は画家とか？」イザベルだ。

「年齢から考えて、芸術を学ぶ学生あたりかしら」

「それならパリ国立高等美術学校《エコール・デ・ボザール》を張り込むっていうのはどうでしょう？」イザベルは熱を帯びた口調だ。つぎの方向が決まった。


　イザベルとダヴィッドは三日連続、美術学校の前のカフェで不本意ながら隣り合わせに座った。〈カフェ・ラ・シャレット〉のテラス、といっても名ばかりで、貧弱なプラスティック製の小さな白いテーブル八つと、これまた安っぽい白いプラスティック製の椅子が歩道をふさぐように置かれている。そのひとつを陣取っていた。テーブルはカフェの窓にぴたりと押しつけられているが、歩行者は小さくピルエットするようにして椅子を避け、さらにこのところとみに増えてきた自転車レンタサイクル《ヴェリブ》のパーキングにもぶつからないように注意して歩かなくてはならない。

　イザベルは張り込みのために分厚くて何サイズも大きな男物のウールのセーターを着込んできた。破れたジーンズからは片足の膝がのぞいている。彼女がイメージするコンテンポラリーアートの世界はどうやら七〇年代のドキュメンタリー調の映画が基盤となっているらしい。膝に厚いスケッチブックと美術展のカタログをのせて、イザベルとしてはさえない外見になっているつもりだ。いちばん大事な小道具は、カタログの上にさりげなく置かれた眠り姫の絵。鉛筆で描かれたみごとな絵をコピーしてきた。

　開始から一時間ほどは、イザベルとダヴィッドの張り込みはこれといった成果がなかった。が、昼ちかくになると眠り姫の候補となりうる若い女性が六人みつかった。そのうち三人はスケッチに生き写しだ。

　それからの二日間で候補者がさらに六人増えた。彼女たちは果たして別人なのか、それとも髪型と服を変えた同一人物の姿を何度も見ているだけなのか、ダヴィッドとイザベルには判別がつかない。三日目、これまでの候補者でスケッチにいちばん似ている娘を尾行するようイザベルはダヴィッドに命じた。娘が美術学校の午前の授業を終えて出てくると、ダヴィッドはそのまま尾行を開始し、七時間後に警察署に戻ってイザベルに報告した。彼女は買い物の後、友人と昼食をとってセーヌ川沿いの露天の古本屋《ブキニスト》のスタンドでのんびりと本を眺め、ボザールからさして遠くない垢抜けた通りのアパルトマンに戻ったという。コンピューターで調べると四十三秒間で彼女の名前と電話番号が表示された。さらに八分後、彼女にはかなりの銀行預金があり、毎月カルト・ブルー（デビット機能つきキャッシュカード）で五千万ユーロ以上使っているという情報も表示された。使い道はおもに洋服だ。

動けるのがダヴィッドだけではとうてい間に合わない。イザベルはそう判断してカプシーヌに泣きついた。人手が足りないとめそめそと愚痴り、不平不満をもらし、けっきょくカプシーヌは四日目の張り込みに参加することにした。

さわやかな日であれば張り込みは快適だ。さんさんと日の光が降り注ぐカフェテーブルで本でも読んでいるふりをすればいい。しかしそういう時期はもう過ぎてしまった。それでもカプシーヌとイザベルは名ばかりのテラスに陣取った。

魅力的なモニュメントに事欠かないパリの街で、美術学校はつまらない建物とカプシーヌは思い込んでいた。まともに見る機会がない、というのも、その思い込みを後押ししていた。ふたりが座っている場所からも、落書きにおおわれた壁に挟まれた入り口の先に、十六世紀と十七世紀の荘厳な建物がわずかに見えるだけだ。アトリエの明かり取りのために上部にエレガントな天窓がある。それよりもはるかにインパクトが強いのは壁の落書きだ。額縁から飛び出したネコが三階の高さから中庭をうれしそうに見ている。学校当局は落書きを何年もそのまま放置するばかりか、壁の漆喰を塗る際にはわざわざ落書きを残しているのだから、驚きだ。

カプシーヌはグリーンティーをする。苦くてまずい。イザベルはどぎつい緑色のミント《マンタ・》水《ロー》を激しく混ぜている。

「あれ見て！　あの子。きっと彼女だわ。どう思います？」

「ちがうわね。鼻の形が全然ちがう。でも見たところはそっくり。それは認めるわ」

ダヴィッドはすでに尾行に出発していた。眠り姫かもしれないとカプシーヌも認めた若い娘を追っている。彼が出発した直後に、さらにふたり、もっとよく似ている候補者があらわれた。それもこれも、美術学校の学生同士がひじょうによく似ているからだった。基本的に二通りのタイプに分かれる。かたや奇抜なネオヒッピー——七色の横縞のストッキング、もはやスカートとしては意味をなさない超ミニスカート、原色の異様なストライプに染めた髪が特徴だ。もうひとつのタイプ——そしてこちらのほうが多数派——は椿姫《ダム・オ・カメリア》。ひらひらがたくさんついた黒いワンピース、長く伸ばした豊かな髪、思い詰めたような内省的な表情の娘たちだ。このどちらかの格好をすると、彼女たちはクローンのようになってしまう。中国の兵馬俑の兵士たちみたいに区別がつかない。テラコッタの兵士たち同様、よほどじっくり観察しなければ見分けられないだろう。

被害者たちの証言では、眠り姫はまさに後者のタイプだ。ならば、学校にいる時にはちがう格好をしているのではないかとカプシーヌは直感した。とすれば肖像画を頼りにさがすのはますますむずかしくなるはず。やはりイザベルが主張するように、もっと動員する必要がありそうだ。

「わかったわ、イザベル。捜査官を三人増やしましょう。昼食後すぐに来るように手配するから、あなたから指示を出してね」

「わたしがですか？　警視がじきじきに指揮を執るんじゃないんですか。このわたしに四人も任せていいんですか？」イザベルの左右の眉はゆうに半インチはあがった。

「イザベル、あなたにとっては〝鼻に指を入れる《レ・ドア・ダン・ル・ネ》〟も同然——楽勝よ。あのダヴィッドのことだって意のままに動かしているでしょ。彼は一筋縄ではいかないのに。とにかくどんどん尾行させて、報告させるようにして」

「ということは、またノルマンディに？」

「すぐに戻るわけではないわ。でも、どうしてもあなたにリーダーシップをとってもらわなくてはならないの。いったでしょう、きっとあなたならできる。そうでなければ、任せたりしないわ」

　イザベルは言葉を失っている。ただ目を大きくみひらいてカプシーヌを見つめている。いつものような切れ味のいい皮肉は出てこない。だぶだぶのセーターを着た彼女が口をパクパクさせている姿は、漫画の一コマのようだ。

41

それはカフェというよりも、裏通りの小さな家といったほうがふさわしい。北アフリカの内陸部出身の同胞《フレール》と妻が料理とミントティーを出している。

暖かい時期には小さな中庭に席がつくられる。土には砂利を敷いていたらしいが、大半はとうに埋まってしまっている。寒くなると、奥の二部屋をひとつにつなげたところにテーブルを移す。

料理がとくにおいしいわけではない。厨房ではいつでも〈ハリーラ（モロッコの伝統的なスープ）〉や〈ケフタ（モロッコ風ミンチボール）〉がぐつぐつ煮えていて、注文すれば食べられる。味は〈エレヴァージュ〉の社員食堂と五十歩百歩だが、自分で皿に取り分けるよりも注文して支払いをするほうが食欲はそそられる。なにも食べたくなければ座ってミントティーを飲めばいい。本物のミント——どこで育ったものかは誰も知らないが——をつかっているので、とてもおいしい。エスプレッソも飲める。でこぼこのエスプレッソマシンは何年も前に手に入れた年季の入った中古だ。

小さなバーらしきものもある。幅二フィートの板と割れた鏡だけのスペースだが、鏡の前の棚には沢山の瓶が並び、蛍光色のシロップは色とりどりだ。鏡の横には〈酒販免許II〉の飾り額。相当古く、エナメルがはげて文字は奇妙な筆記体だ。地元の蚤の市で手に入れたのかもしれない。誰も本物だなどとは思っていないが、仮に本物であればワインとビールは堂々と売ってもかまわない。それよりも強い酒を売ることは許されない。じっさいに厨房の冷蔵庫にはクローネンブルグ1664のビールがたくさん詰まっているのだが、モモはそれを飲もうなどとはハナから考えていない。そんなものを注文すれば、店にあつまっている北アフリカ系の同僚たちが黙っていないだろう。「恥を知れ、恥を知れ」と小声でぼそぼそつぶやきながら指の関節で静かにテーブルを叩き、モモは立ち去るしかなくなる。

ビールを飲むのはもっぱらフランス人の作業員だ。〈エレヴァージュ〉の裏口と目と鼻の先にあるこの店に彼らはめったにこない。たいていは町のカフェに行く。そこなら誰にも文句をいわれずにタバコを吸えるし、ビリヤード台とテレビがあり、アラブ人がひとりもいないからだ。けれども雨がひどい時には、ここにやってくる。

この店も捨てたものじゃない。ここは清潔な香りがする——汗臭くもなければ、タバコの煙のにおいもない——スパイスの少々ツンとするにおいは自宅を思い出す。モモはほぼ毎晩ここに来るのが楽しみになった。最初は覆面捜査に役立てる目的だった。が、しだいに彼の暮らしに欠かせない意味を持つようになってきた。毎晩自室にこもっていても、いいことはなにもない。酒がなければなおさらだ。だから気軽にスーパーマーケットに行ってノーブランドのスコッチを買ってしまえと割り切った。酒がまわれば気分がよくなって酔える。それでじゅうぶんだと思えた。

　モモは静かにコーヒーを飲みながら考えた。じきにここを離れることになる。しかしル・テリエ警視に報告できるものはまだなにも手に入れていない。いや、あと数日のうちにはかならず手に入れる。すでに経理部の様子はすっかり呑み込んでいるから、きっとなにかが見つかるはずだ。警視があるというのだから、絶対にあそこにはあるに決まっている。

〈エレヴァージュ〉で働くマグレブ系労働者がふたり、店に入ってきて同じテーブルについた。モモは彼らの話に耳を傾け、時折そっけないうなり声を出す。下手に尻尾を出すわけにはいかない。ブレド（北アフリカ内陸部）出身の彼らについてモモは意外なほど知らない点が多いことを自覚していた。

　フランス人労働者が六人入ってきてカウンターを囲んでビールを飲み、タバコを吸い、大声でしゃべり始めた。周囲が嫌がると知ってわざとタバコを吸っているのだ。彼らがやりたい放題なのは、ささいな口論でも憲兵隊が駆けつけるのを知っているからだ。そうなればこの場所はかんたんに閉鎖されてしまう。店内は白人《ブラン》のにおいでむっとする。甘いタバコのにおい、イーストとホップのにおい、耐え難い甘い汗のにおい。さきほどまで平和でのんびりして清潔感が漂っていたカフェはすっかり雰囲気がこわれ、白人の男たちは乱暴な音を立ててビールのグラスをカウンターに叩きつける。さいわい、割れはしない。そして彼らはドスドス足を踏み鳴らし、座っている客たちにぶつかっても謝りもしないで出ていく。ドアが閉まると、店内にほっと安堵のため息がもれた。

困ったことに、彼らがビールを飲み干すのを見ていたモモは飲みたくてたまらなくなってしまった。スーパーマーケットで買った一リットル入りのスコッチの瓶は中身が四分の一残ったまま自室のベッドの下の鞄にしまってある。いま店を出れば、ルームメイトよりも早く自室に戻れる。飲んでいるところをみつかって瓶を叩き壊されるようなことはないだろう。いや、たとえみつかったとしても、それで一巻の終わりというわけではない。

真に一巻の終わりといえるのは、経理部を調べている現場を見られてしまうことだ。それはまずい。即刻〈エレヴァージュ〉をクビになり、ル・テリエ警視は告訴を断念することになる。だが、その心配はまずない。これまでに三回忍び込んでいる。誰にも見つからずに入って出る方法はわかっている。わけないことだ。夜になると〈エレヴァージュ〉のあたりは人気《ひとけ》がなくなるから、誰かにみとがめられる可能性はほぼゼロといっていい。気をつけなくてはならないのは、自室に戻る時だ。宿舎《シテ》に戻るとちゅうでマルテルという男と出くわした際には、不自然な方角から来たのをごまかすために夕バコで一芝居打った。マルテルはあっさりひっかかってくれた。慈悲深いアラーの神を称えよ。次回は宿舎の裏をぐるりとまわって戻ろう。そうすれば勘ぐられたりしない。

事前にしっかりと計画を立てておけば、あわてずにすむ。いまはひたすら酒が飲みたい。店を出る潮時だ。

モモは誰もいない中庭を横切り、がたついた木製の門をあけて通りに踏み出した。サン・ニコラの裏通りはどこも街灯がないが、ここも灯りはない。一面の星空を見ながら〈エレヴアージュ〉まで歩くのも悪くない。こんなにも流れ星が多いのか。パリでは絶対に見ることはかなわない。後ろを向いて門を引いて締めようとしていると、頭のなかにドスッという音が響いた。なにかを感じるよりも先に耳がキャッチした。コンピューターで操作を誤った際に鳴る警告音のような音を。ただし、もっとずっと大きな音だ。痛みは感じない。いつの間にか膝をついていた。ふたたび一撃が加えられ、モモは横倒しになった。意識は完全にはっきりしているのに手も足も動かすことができない。

「見ろよ、このざまだ」騒々しい声に嘲るような鋭い笑い声がまじる。「タフな巨体はどうした」腹を強く蹴られてモモの肺から息がもれる。上体が万力で固定されたみたいに動けない。モモはパニックになり、必死に息を吸おうともがく。蹴られるたびに激しい痛みが加わる。相手は罵声を浴びせながら蹴り続ける。「おれたちの仕事を奪っておいて、ただですむと思うな」ドスッ。「いつまで居座るつもりだ」ドスッ。

本能的にモモは胎児のような姿勢をとってぎゅっと縮まる。とにかく腹を守らなくては。どうにかして空気を吸わなくては。もうろうとしながらも、相手が三人であることはわかった。蹴っているのはふたり。そしてピエール・マルテルはかがみ込んで暴言を吐きながら笑っている。

延々と続くうちに少し息ができるようになったが、痛みは増すばかりで限界にちかい。止めさせるのはわけないことだ。モモの右手は銃から六インチも離れていない。手を伸ばしさえすれば、あとは勝手に銃から弾が飛び出してマルテルの突き出た腹に命中する。一発ですべてが片づく。ほかのふたりは逃げるだろうが、マルテルの口からかならず彼らの名前をきだす。ききださないうちは死なせない。

だが銃を使うことはできなかった。使ってしまえばル・テリエ警視は告訴できなくなる。自分はその任務を果たすためにここにいるのではないのか。

しかし頭のなかが銃のことでいっぱいになる。すぐそこにある。手を伸ばしたいという誘惑に負けそうだ。とても小さいから手のなかに隠れてしまうだろう。手のひらでグリップをぎゅっと握る感触がリアルに感じられるほどだ。スカンジウムの滑らかな銃身に親指と人さし指の先でふれる感覚。ところでスカンジウムってなんだ。思わず笑いそうになる。そのせいで腹筋が痛い。息が止まりそうだ。息が詰まって痙攣に襲われる。咳を無理に出そうとして喉に焼けつくような痛みを感じた。それっきり意識がとだえた。

42

感情の大波はマリー＝クリスティーヌに変化をもたらしていた。以前の彼女はいわゆる〝目鼻立ちの整った女性〟だった。カプシーヌ自身がそんなふうに表現されたら、うれしくもなんともない。しかし今日のマリー＝クリスティーヌはラシーヌのヒロインみたいに悲劇的で官能的に見える。『フェードル』なんかやらせたらぴったりだ。目はうるみ、深く窪み、会話が中断するごとに視線が宙をさまよう。口はかすかにあき、くちびるはふっくらしてみずみずしく、髪は完璧になでつけてあるのに、なぜか激しい乱れの気配がする。ひとことでいうと、彼女は美しい。

前日にマリー＝クリスティーヌから絶望的な声で電話がかかってきた。

「わたしにはあなたしか話せる人がいないの。頭のなかがすっかり混乱してしまって、誰かと話をせずにはいられないのよ」

カプシーヌは断わり切れず会うことを承諾したが、マリー＝クリスティーヌが提案してきたディナーではなく昼食をともにすることにした。これならとちゅうで話を打ち切ることができるから。

いや、ランチなら手短にすむだろうという判断すら、まちがっていたかもしれない。カプシーヌは腰をおろそうとした時点で、すでにそう感じていた。マリー＝クリスティーヌは麻薬でも服用しているみたいにハイテンションだ。

ケ・デ・グラン＝オーギュスタン大通りの〈レクルーズ〉はカプシーヌが心から愛し、アレクサンドルは足を踏み入れるのも拒否するというパリで唯一のレストランだ。同店がオープンしたのは、窒素ガスを利用したワインディスペンサーが流行し、グラン・クリュをグラス単位で注文することがまだまだ目新しかった頃。アレクサンドルがここを嫌う理由は、チェーン展開して六店舗あるからだ。料理はシンプルでおいしいのだが、じつはどこかにある中央の厨房でまとめて調理され、それを電子レンジで熱々の状態にして出している。

「レストランというのは食事を出すものであって、袋入りのスナックを出す場所ではない」アレクサンドルはそのセリフを口にする時、かならずおおげさに身震いしてみせる。

カプシーヌとマリー＝クリスティーヌは同じものを注文した。フォアグラの大きな塊を。パン・ド・カンパーニュの厚いスライスのトーストがバスケットにいっぱい添えられている。そして極秘のレシピでつくられたプディングのようなチョコレートケーキ。どちらもカロリーの数値はとんでもなく高い。ルピアックもグラスで注文した、このワインの甘さはフォアグラにもケーキにもよく合うはず。

フォアグラを半分食べたところで、中身のないおしゃべりとゴシップの種が尽きた。

「彼と別れたの」

いきなりマリー＝クリスティーヌが芝居がかった口調になる。

「誰と？」

「ジャン＝シャルルよ、わたしの恋人」

「どうして？」

「彼を愛しているから。そう、彼といっしょにいることを愛しているの。それはロイックに対してフェアではないわ」

「フェア？」

「理屈に合っていないのはわかっているわ。とにかくわたしはね、ロイックとは別れると決めたの。でもそれをジャン＝シャルルのせいにはしたくないの。だって彼はあまりにもたいせつな人なんですもの。ねえ、わかるでしょう？」

カプシーヌはトーストにフォークでフォアグラをのせて口に運ぶ。クリーミーな口あたりでレバーのかすかな苦みがあっておいしい。ルピアックの甘さがぴったり合う。マリー＝クリスティーヌの打ち明け話とこのレストランの取り合わせはなんとちぐはぐなんだろう。

「ジャン＝シャルルはベッドのなかでとてもすてきなの。フィリップよりもずっとね。ずうっといいの。女の欲求を的確に満たす術を心得ているのよ。フィリップはまるで貨物列車のようだった。それもいいんだけど、なんだかこっちがないがしろにされているみたいで。わたしがいっている意味、わかる？」

彼女がらんらんと目を輝かせてカプシーヌを見つめる。

赤裸々な恋愛話を受け止めるために、カプシーヌは片手をあげてルピアックをさらにグラスに二杯注文した。さいわいにもウェイターはおしゃべりなたちで、彼がその場を離れる頃にはマリー＝クリスティーヌも落ち着き、寝室の経験を語り合いたいという気持ちは薄らいでいた。

「わたしは彼と離婚すべきだと思う？　本音をいってちょうだい。遠慮しないで」

「ロイックと？」

「もちろん、ロイックとよ」

カプシーヌはすぐにはこたえない。フォアグラはもう食べてしまったので、残ったトーストにバターを塗って食べようと考えた。

「もう一度やり直してみようとは思わないの？」

「もっともな意見だと思うわ。あなたのいう通り。やり直す努力をすべきね。やってみなくちゃ！　せめてそれくらいの誠意を見せなくてはいけないわね」

ふたたび気詰まりな沈黙が続く。タイミングよくウェイターがルピアックのグラスをふたつ運んできた、が、緊迫した気配を察してひとこともしゃべらずに行ってしまった。

「でも、なにをしたらいいの？　どうすれば愛することができるの？　相手はわたしと寝たくないといっているのよ」

「カウンセリングを試してみたら？」

マリー＝クリスティーヌが顔を輝やかせる。「試してみたいわ。ぜひやってみたい。効果はあるかしら」

「ロイックと別れたら〈エレヴァージュ〉のことはどうするつもりなの？」

マリー＝クリスティーヌは落ち着いた表情になってふうっと息をついた。

「そのことに関しては、まったく迷いはないの。なにがあってもあそこはロイックのもの。そのことで信託財産の管理を任せているラザールの担当者と大げんかしたわ。訴訟を起こすべきだというんですもの。会社の半分以上の所有権があると訴えろとね。きっぱりと断わったわ。そうしたらね、わたしにその決定権はないというのよ。でも絶対に許さない。勝手なことはさせないわ」

「なんだか着々と離婚に向けて話を進めているようにきこえるけど」

「ちがう。誓ってもいいわ。でも仮にそうだとしたら、わたしのこと嫌いになる？　自分でもわからないの。ほかにいったいどうしたらいい？　ロイックはすばらしい人よ。でもね、彼とわたしの関係をひとことでいうと、よき友人に過ぎない。彼が情熱を注ぐ対象は〈エレヴァージュ〉だけなのよ」彼女は秘密を打ち明けるように身を乗り出す。「オンフルールであなたに話したけれど、実態はもっとひどいの。わたしたちが最後に愛し合ったのは三年前。その時は五分も続かず、彼はすぐに眠りに落ちたわ。アレクサンドルは、いくらなんでもそんなことはないでしょう。あなたを見る彼のまなざしはもっとずっと——」

その時ちょうど、ありがたいことにカプシーヌの電話が鳴り、しつこく鳴り続けた。

警察署からの連絡だった。「憲兵隊のダルマーニュ隊長からいまさっき電話がありました。

緊急の用件のようです」

　カプシーヌは携帯電話の短縮ダイヤルに登録してあったダルマーニュの番号にかけた。

「ああ、警視《コミセール》ですか。すみやかに折り返していただいて感謝します。できるだけお邪魔したくないのですが、おたがいの連携をたいへん重視されているようですので」

　ダルマーニュは反応を待っているが、カプシーヌは無言のままだ。

「昨夜、うちのパトロールカーが出動して男をひとり保護しました、労働者同士の乱闘があったもので。保護されたのはマグレブ系の男で、酔っ払ってビールのにおいをぷんぷんさせ、ひどく殴打されていました。酔っぱらいを放り込む留置場に入れてひと晩眠らせておいたんですが、今朝になってもいっこうに起きない。担当官が、男の足首に装着されたホルスターにピストルが入っているのを見つけました。たいへん物騒な銃をね。しかも高価なやつです。軽量のスミス・アンド・ウェッソンで、三五七マグナム弾を使用するやつです。ブールが持つようなものではない。が、連中のことですからね。なにを企んでいるものやら」

　カプシーヌの喉に苦いものがこみあげ、頭のなかがかぁっと熱くなった。しかしなにもいわない。いえば話が長引くだけだ。

「わたしが電話した理由というのは、その男が司法警察の警察官であると主張しているからで、二十区で勤務していると言い張っているそうです。いかにも連中が思いつきそうなことだ。自分がよく知っている区ならボロが出ないと思っている」ダルマーニュがクスクス笑う。

「通常、わたしはこんなことにはいちいち注意を払いません。ただ、男の所持品リストを作成した際、ピストルに装塡されていた弾が警察支給のバリスティックチップの銃弾だと判明したものでね。この人物についてなにか心当たりはありますか？　警視《コミセール》」

43

ダルマーニュ隊長との通話を切ると、カプシーヌはただちに短縮ダイヤルで自分の警察署に連絡をとり、サン・ニコラの憲兵隊にモモを迎えに行く手はずを整えた。SAMU《サミュ》（救急医療サービス）の緊急医療ユニットがルーアンのERまで搬送し、ERの医師に診察してもらう。その結果をできるだけ早く自分に連絡をするように指示した。うまくいけばモモは三十分以内に病院に入れる。手間取れば四十五分くらいかかるかもしれない。それでは遅過ぎるが、いまこの状況ではほかに選択肢がない。

電話を切ったとたんアドレナリンの分泌が弱まり、代わって罪悪感と焦燥感がむくむくと湧いてくる。モモはすでに核心をとらえていた。それなのに〈エレヴァージュ〉に置いておいたのは失敗だった。そのせいで血を流させてしまったのだ。モモのもとに駆けつけたくてたまらないが、カプシーヌは司法警察の警視《コミセール》であり、取り乱した母親のような言動をとるべきではない。それにひとまず彼の身の安全は確保されたといっていい。

ふたたび電話が鳴った。イザベルからだった。どこかを足早に歩いているらしく、息せき切って話す。

「彼女をみつけました！　まさしく本物です！　いままさに彼女が芝居を打っているのをダヴィッドが見張ってます。これからふたりで逮捕します」すっかり声がうわずっている。

カプシーヌの体内のアドレナリン濃度がまたもやピークに達する。

「いまどこにいるの？」

「ボザール通りです。現場はマルシェ・モベールなので、そちらに向かっています。今朝早くからダヴィッドが美術学校の学生を張り込んで、そのまま尾行してモベールまできたんです。それが彼女だったんですよ。眠り姫です！」イザベルはますます興奮して、テレビの司会者が大賞の受賞者を発表する時のような調子だ。

カプシーヌは地図を頭のなかに描いた。現在地から見てイザベルは十本通りを隔てて左手、つまり西側にいる。ダヴィッドの位置はちょうど逆側。十本通りを隔てて右側だ。逮捕の現場にはどうしても立ち会いたい。が、マルシェ・モベールは歩いていける距離ではない。プラダのスキマー（フラットシューズ）ならまだしも、いま履いているジュゼッペ・ザノッティのハイヒールでは絶対に無理。愛車クリオはレストランが面しているオーギュスタン大通りに違法駐車している――ここは西向きの一方通行なので、市場《マルシェ》とは逆の方向に進むしかない。このまま行けばイザベルと合流できる。

「向きを変えて、河岸のほうに歩いてクリオをさがしてちょうだい。三分であなたを拾えると思う」

マリー＝クリスティーヌが目を大きくみひらいて、顔を紅潮させている。

「なにごと？　すごくエキサイティングな感じ」

「いまから犯人を逮捕するの。いそいで駆けつけなくては」

カプシーヌは左右の手のひらを天井に向けて肩をすくめ、ふうっと息を吐く。いかにもフランス風のジェスチャーで、こればかりは仕方ないと理解をもとめた。

財布をあさって五十ユーロ札を一枚取り出しテーブルに置くと、立ち去るまぎわにマリー＝クリスティーヌの肩をぎゅっとつかんだ。

「電話するわ。話の続きは、あらためてきかせてもらう。だけどひとことといわせて。歌にあるように、自分の心に従うのがきっといちばんよ」

カプシーヌは身をかがめ、マリー＝クリスティーヌの両頬にキスした。

われながらなんとも陳腐なセリフを口にしたものだ。外に駆け出しながらカプシーヌは反省した。アレクサンドルに知られたら、この先何週間もからかわれるだろう。

車に乗り込むと、マリー＝クリスティーヌがあわれに思えてきた。彼女はいずれ、行動に出るだろう。彼女自身、それがわかっている。それでもなお、カプシーヌから承認の言葉をきいて納得したかったのだ。それなのに、彼女が得たのはチョコレートケーキひとつだけ。ただし飛び切りおいしいケーキだ。きっとアレクサンドルもそれは認めるだろう。

二分もしないうちにイザベルを拾い、サンジェルマン大通りに入って市場《マルシェ》をめざした。

イザベルはドアがバタンと閉まる音と同時に猛然としゃべり出す。

「昨日、美術学校から出てくる彼女に目をつけたんです。ピンとくるものがあったからダヴイッドに彼女の自宅まで尾行させて、今朝も張り込ませました。彼女が住んでいるのは十一区です。今日は正午頃に動きだしました。警視《コミセール》がいった通りでしたよ。昨日はミニスカートでカラフルな格好だったのに、今日は長くて黒い髪の毛で、丈の長いワンピースなんです。髪の毛に関してはダヴィッドが電話でやたらにくわしく報告してきました。その娘はメトロでモベール駅までいったんです。そしてとうとう正体をあらわしました。彼女はマルシェをぶらぶらと二周ほどしたあとで、隅のほうに絶好のスポットをみつけたんでしょう。とつぜん歩道に倒れたんです。それでダヴィッドから連絡を受けて、わたしが警視に電話した次第です」

「彼女をたすけようと駆け寄った人はいるの？」

「最初はいませんでした。ダヴィッドからその理由をききました。彼女は気絶した様子ではなくて、ベッドに入るみたいに横になったんだそうです。だから、鶏が残酷な目にあっているといって抗議行動をしているように思われたらしくて、通りかかった人はみんな彼女を避けてできるだけ見ないようにしていたんですって。しばらくすると、かがみ込んで彼女に話しかける人が出てきたんです。ですが彼女はそういう負け犬は無視して目を閉じたままだったので、たいていは離れていく。しつこい相手にには鋭い調子でなにかいって追っ払っているそうです」

サンジェルマン大通りのバスの停留所のところで車を停めた。ここはマルシェの一角にあたり、ランチタイムの会社員たちでごった返している。いまは午後一時。マルシェが閉まる間際のにぎわいのさなかだ。売れ残ったものをすべて売りさばいてしまおうとして、あきれるほど値引きをする声と、猛烈な売り込みの声があちこちからきこえる。

「一ユーロだよ！　たったの一ユーロ！　ここにあるものすべてたったの一ユーロ！　タマゴ！　タマゴがあるよ！　今朝はまだ鶏のなかに入っていたタマゴだ。一ダースの値段で二ダース！　一ダースの値段で二ダースだ！」

ずっと向こうの隅にダヴィッドの姿がある。オフホワイトの麻のスーツにはファッショナブルなしわがついている。そして五十フィート離れた歩道に眠り姫がいた。マットレスの広告のモデルのように無造作に横になっている。キラキラと輝くダークブロンドの長い髪は地面に美しく広がり、手足は優雅なポーズでまったく動かない。いたましいほど痩せたその姿には思わず胸を突かれる。とにかくなんとも不条理で異様な光景だ。

「イザベル、できるだけ物音を立てずに車から降りて、マルシェをぐるりと一周してダヴィッドに合流して。そして計画した通りに行動してちょうだい」

リモージュ焼きの陶磁器をコレクションしている小説家をダヴィッドが演じるというシナリオをあらかじめ考えてあった。イザベルが扮する姉といっしょに買い物に来ているという設定だ。真っ昼間のこの状況にはそぐわない設定だが、いまさら変更はきかない。これでやり通すしかない。

イザベルはぐるりとマルシェをまわってダヴィッドと合流し、ふたりで腕を組みながら熱心に一つひとつの店を見ている。ふたりが大芝居を打っているあいだにカプシーヌは車からそっと降りて、建物の陰に身をひそめた。

眠り姫のところまでやってくると、ダヴィッドがイザベルのほうを向いて大きな声で話しかけた。女性の裏声のような高い声がカプシーヌのところまできこえてきた。

「見てごらん。かわいそうに、あの娘さんは気を失っているようだ。いったいどうしたというんだろう？」

カプシーヌはぞっとした。ダヴィッドのせいでぶち壊しだ。下手に芝居っ気を出すなとあれほどいったのに。ところがダヴィッドの饒舌なおしゃべりは意外にもプラスの方向にはたらいたようだ。イザベルはいかにも若い娘を気遣うようなそぶりでかがみ込む。愛情たっぷりのしぐさには、ほんのわずかに性的な関心が感じられる。眠り姫がゆっくりと、子ジカのようなぎこちない動きで身を起こし、震えながらダヴィッドの腕につかまる。そのまま数分間彼らが言葉をかわす。眠り姫は遠慮するように首を横に振るが、やがてとまどいながらうなずく。緊張してなにがなんだかよくわからないという表情だ。

三人はゆっくりとカプシーヌの車のほうにやってくる。足元がおぼつかない眠り姫をイザベルとダヴィッドが支えている。手術を受けたばかりの患者がカップルに付き添われて病院の敷地を歩いているような光景だ。

彼らが車に到着すると、カプシーヌは後ろからちかづいて電子錠を操作した。カチャリという大きな音とともにドアのロックが外れた。音に驚いて眠り姫が逃げ出そうとする。ダヴィッドが彼女の上腕と手首をつかみ、警察官らしく慣れた動作で彼女の動きを封じる。

眠り姫はうなだれ、身体から力を抜いた。

「マドモワゼル」カプシーヌが声をかける。「申し訳ありません《ジュ・ルグレット》が、あなたを逮捕します」

44

　眠り姫はおとなしく車の後部座席に座り、背もたれにぐったりと身体をあずける。見え透いた茶番劇をあくまでもやり通そうとしているのだろうか。イザベルは彼女の隣に座り、緊張と興奮のあまり激しく貧乏ゆすりをしている。それが車のフロアを伝ってカプシーヌにも届く。イザベルの心配もひしひしと伝わってくる。

　カプシーヌが運転するクリオはサンジェルマン大通りをゆったりしたペースで進んでいく。トゥルネル河岸に到着すると橋をわたって二十区の方角へ。シテ島に向かわないと気づいてイザベルが安堵の吐息をふうっともらした。

「警察署に向かうんですか。まっすぐ裁判所に行くのかと思っていたのに」

　その場で眠り姫を逮捕したので、現行犯扱《フラグラン・デリ》いになると思い込んでいたにちがいない。そうなれば直接裁判所に行って略式の裁判の後、ただちに刑に服すだろうと予測していたのだ。その場合、じっさいに逮捕したイザベルはほとんど点数を稼ぐことができない。

「歩道にただ横たわっているだけでは、わたしが知る限りどんな法律違反にもあたらないわ」カプシーヌがいう。

それきり誰もひとこともしゃべらなかった。

警察署に到着するとカプシーヌはただちに自分の執務室に向かった。モモについての情報が届いているかどうか一刻も早く確認したい。イザベルとダヴィッドには眠り姫を真新しい取調室に連れていくよう指示しておいた。取り調べに関してカプシーヌが現代的な技法に精通し熱心に取り組んでいることは署内で知られている。着任と同時に司法警察の伝統的な技法といってもいい大衆劇《グラン・ギニョール》——よい警察官と悪い警察官が登場する——と電話帳で頭を思い切り叩くという取り調べ法をあらため、リードの九段階のステップを導入した。取調室の内装もやり直して、グーラグ（旧ソ連の矯正収容所・強制労働収容所）のようだった部屋は高速道路のモーテルのような明るい雰囲気になった。

電話がＥＲにつながるのを待つあいだ、カプシーヌはひどくお腹がすいているのに気づいた。フォアグラはおいしかったけれど、あれだけでは足りない。おそらくダヴィッドとイザベルも昼食をとっていないはず。もしかしたら眠り姫も。受付に電話して、角のカフェでサンドイッチの詰め合わせとソーダを買ってくるように頼んだ。

電話を切ったとたん、電話が鳴った。ＥＲの受付からだった。ＳＡＭＵがブナルーシュ巡査部長を搬送し、現在医師が診察中である、終わりしだいこちらの担当者から連絡がいく、という内容だった。

取調室に行くと、イザベルがデスクの前に、眠り姫は容疑者用の座り心地の悪い金属製の折り畳み椅子に座っている。眠り姫はとても落ち着いているのにくらべ、イザベルは張りつめた様子だ。どちらもいっさい口をきかない。ダヴィッドの姿はない、警察官たちの執務室でモニターの前に陣取ってこちらの状況を観察しているにちがいない。壁に取りつけられた鏡は容疑者の不安をあおるためのダミーに過ぎない。カプシーヌは天井を見上げ、タイルに取りつけられた超小型のビデオカメラに向かって叫んだ。

「ダヴィッド！　ここに来て椅子の移動を手伝って。話に入る前にみんなでランチにするから」

カプシーヌ自らが採用した超高額なマイクロホンが超高性能であるのをすっかり忘れていた。みんなでランチときいて、背後でイザベルは顔をしかめたにちがいない。

ダヴィッドとサンドイッチが同じタイミングで到着した。いったん全員が立ち上がり、カプシーヌの指示でデスクの周囲に椅子を配置し、四人そろって昼食をとり始めた。どういうわけかイザベルは容疑者用の椅子に居心地悪そうに座っている。ちょっとしたピクニック気分だ。カプシーヌは特権を駆使して唯一のカモのリエットのサンドイッチをつかんだ。リエットは彼女の大好物。やわらかいバゲットとの相性は抜群だ。無心にパンを噛んでいると、心をチクチクと刺す心配が少しだけ薄れる。いまごろモモは手厚い看護を受けてモルヒネもじゅうぶんに点滴されて痛みをとってもらっているはずだ。マリー゠クリスティーヌは世間知らずの女学生のようなもので、ボーイフレンドからちやほやされれば満足できるのだろう。ロイックが受けるダメージはさほど深刻なものではないはず。それよりも、問題は眠り姫だ。

彼女はサンドイッチの端っこを少しだけ噛んで、ネズミがかじったみたいな跡をつけている。ぼうっとした穏やかな表情だ。ここがどこなのか理解しているのだろうか。

「マドモワゼル」カプシーヌが切り出した。「事情を聴く前に身分証明書の提示をお願いします」

「自宅にあります。名前はミリアム・ミズラヒ、住所は十一区、フォリ＝ルニョー通り十一番地です」

「フランスではつねに身分証明署を携帯するよう法律で義務づけられています。知っていますよね」イザベルがきつい口調でいう。カプシーヌは黙りなさいと目で合図を送った。

「マドモワゼル・ミズラヒ」カプシーヌは少し間を置いて確認した。「マドモワゼルでいいのかしら？」

眠り姫がうなずく。

「マドモワゼル、六件の窃盗容疑であなたを告発します」カプシーヌがイザベルを見上げる。被害者の名前を読み上げろという意味だ。イザベルはいかにも中間管理職風にダヴィッドに向かってぐいと顎で合図する。彼はバレエダンサーのようにしなやかな動作で身体をひねり、麻のスーツのズボンの尻ポケットから紙を取り出してそれをひろげ、読み上げた。

「ジョン・アドモンソン夫妻からオイル語の手書きの写本。ムッシュ・ジョルジュ・ラファージュからドーミエの風刺画。マドモワゼル・テレーズ・ティボドーとマドモワゼル・ノエミー・シェスニエからマリー・ローランサンの水彩画の小品。ムッシュ・クロード・ジョセから動物彫刻家メネのシカの小像。ムッシュ・ウベール・ラフォンテーヌからエクトル・ベルリオーズの手紙の原稿のコレクション。ムッシュ・ジャン＝マリー・ラヴァルからブール・マルケトリーの小型のチェスト。チェストには紙幣の形で大金が入っているものと思われる」

「それ以外に二件あります」眠り姫はテーブルに視線を落としたまま発言した。幼い子が友だちのためにクッキーを盗ろうとしたところをみつかったようなしゅんとした表情だ。

「ではあなたは、罪を犯したと自らの意思で率直に認めるのね」イザベルが間髪をいれずにたずねる。

「まあ落ち着け、イザベル」ダヴィッドだ。

「なにいっているのよ。わたしはこの場の責任者なんだからね」イザベルはそこではっとして口をつぐみ、ちらっとカプシーヌを見て〝すみません《パルドン》〟と声には出さずにいった。それきり静かになったのは賢明な判断だった。

「いちから始めたほうがよさそうね。あなたはフランス人ですか、マドモワゼル？」カプシーヌが口をひらいた。

眠り姫はサンドイッチの隅をちぎって細かく裂く。しばらくしてから質問にこたえた。

「シリア人です。一年半前に母といっしょにフランスに来ました。わたしは学生ビザで、母は観光用ビザで滞在していて、わたしはエコール・デ・ボザールの学生です」

長い沈黙が続く。眠り姫のサンドイッチの一辺はすっかり細かくちぎられてしまっている。

「事情をすべてお話ししてしまったほうがわかりやすいと思います。きいてもらえますか？」

彼女がカプシーヌにたずねる。

「もちろんよ。ゆっくりでいいのよ。時間はたっぷりあるから」

「出身はハラブ、つまりアレッポです。シリアの——」

「確かフランスが統治していたのよね？」イザベルは誰にともなく、たずねた。

「一九四四年に独立を許されている」ダヴィッドが静かにいう。イザベルが憎々しげに彼を睨む。

「わたしたちはユダヤ人です。父は稀少本の売買を専門としています。わたしはハラブの大学で美術史を学び、シリアの有名な画家ムハマド・トゥライマの指導を受けながら絵の勉強をしていたんですが……」彼女の言葉がとぎれた。

「それで？　きいているわよ」イザベルがうながす。

「恋に落ちたんです。相手はとてもすてきな人で、アラブ人の若者です。わたしはとても幸せで、天にも昇る思いでした。でもある日、ラビがわたしを公然と非難して、両親もわたしも礼拝堂《シナゴーグ》に行くことを禁じられたのです。それは、すべてを断たれるという意味です。コミュニティから排除され、父は本の売買もできなくなった。道を歩けば嘲りとともに口笛を吹かれたわ。お金もなくなり、大学も続けられなくなった。それならフランスに行こうと決心して、母もいっしょに来ました」

「どうしてフランスのほうがましだろうと思ったの？」ダヴィッドがたずねる。

「パリにはシリア系ユダヤ人の大きなコミュニティがありますから。きっと受け入れてもら

られているようだ。

「受け入れてもらえたの？」イザベルの口調に攻撃的なところはない。純粋に好奇心をそそ

えるだろうと期待していました」

「いいえ、まったく。わたしが信仰に背いたことがどこかから広まっていて、いっさい手を差し伸べてくれなかった。それに、わたしがいなくなれば父はコミュニティに復帰できるのではと期待もしていたんです。でもラビはそれを許さなかった。父はいま清掃の仕事しかさせてもらえません。食べるものもろくろく買えないありさまなんです。送金してくれなんて、とてもいえないわ」

「それじゃ暮らしに困るでしょう？」カプシーヌがきく。

「困るかって？　困るからここに連れてこられるようなことをしたんです」彼女はまばたきもせずカプシーヌを見上げる。

イザベルが息を吸ってなにかいおうとする。カプシーヌがデスクから指を二インチあげてやめろと警告すると、イザベルはふうっとため息をついて息を吐き出した。

「来た当初は母が掃除の仕事をしていました。そういう仕事ならパリでかんたんにみつかりますから。わずかなお金にしかならないけれど、書類がなくても雇ってもらえます。わたしも美術学校の授業のない時にベビーシッターやいろんなことをして母を助けたわ。一部屋だけの狭いアパルトマンに暮らしながら。幸せとはいえないけれど、なんとかやっていたんです。

やがて母が身体を壊して、方々の医者をたずねて骨のガンの一種とわかりました。治療法はあるんです。でもとても費用が高くつくし、わたしたちは公費の医療の援助など受けられないし」

「なるほどね」カプシーヌがいう。

「最初はほんとうに偶然だったんです。ラスパイユ通りのマルシェに行った時に。マルシェが閉まる間際まで待つつもりでした。ただ同然で食べ物を買えたりするので。お店の人たちは安くてもいいから捨てるよりも買ってもらうほうをよろこぶんです。前の日は夕飯に食べるものがなくて、その日の朝食も昼食もとっていなかった。知らないうちに気絶していたらしくて、気づいたらアメリカ人ふたりと話をしていました。とても親切な夫婦でした。美術を学ぶ学生だと自己紹介したら、彼らは哲学の教授だと名乗って手に入れたばかりのオイル語の写本を見せてくれたんです。挿絵で飾られた手書きのもので、天使が楽器を奏でて悪魔にきかせて改心させる場面でした。その絵の意味を彼らに解説したんです」

あきらかに感情が高ぶった様子で、彼女はエヴィアンのペットボトルをあける。緊張のあまり青いキャップを落としてしまい、すぐに膝を床について拾った。

ふたたび腰かけて話を続ける。「絵を見てすぐにわかりました。天使の音楽に悪魔は敵わないんです。一度歌うことは二度祈ることという、聖アウグスティヌスの名言を描いたものでした。それをあの人たちは知らなかったんです。

とても不思議な瞬間だったわ。空腹のあまり気絶したというのに、中世の彩飾について話をしているなんて。ハラブのカクテルパーティーでしゃべっているみたいに」

長い間があった。眠り姫がふたたびサンドイッチの別の一辺を細かくちぎっていく。今回はイザベルもなにもいわない。

ようやく眠り姫が口をひらいた。「あの人たちはわたしを家に連れていき、食事をさせ、泊まっていくようにといいました。わたしは彼らにつくり話をしたんです。恋人から虐待行為を受けていると。朝になって、ふたりがクロワッサンを買いにパン屋《ブランジェリ》に出かけた隙に母に電話しました。母はおろおろして、そしてお腹をすかせていたわ。一日半、なにも口にしていなかったんですもの。すごくこわかったけれど、迷いはなかった。写本を持って逃げました。買ってくれそうなディーラーに心当たりがあったんです。大きな袋ふたつに食料品を買って家に帰りました、それでもまだポケットにはたっぷりお金があって、この先ずっと暮らしていけそうな気がしたわ」

彼女はまた話を中断し、サンドイッチの破壊作業を再開した。

「自分の意思とはまるで関係なく、事が進んでしまった感じなんです。人のものを盗むなんて、思いもよらなかった。でも目の前にその機会が与えられた。もしかしたらあれは神様が救済の手を差し伸べてくださったのかしら、なんて思ったりもしました」

そこで彼女は皮肉まじりの笑い声をあげた。「この先ずっと暮らしていけそうなお金は、わずか数週間で底をついてしまった。医者と薬局への支払いで。そこから先はかんたんだったわ。ふさわしい服を買い、テクニックも磨いた。相手にとって不要だと判断したものを盗んだんです。わたしのことをとてもかわいがってくれた人もいました。盗んだりしなくても、頼みさえすればきっと譲ってくれたんでしょうね。届けが出ていない二件はそういうことだと思います」そこでまた、言葉がとぎれる。サンドイッチにはもうちぎる部分がない。

「刑務所に入るんですよね。ちがいますか？」彼女がカプシーヌにたずねる。

「入るに決まってるでしょ」イザベルがこたえるが、眠り姫は無視してカプシーヌを見る。

「それは判事の決定しだいね、情状酌量すべき状況であるのはまちがいないわ」

「自分がどうなっても、それはかまわないんです。ただ、母のことが心配で。ひと月もしないうちに医療費をまかなえなくなります。そうなったら母はどうしたらいいんでしょう？」

カチャリという音とともにドアがあいて制服警察官が顔をのぞかせ、カプシーヌを見つけると受話器を握るしぐさをして、電話がかかっていると身ぶりで伝えた。わざわざ取り調べのさいちゅうに知らせるのであれば、緊急の用事にちがいない。彼の表情から判断して、あまりいい知らせとは思えない。カプシーヌは部屋から駆け出した。

45

電話はＥＲの医師からだった。最悪の知らせではなかった。

「警視《コミセール》、あなたの部下は数週間ほどで職場復帰できるでしょう。肋骨三本が折れ、上半身には複数の打撲傷があります。その一部は重傷です。ブーツを履いた人物に何度も蹴られたものと思われます。わたしたちがもっとも心配したのは、後頭部の二カ所の鈍器損傷で――」

「鈍器損傷、ですか？」カプシーヌがたずねる。

「殴られたため、あるいは倒れたためと思われますが、二カ所の傷がひじょうに近いところから判断して、後頭部をなにか重いもので二回打たれた可能性が高いようです。こういう場合は硬膜外血腫をしばしば起こすので危険なのです。そうなると、たとえすみやかに外科的措置をしたとしても命に関わることがしばしばあるので。が、今回はさほど危惧しないですみました。というのは、打撲傷の色から判断して、彼がその傷を負ったのはここに到着するおよそ十五時間前と推測できたからです。硬膜外血腫の症状はほぼ六時間から八時間以内に峠を越します。彼はひどい頭痛以外に症状を示していません。いちおうＣＴスキャンで調べましたが、異常はまったく認められませんでした」

「ほんとうに数週間ですっかり元気になれるんでしょうか？」

「いまだって彼を押さえつけるのは大変なくらいです」医師が笑った。「なにしろすばらしく強靭で頑健ですからね。大事をとって今夜はここに入院させます。彼はあなたと話したがっています。その前に、重要と思われることを二点、申し上げておきたい」

カプシーヌは無言のままだ。電話の向こうとこちらで気詰まりな沈黙が続く。

「ここに到着した時、彼はビールのにおいをプンプンさせていました。最初の所見はアルコール依存症、あるいは過剰飲酒の状態に一致していました。しかし血液からはアルコールがまったく検出されなかったのです。その前の晩にも一滴も飲んでいない。酔っ払っていると見せかけるために何者かが服の上からビールをかけたのでしょう」

「たいへん貴重な情報です。ほかにはなにか？」

「サン・ニコラの憲兵隊に迎えにいったＳＡＭＵの隊員によれば、彼は待機房の壁に立てかけられるように放置されていたそうです。体液がどくどくと床に流れ出ている状態で。ご存じかもしれませんが、日頃から憲兵隊と接する機会は決して少なくありません。通常、彼らはひじょうに真摯です。あなたの部下をなぜ直接ここに搬送しなかったのか、首をひねるしかないですね。なにしろ頭の外傷のひとつは裂傷をともなうもので、四針縫う必要があったのですから。必要とする治療が拒絶された事実は甚だしい怠慢といえるでしょう。告発に値すると思われます。あの独房で死に至った可能性はじゅうぶんにあります」

ダルマーニュ隊長は今夜、いつの時点でモモの身元を知ったのだろうかとカプシーヌは考えた。

「ともかく彼は無事でここにいます。ただし収容された際に注射したモルヒネはまだ代謝されていません」

電話の向こうで医師に代わって、モモ本人が出た。

「警視《コミセール》、すみません。しくじりました」いつもよりもはるかにか細い声だ。

「ばかなことをいわないで。気分はどうなの？」

「それほど悪くはないです。注射してもらったおかげで、すっかり楽になりました。これで一杯やれれば文句なしなんですが」モモは笑おうとして、とちゅうでやめた。おそらくまだ頭痛がひどいのだろう。

「いったいなにが起きたの？」

「夜、外出したんです。これまでに経理部に三回忍び込んでいたので、同僚とつるむ姿を見せておけばいらぬ疑いをもたれないだろうと思って。北アフリカ系のやつらのたまり場になっている近所の店でミントティーを飲みました。宿舎に戻るとちゅう、後ろから頭を殴られたんです。三人のうちのふたりから無茶苦茶に蹴りつけられました。まったくの不意打ちだった」

「相手に心当たりは？」

「あります。徹底的に殴られている時って、あんがい相手を見てるんです。司会進行役はマルテルでした。〈エレヴァージュ〉を取り仕切っているって態度の主任です。やつのことおぼえてますか？　ほかのふたりは名前は知らないが、顔を見ればわかります。任せてください」

「あなたは足首に銃を携帯していたそうね。持っていくなといったのに」

「はい。でも使っちゃいない。それは胸を張っていえます。いつか試してみてくださいよ。ほんとうはたやすくぶっとばしてやれるのに、転がされても無抵抗なままクソ野郎どもにさんざん蹴りまわされるって経験を。サッカーボールになったみたいにね」

カプシーヌはいたたまれない気持ちだ。「ほんとうによくがんばってくれたわ、モモ」

「いいえ。へまをやらかしましたよ」

「どうしてそんなふうにいうの？」

「ほんとうのことだからです。経理部に三度忍び込んであさったのに、価値あるものがなにもみつけられなかった。なんたってあそこにはおそろしくたくさんのものが保管されているんです。あらゆる記録をためこんでますよ。あれをくまなく調べるには何年もかかるだろうな」

その時、内勤の警察官が入ってきた。手に持った薄いファイルのラベルには「ミズラヒ、ミリアム」とある。眠り姫だ。彼女をパリの中央の留置場に移送し、そこで予審判事の取り調べを待つという指示が入っていた。イザベルが骨ばった手に淡いグレーの表紙を持って差し出す。黄色い付箋が貼ってあり、眠り姫の話を清書したので彼女を移送する前に署名をもらいたいと書いてある。

「もしもし《アロー》、もしもし《アロー》、警視？」

「ごめんなさい、モモ。必要書類に署名をしていたのよ」

「ようするに、あの経理部からなにかみつけることはできないだろうと思うんです。それよりも昨夜、おれをたっぷりかわいがってくれたやつらをつかまえて、じっくりとき出してやりたいんです。やつら、移民に仕事を奪われたことを根に持った白人《ブラン》が腹いせに暴行を加えたように見せかけようと必死でしたよ。絶対に別の理由があるはずだ。それを調べさせてください」

「なにいってるの。病院で一晩過ごしたら、パリに戻って二週間の傷病休暇をとるのよ」

「しかし、事件はどうなるんです？」

すぐに仕事に復帰したいというモモにカプシーヌは驚き、いっそう強い罪悪感をおぼえた。こんなに長く彼をあそこに置いておくべきではなかったのだ。〝最良のものは、よいものの《ル・ミュー・エ・レンヌミ・ドゥ・》敵《ビアン》だ（足るを知る）〟という教訓を知らないはずではないのに。

「もしもし《アロー》、警視。きこえてますか？　事件の捜査はこれからどうなりますか？」

「心配しないで。あなたのおかげで万事うまくいっているわ」

46

都会のベテラン捜査官が活躍する舞台はやはり都会がふさわしい。今回カプシーヌはつくづくそう思い知らされた。

問題は早々に持ち上がった。容疑者の張り込みをさせるために私服警官をふたり村に送り出したのは早朝のこと。これでうまくいくはずだった。

正午に彼らが電話で、任務を続行できないと連絡してきた。容疑者の家は村のはずれ、舗装されていない土の道沿いに一軒だけぽつんと建っている。彼らはまず車で徐行して家の様子を観察しようとした。するとカーテンの向こうから誰かがのぞいた。家の前の道路はほとんど車が通らないので、訪問者だと容疑者の妻は思ったにちがいない。もう一度通れば、彼女の不安をあおることになるだろう。道の向こうは荒れた野原だ。ふたりはそこから家を見張ろうと考えたが、生い茂るイバラに邪魔されて奥に入っていけない。

やむなくカプシーヌはひとりを村の広場のカフェに向かわせた。テラス席に陣取り、帰宅する容疑者を見張らせることにしたのだ。もうひとりには、そのまま野原の端の木の後ろに陣取って——たとえジーンズが破れても——家を見張るように指示した。

それでもカプシーヌは自信満々で出発した。司法警察が作戦に取りかかる際は、過剰なくらい準備することがモットーであり、必要と思われる人数の二倍から三倍で臨む。カプシーヌは先頭の車に乗り込んだ——大型の白い、警察用の特注のシトロエンC8のハッチバックに。同乗者はカプシーヌの補佐を務める制服姿の巡査部長、運転手を務める警察官、さらに警官がもうひとり。その後ろにパトカーが二台続く。一台目には警察官が四人、二台目には三人が乗り込んでいる。カプシーヌが率いる警察官は合わせて十人、全員が防弾チョッキを着込んでいる。

「これだけいればじゅうぶんね」出発する時にカプシーヌはひとりごとをつぶやいた。彼女自身とすでに村にいるふたりを足せば、総勢十三人だ。不吉なものを暗示する数字とは考えたくない。

車列はまもなくパリを出てマント＝ラ＝ジョリーの急勾配をのぼり始めた。車窓からはセーヌ川が蛇行しながらはるか彼方へ流れていく壮大な景色が見渡せる。運転手の警官がリラックスした口調で話しかけた。

「まさか、わたしたちにこんなことができるなんて知りませんでしたよ」

「なんのこと？」

「車に乗ってパリから出て、逮捕に向かうことです」

巡査部長も会話に参加する。「そんなことはあたりまえだ。司法警察はフランス全土を管轄する、そうですね警視《コミセール》？」

「ええ、その通り」カプシーヌは部下とのおしゃべりが好きだが、今回は考えごとに集中したいのでそれ以上は話に乗らない。運転席と助手席のふたりは黙ったまま外の風景に目を凝らしている。夜が谷に忍び寄り、やがて空を暗い色に染めていくのを見て、この先に待ち構えている任務について考えているのだろうか。あるいは今夜は自宅で夕飯をとることができないのを残念に思っているのだろうか。

道中、巡査部長の携帯電話には村で張り込んでいる捜査官たちからひんぱんに連絡が入る。午後七時三十九分に容疑者が村の広場を横切って、自宅の方向に歩いていくところが目撃された。家の向かい側の木の陰で張り込んでいる捜査官は容疑者の姿を見ていないので、裏口に直接通じている近道があるのかもしれない。七時五十三分、家の正面の窓からテレビの青い光が見えるという報告が入った。容疑者は帰宅してテレビの前に座ったにちがいない。すべて計画通りに進行しているように思えるが、それでもカプシーヌは落ち着かない。

一時間後、短い車列はラ＝トリニテ＝ド＝トゥーベルヴィルの出口で高速道路をおりてＤ９１３号線を北に進んだ。十五分も走るとサン・ニコラ・ド・ブリケテュイの村に入ったことを知らせる白い長方形の看板があらわれた。時刻は午後九時二分。

三台の車はゆっくりと村の広場を横切る。二台は脇道で停車し、警官三人が乗ったパトカーはそのまま進む。

四分後、無線機から声がきこえた。「配置についています《アン・プラス》」それに対し巡査部長がきびきびと応答する。「了解《ビアン・ルス》」パトカーに乗っていた三人が容疑者の家のそばで配置についたのだ。

カプシーヌが乗るシトロエンC8と四人の警官を乗せたパトカーは曲がりくねった細い道を進み、村はずれの道路に出るとスピードをあげ、不格好な平屋の前で停まった。小高い丘を背にしたその家はブロックを積んだ基礎部分が仕上げもされないまま地面から顔を出し、丁寧に白いペンキを塗った壁とちぐはぐな印象だ。いつの日か背後の丘がせり出して基礎部分を覆ってくれるのを建築家は期待しているのだろうか。こういうタイプの家は一九五〇年代以来、フランスの地方でじわじわと増えてきた。

巡査部長はシートに座ったままふり返り、確認を求めるような表情だ。カプシーヌがうなずくと彼がマイクを握った。「突入《オニ・ヴァ》」二台の車から物音も立てずつぎつぎに夜の空気のなかに降り立つ。カプシーヌは巡査部長とともに正面玄関前の階段をのぼり。銃を抜いてドアの両側に立つ。残りの六人は狭い前庭で半円形に散り、各々ピストルを握る。たったひとりを逮捕するためにこれほどの人数を動員するなんてオーバーな気がするけれど、規則でそう決まっているのだからしかたない。

巡査部長が正面のドアを威勢よく叩き、大声で叫ぶ。「警察だ！」

金属がなにかに当たるような大きな音がした。重いハンマーで岩を打つような音だ。そしてつぎの瞬間、ドアに穴があいた。ちょうど彼らの頭のすぐ上の高さだ。その音の反響がまだおさまらないうちに二発目。今度はドアの中央部が大きくえぐられ、木の破片が飛ぶ。なにかのスイッチが入ったように突然、時間がゆっくりと流れ始めたように感じられる。

あきらかに道路の向こうの荒れ地から攻撃用武器あるいは高性能の猟銃で撃ち込まれてい

る。が、カプシーヌも巡査部長も、家のなかから弾が発射されたと錯覚して反射的にドアから離れた。

三発目は前庭に立つ警官の腿に当たった。膝の後ろから蹴り上げられたように彼は後方に倒れ、撃たれた箇所をつかんで無言のまま砂利の上で身悶えする。濃密な静寂のなかで、彼がもがく音だけがきこえる。指のあいだから動脈の真っ赤な血が噴き出し、真っ白な小石に大きな染みをつけていく。三秒もたっていないはずなのに、時が流れる速さが変わったようにくっきりと見える。

ふたたびスイッチが入って時間が早送りになる。全員がいっせいに地面にダイブするように身を伏せ、くるりと向きを変えて荒れ野の茂みに顔を向け、お手本通りの伏射の姿勢で両手でピストルをしっかりと構え固定する。

カプシーヌは身をかがめたまま血だらけの警官のところに走り、膝をついて自分の身体を盾にして守る。ピストルをまっすぐ荒れ野のほうに向けたまま、腹心の巡査部長にてきぱきと指示を出し、携帯電話に15と打ち込む。SAMUを呼ぶにはこれがいちばん早い。十分以内に到着すると彼らは確約した。巡査部長がよく響く声で指揮にあたる。どんなに臆病な部下でも、彼を信頼して断崖絶壁を進んでいけると思わせる力強い声だ。

前庭にいた五人がシトロエンC8に向かって走る。カプシーヌと巡査部長は身を伏せ、荒れ野の茂みから飛んでくる弾を避けながら懸命に応戦し弾倉を空にしていく。五人のうち三人がシトロエンC8の後ろで援護し、ふたりはそのまま駆けて、犯人の両側の逃げ道をふさぐように距離を置いて茂みに陣取る。

一人が大きな白い医療キットを持ってテニスの試合のボールボーイのように思い切り前傾で脚を擦るようにしてちかづいてきて、カプシーヌの背後に飛び込む。倒れていた警官の足にガーゼをあてると、腕立て伏せをするような姿勢でしっかりと押さえる。シトロエンC8のところにいた警官ふたりはサイドドアからすばやく車内に入り、見るからにものものしい短機関銃のベレッタM12を持って出てきた。首にはずっしりと重い銃弾入りの袋をかけている。

C8に二発が打ち込まれた。一発はヴァンのボディに、もう一発は窓からまっすぐなかに入り、そのまま飛び出して家の上部の窓を粉々に砕いた。撃ち手はこのラインの延長上にいるはずだ。巡査部長は右手で叩きつけるようなジェスチャーをして機関銃を持つふたりに方向を知らせ、さらに扇形をつくるように両手を大きく広げ、ポジションを指示する。

彼らは駆け足で移動し、すさまじい大音響とともに発砲した。巨大な紙を切り裂くような音だ。茂みの端で膝をつき、さっそく集中射撃を開始する。相手にとどめをさすために、あくまでも低い位置を狙う。草木にも容赦なく当たり、破片が宙に吹き飛ぶ。見えない人食い鬼が鉈《なた》で援護してくれているのか。容疑者に死なれては困る。撃つのは止めろといまにも命じてしまいそうで、カプシーヌは必死で舌を噛んでこらえた。

深呼吸する。じきにけりがつくだろう。気がかりなことはふたつだけ。撃たれて倒れている警官——動脈から出血すると、あっけなく死んでしまうおそれがある——と、カプシーヌたちが到着する前から張り込んでいた警官の状況だ。さきほど巡査部長に連絡してきたのを最後に応答がない。

茂みから叫びがあがった。「降参《ジュ・ム・ラン》だ！」警官たちが発砲を中止した。しかし容疑者は姿をあらわさない。いまの叫びは押し殺したような声だった。地面にうつぶせに倒れているのだろうか。これも不安材料のひとつだ。こちらを油断させて、さらに撃つつもりなのかもしれない。

ふたたびスイッチが入って時間が元のスピードに戻った。巡査部長が声を響かせて指示を出す。

茂みの奥から警官がふたり、ほとんど腹這いのような格好で出てきた。連絡がとだえていた張り込みの警官も同じタイミングで木の後ろから飛び出してきた。

「銃を放して両手を伸ばして立て」巡査部長が演説をするような朗々とした声で相手に呼びかける。

なにも起こらない。

「発砲再開の準備だ」彼が警察官たちに命じた。

「やめてくれ、待て！　いま立ち上がる。撃つな《ヌ・ティレ・パ》！」

ピエール・マルテルの頭が灌木の向こうにあらわれた。続いて上半身、四十五度の角度に広げて伸ばした両手も。四人の警官たちが茂みをかきわけて進み、彼の両手を後ろにまわして手錠をはめた。

都会のベテラン捜査官にとってあの茂みは厄介にちがいない。でもいまは、アドレナリンが盛んに放出しているおかげで難なく対処できているのだろう。カプシーヌはふとそんなことを考えた。

耳をつんざくようなパンポンパンポンという音とともに、SAMUの救急車が到着し、三人の救急隊員たちが飛び出してきた。銃をふりかざしている警官たちにはまったく目もくれず、折り畳んだストレッチャーとともにまっすぐ怪我人のもとに駆け寄る。救急隊員のひとりが警官と交替して傷をさらに強く圧迫する。ほかのふたりは負傷者をストレッチャーにのせる。隊員たちが猛スピードで救急車に戻ったところでただちに発車した。車輪が土の道にこすれてキーッという音を立てる。

警官ふたりがマルテルをカプシーヌのところに連れてきた。顔色は少し青ざめているが、前回会った時と変わらず、ひどく好戦的な表情だ。

「見たでしょう。部下に命じて家の前をドライブさせたりするから、あんなことになる。女房は単純な女だが、それでもあなたがなにかをたくらんでいると気づいた。おまけにカフェに部下を張り込ませるとは間が抜けているとしかいいようがない。村じゅうが気づいていましたよ。警察が動いているなと。まさかこの茂みのなかにもいたとはな。敢えてあなたを狙って最初の数発を無駄にしたのが運の尽きだった」彼が皮肉っぽく笑う。

「くわしい話はパリでじっくりききましょう」カプシーヌは顎をくいと動かして、マルテルを車に乗せろと指示する。ふたりの警官が同僚を撃たれた激しい憤りにかられ、彼の身体が持ち上がるほどのいきおいで連れていく。

車列が出発した。カーテンのすきまから村の住人たちの視線が車を追う。彼らがなにをいっているのか、カプシーヌは容易に想像できた。「見たか？　あれはシャトーの女だ。こんな夜に撃ち合いをして人を引きずっていくなんて。戦争でやってきたドイツ兵顔負けの非道なやりかただ。昔はほんとうにかわいらしい子どもだったのに、あんな女になるとは」

車がA13号線に入るとカプシーヌの携帯電話が鳴った。

「ルーアンのラ・ピティ病院のERを担当するブランシャール医師です」モモを診てくれた医師だ。「またそちらの部下の予後診断をして、あなたに連絡するように頼まれました。彼はオペ室から出てきたところです。銃弾で大腿動脈に損傷を受けましたが、切断はまぬがれました。縫合は成功しました。このまま順調に快復するでしょう。しかし出血量から判断して危機一髪の状況でした」彼がそこでいったん言葉を切る。

「もしもし、先生？」

「あなたの治療をしなくてすんだのは、幸いだったと申し上げておきます」医師が電話を切った。

本人としては気の利いたジョークをいったつもりなのだろう。それでもカプシーヌはぴしゃりと平手打ちされたように感じた。自分がおかしたふたつの過ちについて考えれば考えるほどつらかった。ひとつめの過ちは、モモが犯罪の立証に有効な情報を報告した時に決断しなかったこと。きっぱりと彼の任務を解くべきだった。ふたつめの過ちは、逮捕にこぎつけるまでの経緯だ。その過程で自分はなにをやってしまったのか、なにをやらなかったのか、ともかくどこかでミスをおかしているのはまちがいない。ただ、いまとなっては取り返しがつかない。

カプシーヌはいまにも涙をこぼしそうだった。こういう時には、心のなかの兵器庫にしまってあるいちばん強力な癒しの出番だ。アレクサンドルの腕の中で、彼のお腹のふくらみを撫でながら眠りに落ちるところを想像する。じっさいにはそれは叶わない。少なくとも今夜は無理だろう。それでも想像するだけで揺りかごのなかで寝かしつけられているような気持ちになり、うとうとした。

運転している警官がバックミラーで彼女をずっと観察していた。彼が巡査部長のほうを向く。

「おそろしいほどの平常心ですね。きっと血管に氷水が流れているんでしょうね」

47

警察署の入り口ではカプシーヌの部下のデュラン警部補が彼らを待っていた――控えめで遠慮がちで、保険の査定人のような人物だ。すでに午前一時。勤務が明けようという時間帯であるにもかかわらず、彼はたったいま仕事をスタートしたばかりのように見える。朝剃った髭が伸びてうっすら濃くなる気配もなく、平凡な茶色のネクタイは形よく結ばれている。デュラン警部補が先に立って取調室まで導き、その後にマルテルが続く。マルテルは制服姿の巡査部長ふたりにつかまれたまま、左右の手の甲を合わせてぐっと上にあげた状態できつく手錠をかけられている。カプシーヌは彼らの後ろから続く。

厳しい状況であることは百も承知だ。マルテルが二件の殺人の犯人であるという証拠などなにひとつない。だが、彼が無実を主張していっさいの関与を否定しても、法廷に送る方法はある。逮捕しようとした警察官に向かって発砲し、一名に重傷を負わせたことを理由として。しかし優秀な弁護人が被告側につけば、なぜ逮捕したのかという経緯に注目するだろう。仮に有罪判決が下ったとしても、マスコミは警察を糾弾するだろう。モモに暴行を加えたとしてマルテルを告発するのはさらにむずかしい。労働者同士の派手な喧嘩として片づけられる可能性がおおいにある。さらに警察官が銃を携帯した状態で身分を明かさず、ただ殴られるままになっていた理由もきかれるだろう。だからこそ立会人のもとで二件の殺人の自白をさせ、署名させることが絶対に必要だ。他の選択肢はない。

取調室に入ると制服警官たちはマルテルの手錠を外し、容疑者用の金属製の硬い折り畳み椅子に座らせ、無言のまま出ていった。マルテルは両腕をぐるぐるまわし、手首をさすり、血がふたたびめぐりだす痛みに顔を歪めた。

デュラン警部補はデスクの前に腰掛け、会話に加わらない立場であることを形の上でもはっきり示す。彼の役割は、黙ってその場に立ち会い、取り調べに偏りが生じないようにすることだ。

カプシーヌはマルテルを気遣うように微笑む。「できるだけすみやかに終わらせましょうね。こんな遅い時間ですし。あなたもさぞやお疲れでしょう」

予想通り、マルテルは彼女の気さくな態度に少々困惑している。

「きっと一日ハードに働いたんでしょうね。今朝は、何時から仕事に？」

マルテルはややリラックスしてこたえる。「五時半から。昨日は、餌場に五十頭を移動させました。草から穀類への切り替えがなかなかうまくいかないこともあるので」

「〈エレヴァージュ〉で案内してもらった時に、餌場も見せてもらったわ。最後に穀類に切り替えて成長速度を速めるというのはすばらしい方法ね。でも、それならなぜ最初から穀類を与えて育てないのかしら」

マルテルが専門的なくわしい説明を始める。話すほどに気分がよくなり、自分が相当まずい状況に置かれているという自覚がすっかりなくなっているようだ。デスクの向こうからデュラン警部補が冷静に観察し、大きなマジックミラーの向こうからも複数の目が見ている。やりとりが続く。カプシーヌは打ち解けた口調だが、マルテルはさすがに敬語のままだ。

三十分ほど経つと、マルテルの緊張はさらにゆるんだ。座り心地の悪い椅子の背にもたれ、脚を組むほど図々しくなったので、カプシーヌは彼の膝に手を置いてそれをやめさせた。

「あなたには複数の犯罪についての説明をしていただくために来てもらっています。二件の殺人事件、警察官モハメド・ブナルーシュを襲って暴行を加えた件、殺意をもって警察官の集団に発砲した末に警察官一名に重症を負わせた件について。おわかりですか?」

「そんなのでたらめだ!」マルテルは椅子から半ば立ち上がり、闘いに臨むように筋肉がもりあがる。

「座りなさい」カプシーヌがぴしゃりと命じる。

マルテルは座ったが足にまだ重心を残し、いつでも立ち上がれるように身構えている。

カプシーヌが立ち上がり、マルテルの前にそびえ立つ。

「あなたが警察官を撃ったのを目撃した証人は山ほどいます。それだけでも仮釈放のない終身刑を言い渡されるでしょう。その件以外についてきかせてもらいましょう」

マルテルは尊大な表情でカプシーヌを見上げる。いますぐにでも立てる体勢だ。が、すばやく左右に目を走らせ、自分が置かれた状況を理解したようだ。

「なにもかもでたらめですよ。彼が警察官だなんて知るわけがない。ただの怠け者にしか見えませんでしたよ。昼間はサボって夜はずっと酔っ払っていた。そうしたら経理部に忍び込んでいた。酒代が足りなくて現金に手をつけたんだろうと思いましたよ。そんなやつには同僚のよしみでやさしい警告を与えてやる必要があるんです。それだけのことです。それから、あなたの部下を撃ったというが、あれはやむを得なかった。自宅の前をなにものかが車でうろうろしている。妻の身に危険が迫っていると思って自分の家を守ったんです。人として当然ですよ。空中に向けて何発か撃ったら、それがたまたま誰かの脚にあたってしまった。まったくの事故としかいいようがない。しかも殺人事件なんて、なにも知りませんよ」彼はいかにも不当な目にあっているといいたげに腕組みをする。

自分の正当性をあからさまに主張して喧嘩腰で反応する相手にはどんな理屈も通じそうにない。カプシーヌが率いる警察官の少なくとも半分が司法警察の悪名高い取り調べ法、つまり「肉体的な刺激」を与える方法を好み、相手を心理的にじわじわと攻めていく方法を信用しないのは、こうしてみるとよく理解できる。

カプシーヌはパンツのポケットから四つ折りにした紙を取り出し、振ってひらいた。

「今日あなたがわたしたちに向けて使用したライフルの弾道検査の報告書です。チェコのCZ550、300ウィンチェスターマグナム弾仕様。あなたのものですね？」

マルテルがうなずく。

「その銃から発射された弾は、ルシアン・ベレクの体内にあったものと完全に一致するようです。この件について事情をきかせてもらいます」もちろんこれはすべてでっちあげだ。ベレクの体内にあった弾は憲兵隊のファイルにしまわれて、どこかの倉庫の黒い穴に呑み込まれてしまった。当然ながら弾道検査などおこなわれていない。

マルテルの顔がやや青ざめたが、なにもいわない。好戦的な態度は崩そうとしないが、目の端にかすかに不安の影がよぎるのがわかる。額の中央には薄いシワが三本浮かぶ。

「全然知りませんよ、そんなこと――」

カプシーヌは彼の膝に片手を置き、そこで中断させる。

「ピエール、よくきいてちょうだい。こちらには必要な証拠はすべてそろっています。ただ、あなたにはあなたの言い分があるでしょうから、それをきかせてもらいます。その上でいっしょに解決の道をさぐりましょう。あなたの協力が欠かせないの。牛の餌の話をしているあなたを見れば、どれほど仕事を愛しているのか、〈エレヴァージュ〉を大切に思っているのか、よくわかるわ」

「ええ、それはもう」

「だからあなたの行動は〈エレヴァージュ〉を救うためだった、そうでしょう？　やらなければ〈エレヴァージュ〉がつぶされてしまう、そう思ったんでしょう？」

マルテルは当惑気味だ。ピンとくるものがないようだ。

「なにもやっちゃいませんよ、そんなこと。いいか――」彼は喧嘩腰だ。

カプシーヌが彼の話を遮る。「あとでゆっくりききますから、いまはこちらの話をきいて」

思い切っていってみることにした。「すべてはホルモン剤のため、そうなのね？」

マルテルがうなずいた。カプシーヌは内心ほっと息をついた。勝敗を左右する重要なパスに成功したのだ。あとは巧みに誘導していくだけ。気を抜かずに正しく誘導していく必要がある。

「まずインターンのクレマン・ドゥヴェールについて。なぜ彼を排除しなくてはならなかったのか、教えてちょうだい」マルテルは心許ない表情で室内を見まわす。誰かが救いにきてくれるのを求めているような目だ。デュラン警部補と視線が合ったが、デュランはいっさい反応を見せない。

「ちがう、わたしは人殺しなんかじゃない。ほんとうだ。ただ——」

カプシーヌがふたたび彼の膝に片手を置き、黙らせる。椅子を少しちかづけた。

「話したいことはすべてききます。かならずきくと約束するわ。だってあなたは必要もなしに人を殺したりできないはずだもの」

マルテルは髪を両手でかきあげ、くちびるをなめる。

カプシーヌはさらに椅子を彼にちかづける。「あなたの力になりたいの。いっしょに解決しましょう。本気よ。ややこしくなさそうなところから見ていきましょう。クレマン・ドゥヴェールについてきかせてちょうだい。彼は〈エレヴァージュ〉を脅していたんじゃない？具体的に彼がなにをしていたのか、正確に教えて」

マルテルは身を乗り出したかと思うと両手に顔をうずめた。まさに教科書で教わった通りの降伏のポーズだ。カプシーヌには心のうちが手に取るようにわかる。彼は葛藤している。不安はひどくなるばかり。この部屋から出られるなら、どこにでも連れていってくれといいたくなる――刑務所の独房だってここよりましだと思ってしまうほど――心境だ。しかし、自白する踏ん切りはまだつかない。

カプシーヌはマルテルに身を寄せて肩に片手を置く。

「わたしを信頼して。いっしょにがんばりましょう。〈エレヴァージュ〉を救うために行動したのだとみんなに理解してもらいましょう。あなたは怒りをコントロールできない凶悪犯とはちがうのだとね。自分が正しいと思ったことをしようとした、そうなんでしょう？」

顔をうずめたままマルテルはうなずく。

カプシーヌはひそひそとささやくような声でたずねた。「彼はホルモン剤のことを見破った。そうなのね？」

「腕力をふるうだけの愚かな人間だなんて思われたくない」

「誰もそんなふうには思わないわ。あなたはそんな人ではないもの。クレマン・ドゥヴェールはどうやって見破ったの？」

マルテルが身体を起こし、笑い声をあげた。「ほんとうに見破っていたかどうかなんて、わからない。でもあいつはジャン・ブヴァールにすごく会いたがっていた。あのファストフードのレストランをブルドーザーで破壊した男ですよ。会ったらきっとばらされると思った。そんな危険を見過ごすわけにはいかない。そうでしょう？」

「ええ、そうね。でもクレマン・ドゥヴェールはどこから気づいたのかしら？」

「彼は牛の成長率に関心をもっていた。何時間もグラフと睨めっこしていた。それをもとに学校のレポートを書いていたんだ。うちの牛があれほど速く成長するのはホルモン剤を使う以外ないと気づいたのだろう」

「ではシカ狩りで亡くなったルシアン・ベレクは？」

「あいつか？　あいつは自業自得だ。ほんとうですよ。彼自身が危険な存在になっていった。わたしが牛に注射をする時に彼は補助をする役目だった。牧場長のジェルリエがいなくなってホルモン剤が調達できなくなると、注射はできなくなった。しかしルシアン・ベレクは報酬を払い続けろと要求した。わたしのポケットマネーから払えと。ある晩いっしょに飲んでいた時に、彼についインターンのことをこぼしてしまった。するとやつはゆすり始めたんだ。やつの暴走は止められなかった。このままではあいつのせいで〈エレヴァージュ〉がつぶれるかもしれない。それを止められるのはこのわたししかいなかった。ちがいますか？」

　二件の犯罪について、これほど短時間のうちにマルテルが白状するとは。カプシーヌは心底驚いていた。彼女は椅子のシートの下に隠された小さなボタンを押した。数秒でドアがひらいて、男性がドアノブにもたれるようにして上半身をのぞかせた。リラックスしたにこやかな表情だ。五十代の彼は少しお腹が出て、喫煙者特有のかすれた声。一杯おごりたくてしょうがないといいたげなうれしそうな表情につられて、こちらまでニコニコしてしまいたくなる。彼もカプシーヌの部下の警部補で、勤続三十年を表彰して飾り額が贈られたばかりだ。

「やあどうも。進んでますか?」朗らかな声だ。これからピザを取りにいかせるからいっしょに少し食べないかと誘いにきたようにきこえる。

「あら、ジャン゠リュック。入ってちょうだい。死者が出た二件について、いまピエールから話をきいていたところ。〈エレヴァージュ〉のためを思っての行動だったことをあきらかにしようと懸命に取り組んでいるの。凶暴な殺人者などと誤解されないためにね」

その通りだ! そうマルテルの目が必死に訴えている。さらに身を乗り出して、アピールする。

警部補がするりと室内に入り、軽やかな動作でドアを足でしめる。そしてデスクの端に腰かけたが、その様子は同僚と雑談をしにちょっと立ち寄ったような雰囲気だ。

「ピエール、わたしはこの事件の担当じゃないので、くわしいいきさつがわからないんだ。最初から話してもらえるかな」

マルテルは椅子に座ったまま四十五度向きを変え、あたらしく加わったメンバーと正面から向き合った。この人物になんとしても自分の高潔な行動を理解させるのだという意気込みが感じられる。

「わたしは牧場で働いています。フランスで最高のビーフと名高い牛を育てています」

「そこの部分は知っている」刑事補はにこやかだ。

「ずいぶん前、働きだしてすぐに牧場長のジェルリエに声をかけられたんです。きみなら信頼できそうだ、よけいに長く働かなくても倍の給料を出そう、と。それで牛にホルモン剤を注射する係になった。むずかしい仕事ではない。小さな注射器で牛の耳のところに皮下注射するんです。埋め込んだものは三カ月効果が持続し、肉質がすばらしくよくなる。わかりますか？」

警部補はにっこりしてマルボロの赤の箱を取り出し、手早くあけてマルテルにすすめる。マルテルは許可を求めるようにカプシーヌを見る。彼女がうなずくとマルテルは一本取った。喫煙者ふたりは気持ちを通わせ合うようにタバコの火を分け合い、おいしそうに一服する。

「そういうホルモン剤のむずかしさは、どこらへんなのかな？」

「むずかしさ？　非合法ですからね。そこが厄介なんですよ。EUはこのホルモン剤の使用を禁じたんです。一時はチーズも非合法化されそうになりましたからね。とにかく、その物質を使うといいビーフになるんです。軟らかくて香り高くなる。牛の成長速度が速くなるから費用も削減できる。アメリカではホルモン剤の使用が認められているのに、われわれは使っちゃならんというんだ。ひどい話でしょう？」

「なるほど。それで？」

「それで、ある日上司のジェルリエがお偉いさんたちとヤマウズラの狩りに出かけている時に撃たれたんです」

「亡くなったのか？」

「ええ。ジェルリエはいなくなり、ホルモン剤も尽きた。だから注射する作業もできなくなった」

「ヴィエノーがいるでしょう？　どうして彼にホルモン剤の追加を頼まなかったの？」カプシーヌがきく。

「ヴィエノーだと！　彼はなにひとつ知りませんよ。彼がやっていたことといえば、週に一度牧場を歩きまわってジェルリエに現場を見せてもらっていただけですからね。汚れがつかないように精一杯気をつかってね。牛の耳がどこにあるのかも知らないでしょうよ。ホルモン剤のことなどちんぷんかんぷんに決まっている」

警部補が立ち上がり腕時計を見た。マルテルが動揺する。

「待って、待ってくださいよ。まだ話さなくてはならないことがあるんです」

「よし」

「気づいたら、いたんですよ。農業大学の秀才のインターンが。夏のあいだずっとね。環境保護運動に熱心な生意気なやつだった。そういうタイプ、いますよね？」

「ああ、いるいる」警部補はタバコの煙をふうっと吐いて、共感するようにうなずく。

「で、そのガキはしじゅう牛を見にいって成長記録を丹念に調べていたんです。しだいに心配になってきました。なにか見破られたのではないかと。そして様子を見た。けれど事態はさらに悪くなるばかりだった。そんな時、ブヴァールという男が村にくることになったんです。よく逮捕されてテレビに映る人物ですよ。見かけ倒しのインチキな食べ物を徹底的に叩いて捕まるんです。その彼が、ここにあたらしくできたファストフードのレストランを標的にした。それであのインターンが舞い上がったんです。絶対にブヴァールに会うんだといってましたよ。それこそ人生で一、二を争う重要なことみたいにね」

「会ってなにをいうつもりだったのかしら」

「どう思いますか？」マルテルが皮肉な表情で笑う。「ホルモン剤について彼が推理したことを正義漢ぶって訴えるつもりだったんでしょうよ。くそ。ブヴァールがそれを知ったら、大騒ぎしたにちがいない。いくら過去のことだといっても無駄だ。まちがいなく〈エレヴァージュ〉は破滅したでしょうね」

「あなたはそれを食い止めたのね？」

「もちろんです。散弾銃にブレネケ社のスラッグ弾を二発込めてデモの現場に行きましたよ。夕飯に食べるウサギを一羽か二羽撃ちに行く前にちょっと見物にきた、というふうに見せかけてね。想像はついていた。あそこの憲兵隊は群衆の整理なんてできやしない。やじ馬が押し寄せて口々にわめき、憲兵隊が空に向けて発砲した。その瞬間に、あのインターンの胸めがけて一発引き金をひいたんだ。それで問題は解決した」彼が満足げにいう。

「ベレクの話ももう一度きかせて」カプシーヌは手柄話をききたがるような熱心な口調を装う。

「ええ。あの男はじつに厄介でしたよ。ホルモン剤を埋め込む注射をするには助手がどうしても必要だった。注射しているあいだ、牛を押さえていなくてはならないですからね」

「なるほど」警部補がいう。

「助手を務めていたのがベレクだったんです。注射は中止せざるを得なくなって、彼は腹を立てた。助手としての仕事がなくなったというのに、それまで通りの給料を払えといってきかなかった。わたしはそこで大きなミスをしたんです。彼に支払いを続けた。どうせたいした金額じゃないんだからいいだろうと思ってね。しかし、さらに第二のミスをおかした。インターンについての心配を彼に打ち明けてしまったんです。まったくもって愚かだった。それ以降、ますます彼は金を要求するようになった。払わなければ秘密をばらすといって。払えば払うほど、さらに多くを要求された。そこへチャンスが訪れて、ある土曜日に始末をつけた。もちろん自分のためではない。あいつに〈エレヴァージュ〉を汚されるのはごめんだったからですよ」マルテルは重要なポイントを警部補が聞き逃さないように強調した。

「始末をつけた、とはどういう意味かな？」

「土曜日の猟で大騒ぎがあったんですよ。雄ジカが凍った湖に飛び出して、狩りの一行がそれを撃ったんです。村の全員が湖に見にいった。そのなかにベレクがいたんです。ちょうど車をすぐそばに停めていた。トランクに入っていたCZに300ウィンチェスターマグナムを込めた。それでこちらの問題は解決した」

「ピエール」カプシーヌがいう。「話をきいてよくわかったわ。あなたが〈エレヴァージュ〉のために心を砕いていたことがみんなにきっと伝わるでしょう。こちらの警部補がいまの話をプリントアウトするから、署名してちょうだい。今夜はここまでにして少し睡眠をとりましょう」

マルテルは幼い少年のようにはにかんで笑った。やっとこの不快な部屋から出られる。

十分もかからないだろうとカプシーヌはわかっていた。自白内容はマイクロホンを通じてスタッフルームのコンピューターの音声認識ソフトで文書化する。警部補はいくつか訂正し、カンマをいくつか加え、数分後には取調室に届け、証人として三人の警察官が署名した。

マルテルは疲労でぐったりしているが、りっぱに仕事を果たしたという満足感にひたっている。カプシーヌは消耗していた。若いインターンのことを思うと、たまらない気持ちだった。彼はほんものの恋に落ちるという経験をすることがなかった。わが子と遊ぶことも叶わず、誰かとともに老いていくよろこびを味わうこともない。ここに電話帳がないことがカプシーヌには残念でならない。マルテルみたいな人間は頭を思い切り叩かれてテーブルに打ちつけられるのがお似合いなのだ。罪を犯した者は、それにふさわしい仕打ちを受けて苦しむべきなのだ。

でも、あと三十分後にはマルテルはここを出て、十四区のラ・サンテ刑務所に向かうだろう。以後、陰鬱なあの場所で過ごすことになる。昼も、そして夜も。そしてある朝、裁判所に連れていかれる。そこにはカラスが枝に並んでとまっているように判事がずらりと並んで座り、彼は恐怖で目をみひらいて、自分の運命を知るだろう。自然のことわりを甘くみてはならないのだ。

48

冬の奥底はまだまだ先だが、なにかが終わりを告げる気配が漂う。映画のエンドロールが流れてきそうな感じだ。モーレヴリエに行くのも今シーズンはこれが最後。少なくとも当分は訪れることはないだろう。週末に大邸宅《シャトー》で顔をそろえたのはカプシーヌとアレクサンドルとジャック、そしてアメリ伯父の四人だった。建物のなかはどんよりして、徹底的に空気を入れ替えたほうがよさそうだ。

土曜日、カプシーヌとアレクサンドルは今年最後のキノコ狩りに行くことにした。ピクニックをするには寒すぎるけれど、枯れて褐色になったシダの周囲をさがしまわる合間に食べられるように、オディールがスナックを用意してくれた。葉巻型の小さなサンドイッチが二種類。具はそれぞれスモークサーモン、パルマハムとモルビエ・チーズ。そしてなくてはならないカルヴァドスは小さな瓶に入っている。

アレクサンドルは張り切っている。サン・ニコラの濃い人間関係から解放されることがうれしいのか、それともいったんステッキの中身を飲み干してから、さらにたっぷり容器に満たしてきたのか。ふたりは仲良く肩を並べて楽しげにクスクスと笑う。カプシーヌはステッキからエレガントに飲む技をマスターした。といっても、アレクサンドルと同じ動作をほんの少し上品にやるだけだが。思えば狩りに出かけるとはらはらすることばかりだった。カプシーヌはアレクサンドルとつないだ手をさらにぎゅっと強く握り、彼のウエストに腕をまわす。彼は恍惚としたうめき声をもらして両膝をついた。

「セップ茸だ！　あれを見てごらん！　カゴいっぱいあるぞ。一カ所にあんなにあるとは。これで夕食は決まりだ」

しゃがみこんで最初の一本を摘もうとするアレクサンドルの尻をカプシーヌは力任せに蹴り飛ばした。それにもかまわず彼はカゴに山盛りになるまでせっせとセップ茸を集める。そしてようやく立ち上がり、微笑んでカプシーヌを抱きしめた。「続きを始めるか」

カプシーヌは彼のすねを蹴る。「失礼ね。このわたしが、菌の塊の山の脇役扱いなんて」

アレクサンドルは彼女にキスする。彼女はまた彼を蹴る。さらにもう一度。けれども、いつしかゆるしていた。

村への帰り道、歩きながらアレクサンドルが提案した。

「どうだろう、われらの友人オメーに会いにいってみようじゃないか。このセップ茸の軸は本来の色よりも少しだけ濃い。これが毒キノコではないと、いちおう確認しておきたい」

カプシーヌは返事をしないまま、女性らしいしぐさで身体をひねってツイードのスカートのお尻の部分に落ち葉がついていないかどうか確かめた。

薬剤師のオメーは前回よりも少しだけ好意的に迎えてくれたが、やはりよそよそしさは隠せない。ふたりは薬局の奥にある彼のオフィス――「わたしの神聖な私室です」と彼はいう――に招き入れられた。アレクサンドルは作業台にキノコを置いて慎重にひろげていく。オメーはデスクに向かって腰かけ、いかにも高そうなカランダッシュの金色の万年筆でなにやらメモを書く。インクは濃い緑色だ。パリの医師がやりそうなもったいぶった態度を巧みに真似ている。オメーはいったいどこでこんなことを身につけたのだろう。

一、二分後、彼はメモを読み返して、わざとらしくため息をついてカンマなどを書き足し、慎重にペンのキャップをして、カプシーヌたちのほうを向く。「トレ・ビアン。どんな掘り出し物があるのか見てみましょう」

「ああ」博識を鼻にかけた、いやらしい口調だ。「これはふつうのセップ茸ではなく、ヤマドリダケです。セップ茸のプリンスですな。ススケヤマドリタケだ。ムッシュ、あなたの奥方はたいしたものだ」

「わたしのこと？」カプシーヌがたずねる。

「村人にとっては今回の件は偶然のできごとに過ぎないんです。さもなければ、あなたが魔術で殺人犯をつくりだしたくらいにしか考えてないでしょう。現代的な科学捜査など、なにもわからないんですよ。わたしは今回のみごとな逮捕について、《パリ＝ノルマンディ》紙に記事を書きました。とても好評でしたよ。少なくともわたしは、この小さな村にあなたが滞在したことをうれしく思っています。さて、つぎは今年最後のヤマドリダケの大豊作について記事を書きますか」

カプシーヌは、オメーの「少なくともわたしは」という言葉と、自分の滞在を過去形であらわされたことに気づかざるを得なかった。

それから数時間後、今度はアレクサンドルがむっとしていた。オディールが彼をキッチンから追っ払ったのだ。せっかくのヤマドリダケが歓迎されなかったのはもちろん、午後いっぱいキッチンからきこえるオディールの転がるような笑い声とともに、時折ジャックの高笑いがきこえてきたのもアレクサンドルには癪の種だった。彼らの楽しげな声は食前酒の時間まで続いた。

その晩のディナーは、卒業生を送る会のようなかしこまったムードだった。のっけから会話はあまり弾まない。シャトーの定番である〝ポティマロン（クリカボチャ）〟のスープのせいなのか、本を読むような姿勢でスープを口に運ぶばかりで、切れ味鋭いやりとりが生まれない。ゴーヴァンがスープ皿を下げるとオディールがメインディッシュを自ら運んできた。幼い少女のように頬が紅潮している。シャトーのなかで唯一、彼女は屈託なく人生を楽しんでいる。カプシーヌはそれを痛感した。運ばれてきた美しい浮き出し模様がついた銀の皿にはヤマウズラが四羽ずつ二列にきれいに並び、なにかを刻んでまぜ込んだおいしそうな茶色いソースでおおわれている。それでなくても弾んでいなかった会話はすっかり止んでしまった。いつものパン粉をまぶしたヤマウズラではない。そしてきわだった香り。エキゾチックでなんともいえない。心地よい香りだ。

アメリ伯父が口火を切った。高い身分にふさわしい者として、洗練された物腰で礼儀正しくたずねたのだ。「おお、オディール。どうやら新境地を切りひらいたようだね。この新しい創作料理はどういうものなのかな?」

「ムッシュ、これはペルドリ(ヤマウズラの親鳥)をピーナッツと乾燥マンゴーでおおったものです。下に敷いているのはカレーリーフとキノアです」言葉の端々にオディールの自信が感じられる。

「キノア? キーノーアか?」アメリ伯父はすっかり困惑した表情でゆっくりとオディールの発音を真似する。

「ラテンアメリカの西海岸原産です。征服者《コンキスタドール》たちは興味を持たなかったらしく、ヨーロッパには入ってこなかったんですよ。北アフリカのクスクスにちかいかな」アレクサンドルが博識を披露するが、反応はない。

「その通りです、ムッシュ」オディールがいう。「ギリシャ・ヨーグルト、マンゴーパウダー、つぶしたピーナッツ、コリアンダーの軸のみじん切り、青唐辛子のみじん切り、それから、そうそう、レモンの果汁をほんのわずか加えてつくったソースをヤマウズラに塗ってローストしました。キノアはあまり手を加えず、乾燥した唐辛子、カレーリーフ、マスタードシード、根ショウガ、砂糖を加え、さらに刻んだバジルとトマトとタマネギでボリュームアップしています。どうぞ《ヴォワラ》。きっとおいしく召し上がっていただけると思います」

アメリ伯父が口をあんぐりあけてしまうのを懸命にこらえている様子がよくわかる。

「しかしオディール、そんな材料をいったいどこで手に入れたんだ？　マンゴーパウダーやらキノアやらカレーリーフやら」

「ムッシュ、広場にあたらしくできた高級食材店です。あそこのコーヒーはお気に入りですよね」

「ああ、そうだった。もちろんそうだ」アメリ伯父が弱々しくこたえる。

みんながいっせいにヤマウズラを食べ始めた。おいしかった。十歳の子どもが初めての食べ物を出された時のように、こわごわと試してみる。おいしかった。単においしいだけではなく、狩猟シーズンにつきもののマンネリ感とはまったく対極にある経験だ。オディールのすばらしい才能はこれまでもじゅうぶん発揮されてきた。しかし、こうして卓越した才能を目の当たりにすると、ここモーレヴリエでは宝の持ち腐れではないかと思えてしまう。

アメリ伯父は首謀者をつきとめようときょろきょろ見回している。〝黒幕〟がいるにちがいないと睨んでいるのだ。オディールが独力でこんな大胆なことをするとは考えられない。アメリ伯父は、まずアレクサンドルに狙いを定める。当のアレクサンドルは夢中で皿の料理を引っ掻きまわしている。どうやら彼の貴重なヤマドリダケはヤマウズラをおおうソースの材料には使われていないようだ。それを確認してほっとしている。あきらかに彼は黒幕ではない。アメリ伯父はつぎにジャックに焦点を定めた。目がキラリと光る。食後にきつい一言が待ち構えているのはまちがいない。

「カプシーヌ」アメリ伯父の声はふだんよりもしわがれている。「事件について説明してくれないか。いったいなにが起きたのかわからないままだ」話題を変えることにしたらしい。「伯父《モノンクル》さま、事件解明の流れをきいてもがっかりするだけよ。手品師が種明かしをするようなものだから。からくりを知れば、なんだ、そんなものかってあきれるわよ」

「やっぱりそうか！　ちゃんとスペードのエースを手に入れていたんだな」ジャックだ。「みんな話してしまえ。ずっと昔にちゃんと教えただろう。かわいい女の子は隠し事なんかしちゃいけないって」

カプシーヌはわざとらしく頬をふくらませる。「そこまでいうのなら、しかたないわね。不幸な一連の事件は、そもそもフィリップ・ジェルリエが牛に違法な成長ホルモンを投与するところから始まったの。ピエール・マルテルもルシアン・ベレクも、それを手伝っていた。三カ月に一度、彼らは牛の耳のところに皮下注射で合成ホルモンを投与していたの」

「ちょっと待ってくれ」アメリ伯父が話を中断させる。「そういうホルモンにはどういう害があるんだ？」

「パパ、それはだな」ジャックはオーバーなジェスチャーでドアのほうを見て使用人が誰もきいていないのを確かめると、わざとらしく声をひそめた。「性ホルモンだからだ。オディールがそういうビーフを〈エレヴァージュ〉から手に入れて、ステーキにしてパパに出すとしよう。そして彼女もそれを食べたとしよう。するとその夜は、おたがいを追っかけまわしてシャトーの廊下を延々と走り回ることになる」

アメリ伯父が憤慨して早口になる。「そんな無礼なたとえは許さん」

オディールがちょうどドアのところに姿を見せた。ヤマウズラの反応を見にきたのだ。

「わたしは速く走れないから、追いかけっこはそんなに続かないと思うわ」オディールがつぶやいたのをきいて、アメリ伯父は真っ赤になってふり返った。

カプシーヌがさりげなく話を先に進める。

「ジェルリエが亡くなってから牛の成長率が落ちたときいて、ピンときたの。なにかの因果関係があるにちがいないと思ったわ。考えられるのはホルモン剤の投与。でも、どうやって彼がそれを入手していたのかがわからなかった。だから覆面捜査官を潜入させて探らせたの。するとジェルリエは、アメリカ中西部で病気療養中の母親を見舞いにひんぱんに訪れていたのがわかった。なにが目的だったのかは、いうまでもないわね。警察の記録を確認したところ、彼の母親は一度もフランスから出ることなく十年前に死亡していたわ」

「だが、そこからどうやってマルテルに行き着いたのかね？」アメリ伯父がたずねる。

「ジェルリエが単独でホルモン剤を投与できたはずがない。雄牛に注射する際には補助する人間が必要だったはず。となれば、それはマルテルであったと考えるのは妥当でしょう。彼は主任として牛の餌場を取り仕切っていたので、注射する目的で牛をシュートに送り込むように指示を出しても不自然ではないわ。そして牛に注射している際、ほかの作業員がちかづくのを彼はとてもおそれたの」

「それはあくまで推測だったんだろう？」アメリ伯父は狼狽している。

「そんなことないわ。覆面捜査官として潜入したモモは、殴られた時に相手がマルテルだと気づいたの。ただの暴行であるはずがない。マルテルはモモがかぎ回っていることに気づいて、なんとしても追い出さなくてはならないと考えたの。モモが闇討ちにあっていたかと思うと、いまだに眠れなくなるわ。マルテルは、モモが酒代欲しさに経理部に忍び込んだと思っていた。それでも神経をとがらせて、追い出すことにしたのよ」

「なるほど、よくわかった。が、なぜ彼が二件の殺人の犯人だとわかったんだ？」アメリ伯父がたずねた。

「わかったわけではないの。でも論理的に考えれば彼以外いない。わたしたちが〈エレヴァージュ〉を訪問してマルテルに案内されて施設を見学した時、インターンのドヴェールはホルモン剤をさかんに話題にして、ちかぢかジャン・ブヴァールが村を訪れるといって興奮していたわ。マルテルはとても気を揉んでいた。そしてルシアン・ベレクの件。あれは絶対に偶然なんかじゃない。わたしは自分の直感を信頼したの」

「カプシーヌの直感は猟犬の鼻と同じくらい信頼がおける」それまでヤマウズラをむしゃむしゃ頬張っていたアレクサンドルがひとこと口を挟んで、一同の注目を浴びた。

「マルテルを逮捕すればきっと自白を引き出せると自信があったわ。もちろん、危険な賭けではあったけれど、がんばった甲斐があったということ」

「ああ、すばらしい電話帳の威力よ！」ジャックだ。「われわれがやらされる水責めよりはるかに効率的だ。あれをやるとなると長靴を履いていなければ靴が台無しになってしまう」

その夜遅く、カプシーヌとアレクサンドルはシャトーの寝室で窓の鉄の手すりにもたれていた。アレクサンドルのステッキの容器の中身を飲み干し、葉巻はいま吸っているのが最後の一本だった。

「ひとつだけ、どうしても理解できないのが牧場長のジェルリエだ。彼がやっていたのは、まるで榴弾砲で野ウサギを撃つようなものじゃないか。彼が関与していると、どうしてわかったんだ？　そんな厄介なことをして、いったいどれほどの見返りがあるというんだ。そりゃあ、少しは上司に取り立てられるかもしれないし、仕事の負担は少々減るかもしれないが」

「モモはもうひとつ、発見したことがあるの。それをくわしくきいていなければ、わからなかったと思う」

アレクサンドルがカプシーヌの説明をもっときこうとした時、シルクの部屋着の内側に彼女の手がすっと入った。彼はただちに力強く反応した。そのいきおいで、とんでもない失敗をしてしまった。最高のエル・レイ・デル・ムンド・ショワ・スプレーム（キューバ産葉巻）を窓の下のアザレアの茂みに落としてしまったのだ。

49

「本件について、たいへんよくやってくれました、警視《コミセール》」

予審判事は、やんごとなき人物が油まみれの自動車修理工に言葉をかけるような口調だ。握手まですべきだろうかと葛藤しているのかもしれない。

彼はロースクールを出たばかりなので、判事の序列では下っ端だ。執務室は狭い。カプシーヌがシャトーで隠れ家にしていたクロークルームの広さと大差ない。その執務室に彼は私物の仰々しいアンティーク家具類を持ち込み、懸命にプライドを保っている。大部分のスペースを占領しているのは凝った金の装飾のあるデスクだ。もう少し大きければ、大臣の執務室にも置けそうだ。デスクには、傷がたくさんついた由緒ありそうな革製のデスクブロッターが置かれている。蝶番つきの革製のカバーには金を使った精巧な装飾がほどこされている。カプシーヌは子どもの頃から、こうしたブロッターの使い道が不思議でならなかった。カバーをひらいたままではデスクが占領されてしまって、書類ひとつ書くスペースもないだろうに。

判事はカバーを持ち上げてなかをのぞき、押し殺した笑みを浮かべる。シュマン・ド・フエール（バカラの一種のトランプゲーム）のプレイヤーがカードの隅を少しめくり、無敵の持ち札であると確認する時のような表情だ。なかには、ファイルがひとつだけ。つまり進行中の仕事はこれだけ。朝のコーヒーの後は、さぞかし暇にちがいない。彼は薄いフォルダーを取り出し、目次も見ないでひろげると、椅子の背にもたれて無造作に脚を組む。イザベルは無言のまま座っている。緊張してすっかり萎縮している。

「ルメルシエ巡査部長はこの事件の捜査において功績を認められるに値します。日常的な業務の責任をずっと負っていたのは彼女です」カプシーヌはいう。

「マスコミとのあいだに問題があったようですね」彼は人さし指でファイルをトントンと叩く。

「はい、数週間前に《ル・フィガロ》と《ヌーヴェル・オブセルヴァトゥール》の両紙が犯人を現代のロビン・フッドになぞらえた記事を掲載しました。わたしたちは記者会見をひらき、幸いにしてそのような論調は一気に下火になりました」

「イメージの回復はわたしたちでなんとかできるでしょう。再度会見をひらくのもいいかもしれない。うちのほうで担当しましょう。当然ながらわたしが事件を紹介しますが、あなたにもぜひ同席してもらいましょう。適切な指揮によって司法警察は重要な役割を果たすのだと示すために」

彼はファイルをひらいて、アンティークの金色のパーカー51のペンで余白にメモする。オメーが見たら、さぞかし感動するだろう。

「彼女を現行犯《フラグラン・デリ》で逮捕しなかったのは残念でした。躊躇したのは理解できます。ですが、司法官はかならず彼女を刑務所に入れるでしょう。われわれ判事が断固たる態度で容赦しないということをマスコミに示す、またとない機会になります。予審判事の制度がもはや時代遅れという嘆かわしい風潮がありますが、それを正すこともできる。とにかく、心配無用です。われわれの記者会見で是正できる範囲のミスですから」

「ムッシュ」カプシーヌがいう。「わたしからのメモがお手元に届いているかと思います。この件に関しては情状酌量すべき状況があるのです。率直にいいまして、わたしは――そして本件を担当したチーム全体も――起訴が取り下げられるべきだと強く感じています」

予審判事は目を大きくみひらき、信じられないという面持ちでカプシーヌを見つめる。おろおろした表情と攻撃的な表情が入り混じる。獲物が予想外の動きをしてあたふたする貪欲なイタチみたいだ。

「起訴を取り下げる？」

「はい。彼女と母親は困窮状態にあります。母親の患っているガンは深刻です。むろん、複数の窃盗の犯人であり有罪であるのはまちがいないのですが、被害者に与える損害を最小限に食い止めようとしているのも確かなんです。じっさい、そのために被害者のうちふたりは告発することを拒否し、ほかのふたりは盗難届すら出していません」

予審判事は人さし指と親指でペンを挟み、にやにやしながらカプシーヌにペン先を向ける。弾丸を込めた銃を向けるような攻撃的なしぐさだ。

「母親ね。なるほど。そう、母親がいたんだった。完全に忘れていましたよ。思い出させてくれてありがとう」彼はファイルをパラパラとめくってしかるべき箇所を見つけて注意深く読み、余白にチェックマークをつける。

「国外退去を命じるに値する明確な根拠がここにあります。あなたが書いた説明はひじょうに説得力がある。その女性は長期にわたって病気を患い、病状は深刻だ。娘のほうは少なくとも十五年の刑を言い渡されることになるでしょう。となると彼女は最低でも七年、あるいはもっと長く刑に服することになる。それを鑑みて、すみやかにその母親を強制送還するよう要請できるな、ええと――」彼は数ページめくる。「ええと、シリアか。そう、シリアに」彼は満足げに微笑む。「記者会見ではぜひともそれを発表しよう。すでに実行済みとしてね。きっと好意的に受け止められるでしょう。われわれが断固たる決断をして行動に移しているとアピールできる。昼食前に入国管理局に連絡をとることにしよう」

彼は腕にはめた、ひじょうに薄い金の腕時計を確認する。カプシーヌたちにさっさと出ていってほしいという気持ちが隠せない。なにしろ、彼にはやるべきことがたくさんある。さきほどまでとは打って変わって午前中は予定がぎっしり詰まってしまった。

50

「妻に不貞を働かれて当然の夫はいる。そんな場合ですら妻は協力すべきなのである」

洗練された笑いがさざめきのように起こる。アレクサンドルがカプシーヌに身体を寄せて耳打ちした。「そういえば、マリー＝クリスティーヌの楽しい人生はどうなったのかな？」

「シーッ。お芝居の後で」

カプシーヌの声が周囲に洩れてしまった。背後からふたりが舌打ちし、前の列からも「これ！」と叱責の声があがる。アレクサンドルはうなり声とともに椅子に深く沈み込む。彼はフェイドーが苦手なのだ。ふたたびカプシーヌに身を寄せてささやく。「こういう十九世紀末《ファン・ド・シエクル》の作品はどうも虫が好かない。ワイルドは大好きだ。ギトリはひたすら愉快だ。しかしフェイドーはすさまじく尊大だ。ロビーに行って葉巻を吸ってくる。そこで待っているから」

「そんなことをしたら、いっさいなにもしゃべらないわよ」カプシーヌがそっとささやく。

前の席の年配女性がくるりとふり向いた。「ほら《ヴォワラ》、マダムのいう通りよ。おとなしく座っていなさい」彼女は目を大きくみひらき、オーバーなしぐさで人さし指を口に当てる。それから連れの男性に耳打ちする。「まったく、男たちときたら《オーレソム》！」芝居に夢中の彼は機械的にうなずくだけだ。対照的にアレクサンドルはふてくされたように椅子に深く座り、八歳の子どもがむくれているように口をとがらせて腕を組む。

　レストランではアレクサンドルは冬眠から覚めたクマのように元気になった。ここのシェフはほぼ独力でフランス料理をヌーベルキュイジーヌの無味乾燥とした世界から〈キュイジーヌ・ブルジョワズ〉の豊かさへと回帰させた人物である。長い沈黙の後、彼は突然このレストランをオープンした。呼び物はL字形の長いカウンターで、そこからは厨房を見わたすことができる。客とシェフとの壁を「取り払う」という仕掛けだ。アレクサンドルは、観劇後の食事の場にはここがぴったりだと考えた。

　たまたまその夜はシェフが店に出ており、アレクサンドルを待っていた。アレクサンドルはいつでも自分の名前で予約することにしている。ふたりはハグし、両頬にキスし、陽気な声で挨拶を交わした。その光景はいやでも店内の注目を浴びる。アレクサンドルはすっかりご機嫌で、つまらなかった芝居のことなどほとんど忘れてしまった。

　カプシーヌとアレクサンドルはカウンターに並んで座り、おしゃべりを楽しみ、精密に演出された厨房の活気あふれるさまに見とれる。アレクサンドルは天国へとひたすら昇っていく気分だ。すでにザリガニのラビオリをキャベツの上に盛りつけた一皿をたいらげ、カモのマグレ（ささみ）とフォアグラを盛り合わせてチェリーとアーモンドのソースを添えた皿が運ばれてくるのをわくわくして待っている。なにより彼をよろこばせているのは、ついばむ程度にしか料理を口にしないことが多いカプシーヌが、コースメニューの四皿をすべて注文したことだ。彼女はクリーム状の半熟タマゴにキャビアを少量トッピングしたものを食べ終わり、フォアグラを詰めた野生のウズラの解体を始めたところだ。

「フェイドーを酷評するのはまちがっていると思うわ」カプシーヌがいう。「少々退屈に思えてきたのは、あなたのいう通りかもしれないけれど、なんといっても彼はシュルレアリスムの真の父ですから」

「確か、夕飯をとりながらあっと驚くゴシップをきかせてもらう約束をしたんじゃなかったかな」アレクサンドルは厨房のなかにいるシェフと目が合ったので、左右の手を結んで高く掲げて料理のすばらしさを称えた。シェフはそれを見てよろこび、顔を輝やかせている。

「シュルレアリスムの源流を辿るなら、さしずめマルクス・ブラザーズの映画あたりかな」アレクサンドルがカプシーヌのグラスにワインを注ぐ。「それよりサン・ニコラだ。われながら意外だが、妙にあの場所が懐かしいよ」

「今日ジャックとランチをしたの。彼からたっぷりゴシップを仕入れてきたわ」アレクサンドルが悔しそうに奥歯を嚙みしめるので、カプシーヌは彼の足をさすった。彼の表情がやわらぐのを見て、こうして隣り合わせに座るのはなかなかいいものだと実感した。

「アメリ伯父さんはオディールが挑戦した新しいレシピの出どころを懸命に突き止めようとしていたんですって。どうやらあのレシピは伯父さんの身の破滅につながるらしいわ。で、オディールが自室に隠していた本をとうとう見つけたそうよ。ムンバイでシェフをしているカイラシュ・ジャスウィンダーという男性が書いた本をね。フランス料理とインド料理のフュージョンの先駆者なのだそうよ。アメリ伯父さんはその本を没収したんですって。でもジャックはそれに代わるものをクリスマスまでに準備するつもりでいるみたい」

「オディールのヤマウズラは絶品だった。といってもあの時はヤマドリダケを楽しみにしていたんだが。それはそうと、マリー＝クリスティーヌの楽しい人生はどうなった？　ジャックのつぶらな目はきっと彼女をマークしているにちがいない」

「彼の目はつぶらとはいえないわ。それにジャックからきいたわけではないの。マリー＝クリスティーヌから直接電話できいたのよ。ようやくロイックとの離婚を決意したんですって。彼女にとっては大きな一歩だと思う。悩んだ末に、離婚の合意を取りつけてロイックに署名してもらったそうよ」

「〈エレヴァージュ〉の所有権について話がついたということか？」

「それはまだよ。法律の定めでは三カ月別居した後に判事が最終的に判断して離婚が決定するの。カッとなったいきおいで性急に結論を出すのを阻むためでしょうね。とにかく当分はロイックが株式のすべてを引き続き所有し、マリー＝クリスティーヌは現実と向きあって考える時間を三カ月与えられたというわけ」

「〈エレヴァージュ〉は醜聞を免れたということか」アレクサンドルは頬張っていたカモを飲み込む。

「なんでも、彼は猛然と仕事に打ち込んで毎日十二時間働いているそうよ。それを見てマリー＝クリスティーヌは決心がついたの。ロイックはけっきょく〈エレヴァージュ〉以外には愛情を注ぐことができないのだとわかったから」

「彼は誇大な表現で大々的に発信するマーケティングの世界でやっていくことにしたんだろう。ジャーナリストを対象としてこれでもかとばかりにプレスリリースを出している。事業を一から再建してよりいっそう伝統に沿うものにした功績をさかんにアピールしている。フランス料理を支える柱であるといってな。果てはかの有名なシェフ、オーギュスト・エスコフィエが有名なレシピで使った素材とまったく同質のビーフを提供しているなどと言い出した。まったくのでたらめだが、多くの新聞が彼のことを記事にしたから、売り上げはかなり持ち直したにちがいない」アレクサンドルがいう。

「じつは、まだあるのよ」カプシーヌはゴシップが止まらない。「ロイックの不屈の頑張りが村の人々の感動を呼んで、名士たちのはたらきかけでロイックにフランス農事功労賞が贈られることになったそうよ」

「悪いな、こっちにはそれを上回る情報が入っている。ただし、あくまでも噂だからそのつもりでな」アレクサンドルはひょうきんな口調だ。「彼は歴史的遺産の継承に貢献したということで、レジオン・ドヌール勲章を受章するかもしれない。きみたちいとこ同士がクスクス笑ってつねり合いをしている間にきいた噂だ。フランス・レストラン経営者協会の代表と昼食をとった際にきいた」

アレクサンドルのことだから、ジャックについてもう二、三コメントがあるはず。カプシーヌはそれを予期して、準備を整えていた。が、その時カプシーヌのつぎの料理が運ばれてきた。胸腺《シビレ》をカットしたものにベイリーフをクルクルと巻いて刺してある。小さな釘のような形のベイリーフがシビレを赤ん坊のハリネズミのように見せている。それを見て彼女は身構えるのをやめた。

「おそらくきみは」アレクサンドルが続ける。「ロイックが受章するいまいましいシーンを見るためにサン・ニコラに行こうと提案するんだろう」

「図星よ。あそこにはやり残した仕事があるの」

51

ロイック・ヴィエノーの晴れの受章に水をさしたのはその日の朝刊の報道だった。フランスの二大経済紙のひとつ《レゼコー》紙が、〈エレヴァージュ・ヴィエノー〉が買収されたと伝えたのだ。買収したのはオポテュニテ・S・Aという持ち株会社であり、〈シャロレー・アロ〉というチェーン・レストランを始め、高速道路のパーキングエリアのレストランを多数所有し、規模の大きな工場の給食事業を手がける会社も所有している。地元の軽食堂《カフェ・タバ》には《レゼコー》紙が二部しかなかったが、そのニュースはウサギがアルファルファの畑を走り抜けるスピードで広まった。勲章の授与は取り止めになるのではないかと心配する声があがった。

　農業大臣を乗せたヘリコプターが授章式の会場となる村役場《メリ》にすさまじい騒音とともに到着し、ひとまず心配は消えた。が、どういう連絡ミスによるものか、農業大臣はヴィエノーのことを遺伝子工学の分野で画期的な成果をあげた科学者と勘違いしていた。会場にはヴィエノーに農事功労賞を授与するために官房職員も姿を見せていたが、混乱を避けて会場内のバーに避難し、この日のために村長が用意したヴーヴ・クリコを飲みながら出番を待った。

大臣は用意してきた原稿をそのまま読み上げ——遺伝子工学における功績を称える内容だったが、マイクロホンの不調のせいで会場内にはほとんど伝わらなかった——十五分のスピーチを終えるとローマ法王のような身ぶりで両手を広げながらヴィエノーの首にレジオン・ドヌール勲章をかけ、左右の頬にキスした。そしてその足でヘリコプターに乗り込んだ。

官房職員は落ち着き払った様子で四杯目のシャンパンを飲み干し、ゆっくり演壇に向かった。船の上で左右に揺れながら歩くような足取りだ。彼はマイクロホンを脇にどけ、ききやすい大きな声でスピーチを始めた。ドーバー海峡の向こうで発生した狂牛病の脅威を引き合いに出して、フランスのビーフの栄光を称える内容はたいへんにスマートで聴衆の熱狂を盛り上げた。ヴィエノーの首に二つ目の勲章がかけられると盛大な拍手が起こった。官房職員は自分の車に戻っていった。

バーはたちまち満員になり、ラグビーのスクラムを組んだような状態だ。五十名ほどのゲストのうち大部分は仕事ですっかり手が硬くなっているような人々で、本物のシャンパンを味わうチャンスは人生でそうたびたびはない。彼らはこの時とばかりにグラスを手にしている。当のヴィエノーは端のほうからぼうっとバーを眺めている。首から赤と緑のリボンを下げたまま、茫然とした様子だ。

アレクサンドルは群衆のあいだをかきわけるようにして、シャンパンの入ったプラスティック製のフルートグラスを三つ確保した。それをカプシーヌはヴィエノーのところに持っていき、グラスをわたす。

「いらしてくださって、ありがとうございます」ヴィエノーがグラスの半分を飲む。「なんだか、想像とはちがって決まりが悪くて」

カプシーヌとアレクサンドルは型通りのお祝いの言葉を述べた。

「じつは今夜、オポテュニテ社の主催で夕食会がひらかれます。場所は〈ラリー・ノルマン〉です」ヴィエノーが熱心な口調でいう。村から数マイルのところにあるレストランだ。価格は高いが星はない。「おふたりが参加してくださると、うれしいな。急なお誘いですが、ぜひいらしてください。わたしにとって記念すべき夕食会なんです」


カプシーヌとアレクサンドルは、長いテーブルの端の席を与えられた。不名誉な末席に座らされ、オポテュニテ社の幹部たちからはほとんど無視された。彼らの関心はもっぱら自分たちの会長に向けられ、手放しの称えようだった。その会長はテーブルの中央にどっかりと腰を据えて、にこやかに何度も乾杯し、得々と自社の自慢話をしている。ヴィエノーの姿はどこにもない。アレクサンドルはディナーをこてんぱんにけなすのに忙しい。カプシーヌはここに来た真の目的をどうやって果たそうかと考えをめぐらせていた。

「たとえていえばだな、清楚な田舎娘をつかまえて髪の毛を脱色して台無しにした上、メイクで毛穴をふさいで、高さ三インチのヒールをはかせてよろよろさせて、〝どうだすっかり洗練されただろう〟などと抜けぬけというようなものだ」

「そこまでひどいとは思わないけど」カプシーヌはキジをひとくち食べながらこたえる。

「料理は食べられないことはない。狩りの獲物がまだ食べられるのであればな。あいにく、わたしはもう無理だ。きみは大丈夫そうだが。がまんならないのはサービスだよ。食べ物は二の次で驕り高ぶった態度のスタッフと天文学的な値段こそが美食だなどというまちがった思い込みを地元の世間知らずに植えつけている。悲しいのはだな、ここの料理はオディールの水準には遠く及ばないにしても、嘘やごまかしはないってことだ。スタッフだって、おそらく農場育ちの魅力的な若者だ。変にもったいをつけた態度など必要ないと誰かが教えてやればいいだけのことなんだ」

彼のいう通りである。レストランに関する彼の見解はつねに的確だ。スタッフは見るからに朗らかな村人といった感じなのに、無表情ですまして歩いている。カジノのディーラーか葬儀場のスタッフみたいだ。彼らをつねってみたら人間的な反応をするだろうか。カプシーヌは試してみたくなった。

デザートの後には法外な価格の食後酒が運ばれ、宴席はさらに盛り上がりを見せる。世界の変革をめざして勇敢に行動する会長への、歯の浮くような褒め言葉はとどまるところを知らない。そのうえ夕食会の本来のテーマであるはずの〈エレヴァージュ・ヴィエノー〉の買収はいっさい話題にのぼらない。彼らにとっては、財務上の比較的小規模な調整事項に過ぎず、オポテュニテ社の世界規模の野心とは比較にならないのだ。アレクサンドルはふたつの目標を達成しようとして、忙しい。ひとつは電話帳ほどの厚さのドリンクリストのなかからもっとも高額なアルマニャックを選ぶこと——オポテュニテ社の勘定でたらふく飲んでやれともくろんでいるのだ。そして、せいぜい十九歳の黒ずくめのウェイトレスをどうにかして笑わせてみようとしている。せっかくのお化粧を崩すまいとにこりともしない彼女をクスリとさせる魔法の言葉をさがしているのだ。カプシーヌはどちらの目標にも興味がないので、女性用の化粧室をさがしにいくことにした。

レストランの三軒先にはホテルがあり、ここはそのホテルの施設を兼ねていた。ふたつの建物は長く曲がりくねった廊下でつながっており、その先に化粧室があるという。あいだにある建物のなかを通る際に曲がり角をまちがえたり突き当たりに出てしまったりと、シュルレアリスムの映画に登場する永遠の回り道に入り込んでしまったようだ。とうとう袋小路の行き止まりに着いてしまった。目の前には曇りガラスのドア。その奥は小さなバーになっている。マホガニーの羽目板張りの内装の薄暗い空間だ。ヴィエノーがバースツールにうなだれた様子で座っている。大きなオン・ザ・ロックのグラスに入った琥珀色の液体をふさぎこんだ表情で飲んでいる。

彼がカプシーヌに挨拶した。ここにやってくるのをわかっていたかのような自然さだ。そしてグラスを持ち上げる。「山崎だ。日本のシングルモルト・ウィスキー。フランス的なものに反逆したくてね。一杯どうぞ。飲み物くらいごちそうするよ」

「ロイック、あなたがフィリップ・ジェルリエを撃ったのね？」

「ああ、撃った。あいつは死に値する人間だった」

「あなたの忠実な部下だったのに？」

「確かにそうだった。しかしあいつはわたしの妻と関係を持っていた」

ヴィエノーはウィスキーを飲み干し、カウンターを指でトントンと叩いてバーテンダーの注意を引いた。バーテンダーは無愛想な視線を彼に向け、いま行くからちょっと待てという表情をする。レストランのスタッフのアンドロイドのような反応のあとでは、清々しく思えてしまう。日本のウィスキーのはいったグラスふたつが置かれると、ヴィエノーは話を再開した。

「きみのいう通りだ。わたしは牧場長を殺した。機会を見て実行に移すまでに時間が少々かかったが。狩猟のシーズンが始まるまで待った。きみの伯父さんにうまいことといってジェルリエが狩りに参加できるように仕向け、さらにラインの中央のあたりに彼が配置されるようにはたらきかけた。そこならおそらく、わたしとの距離はさほど離れていないからね。開始早々に理想的なチャンスが訪れた。ヤマウズラが丘の頂上から飛び立つ瞬間、全員が上を見上げている時に、胸に弾をぶち込んでやった。せいせいしたよ」ヴィエノーはグラスを叩きつけるように置く。

バーテンダーはもはやきこえていないというそぶりはしない。すぐに山崎のボトルを持ってきて、ふたりのグラスに一インチずつ注ぐ。

「彼がマリー＝クリスティーヌと関係を持っていたから？」

「いや、ちがう。そんなことじゃないんだ。マリー＝クリスティーヌはいつでも誰かと関係を持っていなくてはいられない。それは彼女の精神構造に関わる部分であって、わたしはそのことで妻を責めはしない。犬がディナーの食卓の残り物をとるのを本気で叱ったりしないからね。それと同じだ」彼はグラスの半分を一息で飲む。

「くそ。妻と寝た相手を全員狩りに連れていってたら、サン・ニコラはゴーストタウンになってしまう」

そういって笑うと、ヴィエノーは残りを飲み干す。バーテンダーは二人の目の前でカウンターに肘をついて身を乗り出し、まるでいっしょに会話しているような調子だ。そしてヴィエノーのグラスにさらに二インチ注ぐ。

「なぜ殺したのか。それは、わたしの妻と寝ることを、あいつがなんとも思っていなかったからだ。愛なんかなかった。彼女に熱をあげていたわけではない。好きでもなんでもなかった。ちょうど手頃な相手だったから関係を持った。それだけだ。ただで手に入るものの前を素通りしない、程度のことだ」

ヴィエノーは言葉を補足するかのように、ピーナッツの入ったボウルをカプシーヌの前に押し出す。が、酔っ払って手元が狂い、ピーナッツの半分がカウンターにこぼれた。

彼は気を取り直して続ける。「あいつを面接した時にすぐにわかった。ホルモン剤の投与でもなんでも引き受けるだろうとね。人間が腐っていた。前職でつまらない着服をしてリムーザンの小さな牧場を追い出されていたが、わたしはそれを承知で雇った。アシスタントとして日々の仕事さえしてくれれば、それでよかったんだ。そこには秘かに牛に薬物を投与する仕事も含まれている。ジェルリエはまったく気にしないでほいほいやった。良心の呵責なんてものは、やつにはなかったからな。わたしが指示する通りになんでもやった。しかし、だからといって妻が台所の下働きの女のように扱われるのを見過ごすわけにはいかない。テレビがつまらないからという理由だけで関係を持って、なにも報いを受けないと思ったらおおまちがいだ。ちがうか？」

「そもそも、なぜアシスタントを使おうなどと思いついたの？」

「〈エレヴァージュ〉を引き継いだ日からホルモン剤に頼ってきた。そう、もちろんだ。そんなことはとうにあなたはわかっているだろうが。くたばりそうな事業を継いで、なんとかそれをトップレベルに引きあげた。いったんそうなると、もはや自分の手を汚したくなかった。もっと指導者的な立場に立ちたいと願った。畜産家の協会を運営したり、そういうようなことを。会社のトップにふさわしいことだけをしたかった。ジェルリエは都合のいい右腕だったんだ。彼は完璧だった。ある意味で、すべてを台無しにしたのはマリー＝クリスティーヌともいえる。しかし彼女はなにひとつ悪いことをしたわけじゃない」

ヴィエノーがウィスキーの最後のひとくちを飲むのをカプシーヌは見つめた。

「どうしてもホルモン剤を使わなくてはならなかったの？」

「もちろんだ。あれだけの品質のビーフを維持し手元にいくばくかのユーロを確保するには、ほかにどんな方法がある？　なぜあの道化たちに事業を売却したかわかるか？」彼が皮肉っぽく笑う。「ホルモン剤を使わなければ、スーパーマーケットに並ぶ程度の品質にしかならない。彼らにはそれがわかっている。欲しいのはブランドなんだ」身も蓋もないとばかりにヴィエノーは首を横に振る。

ヴィエノーが氷のかけらを口にふくみ、しばらくしてそれをグラスにもどす。その下品な行為にバーテンダーは気分を害した様子で、グラスをさっと取り上げて新しいものに替えた。そして今度は氷を入れずに縁ぎりぎりのところまでウィルキーを満たした。

「きかせてくれ」ヴィエノーがいう。「どうしてわたしだとわかったのか」

「どうしてあなたがジェルリエを殺した犯人だとわかったのかということ？　最初から、偶発的な事故ではないと思っていたわ。弾痕から判断して急角度で弾が撃ち込まれていた。丘のふもとから撃たれたとは思えない角度で。すぐ隣にいた人物が、意図的に撃ったとしか考えられない。あなたがやったのだと確信したのは、わたしの部下がジェルリエのアメリカへの出張の経費をすべてあなたがサインして処理していると発見した時。それ以外の彼の領収書は経理担当者がサインしていた」

すっかりアルコールがまわったヴィエノーは、なにもかも悟った様子でうなずく。

「いまだにわからないのは、ドヴェールとベレクの死にあなたが関与していたかどうかなの」

「そのどちらにもいっさい関わっていない。ジェルリエはわたしのよき右腕であり、主任のマルテルは彼の子飼いのようなものだった。ジェルリエは防疫線《コルドン・サニテール》の役割を果たしていた。なにかまずい事態が生じても、彼が緩衝材として機能してわたしの身は守られるという仕組みだ。スケープゴートになる。彼がどう立ち回っていたのかは、知りたくもなかった。正直、マルテルがジェルリエから仕事を任されていたとは夢にも思わなかった。しかし、ドヴェールとベレクが撃たれた背景に、マルテルがいるような気がしてならなかった。あくまでも直感だが。しかしそんなことは知ったこっちゃない。わたしには関係ないことだ。いまとなっては、ほっとしている。すべて片がついて、新しい一歩を踏み出せる」面倒なこと――洗車だの納税手続きだの――をすませてせいせいしたような口ぶりだ。

「教えてもらいたいな、警視《コミセール》――」この呼び方は、彼としては最大限の皮肉のつもりだ。「仲良く酒を酌み交わしながら殺人犯の自白を引き出し、それに関してなにひとつ手出しできないという経験は、もしかしてこれが初めてかな？」

カプシーヌはこれを潮にアレクサンドルのところに戻ることにした。ふたたび延々と歩いてレストランに戻ろう。ヴィエノーの自白をもとに行動を起こせばどうなるか。数秒間それについて思いをめぐらせてはみたが、駆け出しの捜査官でもあるまいし、無駄なことだとわかりきっている。警察官二名を証人とし、自白した本人が署名した供述調書であっても、法廷ではあっけなくくつがえされることがある。今回は酔っぱらいが自慢話をしただけ。証人になれるのはバーテンダーだけ。そしておそらくバーテンダーはなにもきかなかったと主張するだろう。証拠がなければ立件はできない。これは鉄則なのだ。そして狩猟中のできごとに証拠があるはずがない。

長い帰り道のとちゅうでカプシーヌはまだ化粧室を見つけていなかったことを思い出し、行きには通らなかった通路に入ってみた。その細い通路で、いつもヴィエノーのあとを追いかけていた投資家アンリ・ベランジェと鉢合わせしそうになった。いつもよりもさらに上機嫌だ。日焼けした濃い小麦色の肌はアプリコット色がかっている。ひとめでカリブ海で焼いたとわかる。

「じつは、あなたをさがしにきたんです。レストランを出ていくのを見て、このあたりで見つけられるのではと思っていました。ぜひ一杯ごちそうさせてください。借りをお返ししたいんです」

「どういうことでしょう、ムッシュ・ベランジェ？」

「おかげさまで相当の手数料が入りましてね。あなたが事件を解決してくださらなければ、ムッシュ・ヴィエノーは事業の売却を決断しなかったでしょう。きっとあのサイコパスのマルテルはジェルリエの後釜に座り、事業は存続していったにちがいない。ヴィエノーは決して売却しなかったはずです」

カプシーヌは以前に司法警察の不正会計捜査の部署に所属していたので、投資銀行家の手数料の仕組みには通じていた。だから困惑した。「〈エレヴァージュ・ヴィエノー〉が売却されても、直接あなたにはあまり影響しないのでは？」

「それが、そうでもないんです。財務上ひじょうに複雑な案件のとりまとめを任されたので。通常の税金の手続きに加えて、厄介な離婚も業務に含まれていました。ですからそれ相応の額を請求したというわけです」

「財務上の案件のとりまとめ？」

「ええ、ここだけの話ですが今回の取引はほぼすべてオフショアを経由しているんです。わたしは緻密なシナリオを書いただけでなく、じっさいに株式の運搬役もしたんです。資金移動の橋渡し役ですね。持ち株会社のあいだを移動して落ち着くところに落ち着くまで。当然ながら手数料にはそのすべてが反映しています」

「つまり資金はすべてジャージー島かどこかのタックス・ヘイヴンに蓄えられているということ？」

「おやおや、いまどきなんてことを。ジャージー島なんてカシミアのツインセーターを買いたい人くらいしか行きませんよ。もっと遠い場所で、オプション取引と匿名第三者預託が常識です」彼がにっこりする。濃い日焼けのせいで、ことさら歯が白く見える。

カプシーヌがレストランに戻ると、すでにオポテュニテ社の幹部たちは引き揚げ、アレクサンドルが椅子を後ろに下げて葉巻をくゆらしながらウェイトレスとおしゃべりしている。ウェイトレスはテーブルの端に腰掛け、よく育ったごくふつうのティーンエイジャーの表情だ。鼻にシワを寄せ、滑稽なほど大きなブランデーグラスからひとくち飲んで、おかしそうに笑っている。グラス越しにカプシーヌに気づいた彼女は真っ赤になってあわてて行ってしまった。

「とても愉快なひとときを過ごしていたようね」カプシーヌは巨大なブランデーグラスを持ち上げて、たっぷりと飲む。「これはなに？」

「なにかはわからないが、一八九三年に瓶に詰められたらしい。味より値段のインパクトがすごい」

　カプシーヌはグラスの中身を飲み干した。「お代わりが欲しいわ」

「もっといいのがある。一八五四年に瓶に詰めたものがリストにのっている。化粧室への旅は楽しかったかい」

「悪党ふたりと出くわしたわ」

「きみの予想通りの人物だったのかな。彼らの話も」

「ほぼ当たっていたわ。ただしジャージー島のあるチャネル諸島はもはや流行遅れなんですって。知らなかった」

　アレクサンドルはそれ以上はきかず、彼なりの締めくくりの言葉を贈り、カプシーヌはよろこんで受け止めた。

「伝統は脈々と受け継がれ、わが国で絶えて止まない二つの楽しみ——脱税と、敵を散弾で葬り去ること——は、これからも続く。《ル・フィガロ》紙の優秀な編集者だったアルフォンス・カールが述べた通りだ。〝変わっても変わっても、やはり同じまま〟。ずっと続いていくというのは、たまらなく安心なことなんだな」

訳者あとがき

〈パリのグルメ捜査官〉シリーズの第二巻『りんご酒と嘆きの休暇』をお届けする。パリに加えノルマンディ地方の小さな村が舞台となっており、豊かな大地のめぐみがぎっしり詰まった一冊といってもよさそうだ。

第一巻『予約の消えた三つ星レストラン』では、初めてまかされた殺人事件を懸命に解決した若き捜査官カプシーヌ。めでたく警視に昇格し、現在はパリ第二十区の警察署でバリバリと働いている。

最初の事件でカプシーヌとともに捜査にあたった三人の部下、イザベル、ダヴィッド、モモも同じ警察署に配属されており、あいかわらず三人三様の個性を発揮しているようだ。

市の東部に位置する第二十区はいわばパリの下町なのだが、このところ市場に詐欺師が出没している。うら若い女性がなぜか地面に横たわってまんまと被害者をひっかけ詐欺をはたらくという奇妙な手口の事件だ。捜査担当者としてカプシーヌはイザベルを抜擢し、自分は休暇を過ごすためにアレクサンドルとともにノルマンディの小さな村へと旅立つ。

行き先は幼い頃によく訪れていたサンニコラの村。母方の一族に代々受け継がれてきた大邸宅《シャトー》だ。十六世紀に建てられたシャトーの現在の主アメリ伯父のもとを訪問するのは、カプシーヌにとってひさしぶりのこと。久々の田舎暮らしを楽しみに来てみれば、なにやら伯父たちの様子がおかしい。

なんでも狩りの際に銃で撃たれて死者が出たという。その死に不信を抱く伯父からカプシーヌにある打診が……。

せっかくの休暇を返上してパリとノルマンディをひんぱんに行き来することになるカプシーヌの支えは、最愛の夫アレクサンドルだ。著名なレストラン評論家であり、ジャーナリストでもありパリをこよなく愛するアレクサンドルは、田舎の小さな村に息づく昔ながらの豊穣な食のいとなみにすっかり魅せられ、飽くなき好奇心を発揮してカプシーヌを驚かせる。

ノルマンディ地方はパリの北西部、牧畜が盛んでカマンベールを始めとする乳製品やりんごでつくるカルヴァドスなどの産地として知られている。さまざまな食材をたっぷり使って屋外で取る食事のおいしそうなこと。

シャトーの料理人オディールがつくる料理はアレクサンドルの折り紙つきだが、彼女が用意するピクニック用のランチバスケットはなんともおいしそう。パン・ド・カンパーニュの巨大な塊、パテ、リエット、カマンベール、りんご酒、ちょっとしたデザート、保温ポットに入ったコーヒー、小さなデカンタに入ったカルヴァドス……。

本作でパリとノルマンディの村の事件の捜査を同時進行で手がけたカプシーヌだが、次作ではパリでレストラン批評家殺しの捜査に乗り出すようだ。知られざるパリの一面と食の世界をどうぞご期待いただきたい。

翻訳にあたっては、原書房編集部の相原結城さんに貴重な助言をいただいた。厚く御礼申し上げる。

なおフランスの警察機構は日本とは大きく異なり、役職も日本の役職を当てはめることがかならずしも妥当ではないことをお断りしておきたい。役職の訳語については『現代のフランス』（大修館書店）に準拠した。

二〇一三年一月

コージーブックス

パリのグルメ捜査官《そうさかん》②
りんご酒《しゅ》と嘆《なげ》きの休暇《きゅうか》

著者　アレクサンダー・キャンピオン
訳者　小川敏子《おがわとしこ》

2013年　2月20日　初版第1刷発行

発行人　成瀬雅人
発行所　株式会社　原書房
〒160-0022 東京都新宿区新宿1-25-13
電話・代表　03-3354-0685
振替・00150-6-151594
http://www.harashobo.co.jp
ブックデザイン　川村哲司(atmosphere ltd.)
印刷所　中央精版印刷株式会社

落丁・乱丁本はお取り替えいたします。
定価は、カバーに表示してあります。
 ISBN978-4-562-06012-2 Printed in Japan